天堂里的脚印

徐 颖 著

中国言实出版社

图书在版编目（CIP）数据

天堂里的脚印 / 徐颖著. -- 北京：中国言实出版社，2014.6（2025.4重印）

ISBN 978-7-5171-0570-1

Ⅰ. ①天… Ⅱ. ①徐… Ⅲ. ①散文集一中国一当代 Ⅳ. ①I267

中国版本图书馆 CIP 数据核字（2014）第 099610 号

责任编辑：少　云

出版发行　中国言实出版社

地　址：北京市朝阳区北苑路 180 号加利大厦 5 号楼 105 室

邮　编：100101

编辑部：北京市西城区百万庄大街甲 16 号五层

邮　编：100037

电　话：64924853（总编室）　64924716（发行部）

网　址：www.zgyscbs.cn

E—mail：zgyscbs@263.net

经　销　新华书店

印　刷　三河市天润建兴印务有限公司

版　次　2014 年 9 月第 1 版　2025 年 4 月第 3 次印刷

规　格　710 毫米×1000 毫米　1/16　15.875 印张

字　数　280 千字

定　价　45.00 元　ISBN 978-7-5171-0570-1

序　一

秋末其球其文

秋末先生又出书了。动作很连贯，像艾青名诗中“一个浪，一个浪”的节奏，也像他打乒乓球，机会来了，他会一板接一板地扣杀，很稳。

秋末先生是老领导，笔力雄劲的老领导。退了，就成了球友。他的球当然是半路出家的，比较的业余。从他发球就可以看出，球不抛。如果将他的托球手掌当作土地，这个球是绝对接地气的。球板直接将这个球连根拔起，打到球桌上。有人形容他打球，是“浑身都动，就是持板的手臂不动”。这话有点刻薄，但也并非毫无道理。一般击球是大臂带动小臂，他腰间的动作比较大，而大臂小臂动作比较小。也就是说，他打球是全身都动的，牵一发而动全身，这“一发”就是小小银球。他打球很认真，虽说是“六十岁习拳”，却也拳脚生风，有板有眼，汗流浃背。他打球最好看处，就是他一板一板的扣杀，逮住机会就得理不让人，不慌不忙，又稳又准。

秋末先生做过多年的机关工作，常年都是笔杆子的干活。据说当年的写作，开头就三个字“同志们”，给领导写讲话稿的，这需要高屋建瓴的目光和气势，要胸有大局观。如今的文章，在气势上还是有当年的风范，但多了幽默，多了机锋，虽不是篇篇携枪带棒，多少也有些绵里藏针的。从他的笔名也可以看出来，原本是徐颖，慢慢地新颖；变笔名秋毫之末，明察秋毫，明显是青出于蓝。他的文章短句多，俏皮话多，层层推进，抽丝剥笋，调动所有积累，一如他打球的“全身都动”。

不能不真心佩服他，退了十多年，恰恰是他新作频出的十多年。刚送的一本由古吴轩出版社出版的《做点鲁迅 做点胡适 做点蔡元培》，就是融风骨研究和教育于一炉。一翻之下，发现他的视野越发开阔，不再是东山西山，而是古今中外，何处最热门他的笔就投向何处——且听俺徐公秋末评判！他就像写毛笔书法，本来底子就好，加上网络的放松不羁，张扬求变，写得更是得心应手。

要说改革开放的成果，他本人也可算是成果标本，退而思进，十年著文千五百篇，发遍国内上百家大报大刊和网站，已出书九种。还有两种已经编好待出。不要太潇洒噢！

他说要做一点点鲁迅，做一点点胡适，做一点点蔡元培。我思谋着，将来就做一点点秋末吧。

文　文

序　二

秘书与野史

秘书与野史有关吗？有关。秘书有条件写野史，在史的记载上应有所作为。

何谓野史？官史之外的史，多指民间传闻。历朝历代，史是官修的，二十四史加《清史稿》，都是官史。此“官”即官方，也指修史的笔，“太史令”“著作郎”即为钦定的史官。《史记》盖上司马迁的印，《汉书》签上班固、班昭的名，《三国志》陈寿著，改变不了都是官书。历朝历代也都有民间修的史，文字的、口头的，多见于杂记、笔记之类的闲文、杂说之中。官史少不了为尊者饰、为贤者讳；野史在野，不受官方困。尤其是当代人写的，可信度高，许多历史真相，常藏于野史之中。尧以围棋教子、商纣王发明胭脂、西施的洗澡水叫“香水泉”、安得海出宫被杀，都来自野史。中国野史，一部煌煌巨著。

秘书有两种，一种是“听差”，服务类的；一种是“笔杆”，文字类的。文字秘书又有两类，一类专职文稿，常写“同志们”或“女士们、先生们”，所谓报告讲稿；一类专攻谋划，所谓调查研究，古称谋士。曹操打败孙权、刘备，得益于身边有一个荀彧之类才智出众的智囊团。今日党委、政府的政策、经济研究室，就是现代官方智囊团。秘书既是领导身边的人，又是发展、改革的策划者、参与者，“内情”掌握多，见多识广，又善文字，最有条件做史官，自然也有条件写正史之外的野史。

今日还需野史吗？写史有大家，史、文并茂，无过司马迁。史如海如洋，不能也不可能只有一家，《史记》还是沧海一粟。《当代中国·江苏卷·苏州章》秋末所写，1949～1978 年，苏州 30 年，四五万字，条条筋筋而已。秋末查一大事，三大卷上百万言的《苏州市志》，每条“大事记”也不过数十言。古今中外，概莫能外，官方修史，都是有详有略、有所不避有所避、有所尊有所忌。隔代修史，可以客观一点，然任何史都是当代史，不可能超然于九天之外。野史作为填充，作为补白，作为匡正，可以丰富，可以形象，可以添细枝末节，无可取代，野史永远。

秘书作野史，不只是舞文弄墨，个人兴趣爱好，应视作一种责任。归于一句话，把你所知道的、经历的记录下来，对历史有个交代，善莫大焉，亦可称功在当代、利在后世。若以三缄其口为律，以保守秘密、不揭真相为忠，以多一事不如少一事为安，宁烂在肚里，不留在纸上，就对不起民，对不起史，对不起子孙后代，也就对不起国家。在众多公务员中，秘书的依附性最强，常称某某的秘书，秘书不是谁的，是国家的，是公务员的一员，所做的一切都是公务。写史，写野史，留真实、清白于人间，也是一种公务。需大声一呼，秘书可以是“听差”，决不是“家奴”。

《天堂里的脚印》，不用讲，天堂即苏州。近日的苏州，50个印记，皆秋末亲历亲为。有大事有小事，有官事有民事，有上得了台盘的，有不足挂齿的。大多有记载，有些凭记忆，三四十年，难保无错讹，知情者纠正，秋末这厢有礼了。《穿越时空的电风扇》系夫人沈秋炜作，是家事，亦与一时代表苏州家电工业的“四大名旦”相关，故录入。相信，这51则由事与见组成的笔记，对苏州当代史细微末节会有所增补，对苏州之外的朋友，从天南海北看苏州，会多个视角。

历史终究是人民群众创造的，笔杆子不过是个记录。

秋　末

2014年3月15日

（秋末为作者徐颖笔名）

目　录

01

玄墓山上的将军

将军在玄墓山

丁群的先见之见与先为之为

刘鸿生留下一幢红房子

叶受和及其在苏州的后辈们

将军在玄墓山

玄墓山，出苏州城，西行三四十里。将军，迟浩田，曾经的中国国防部部长。1968 年夏秋之交，在玄墓山上，秋末（作者自称，下同）在将军手下工作过。

1966 年 7 月，秋末大学毕业。因“文革”，至 1968 年 3 月，才来苏州报到。那时，苏州市革委会还在城外，接收大学生的机构在金阊区政府内。大学生都要到基层劳动锻炼一年。秋末分在一机部的部属厂苏州仪表元件厂，落实在一个做振变器的车间。每天穿上白大褂，坐在电动控制的转子面前绕线圈。振变器派什么用，从未搞清楚。振变组长王师傅，三十岁左右，人很和蔼，退休后与秋末同住一新村，常见面，还呼她王师傅。在苏州无着落，我们两三个“外来户”，吃住在厂里，秋末与一位叫“老宁波”的钳工师傅同住一宿舍。每晚，“老宁波”都要喝一杯苏州产的黄酒，钢精杯在酒精灯上加热，边听半导体边喝酒，脸喝得红彤彤的。有时也给我倒半杯，说声大学生来一起喝，秋末从不推辞。五六年后，“老宁波”调回宁波，没几年就离世了。

厂里有位技工，上海人，可能是一个造反组织的头头，参与市革会的工作。有此说法，市里省里要开学毛选积极分子的大会，老笔杆被打倒了，没人整材料。他说，我们厂里有来劳动的大学生，何不从中找几个。就这样，秋末就被找了出来，借到市革会办公室工作。好像不叫办公室，叫办事组。为何叫办事组？专门办事的，不是吃干饭的，有人对我这样说。这一借，秋末就与机关与文字结下了难解之缘，几乎定了终身。这种机关借基层单位的人来工作的现象，“文革”之中很普遍，招之即来，挥之即去，不用发粮饷，“文革”后还延续了多年。近十年机关退休人员，估计有三分之一是原来从厂矿企事业单位借而后留下来的。这是秋末与迟浩田有关联的前奏，铺下的道儿。

那时，迟浩田是陆军第二十七军一个师的副政委，市革委会的军代表。大家都以迟副政委相称。军代表名为代表，实际掌管一切。秋末第一次见迟浩田，在一个小会议室。确切日子记不得了，大约在 1968 年 8 月的中旬，办事组通知，要我参加在玄墓山举办的两派大联合学习班，做工作人员，具体做班部的文字工作。班部直接听迟浩田指挥，实际给迟浩田做文秘。秋末对迟浩田没什么印象，只知是位了不起的战斗英雄，一次抓了几百个俘虏。去之前，迟浩田召集班部人员开了一个预备会。进会议室，迟浩田已端坐在会议桌的一边，未多看，一股军人将领特有的威严向你逼来。秋末坐下，见他两眼似剑，腰板直挺，中等身材，面方，不苟言笑，两手置于桌上，40 岁左右。

会上，说些什么，早已忘得一干二净，唯有迟浩田记忆过人，至今仍刻下不忘。推想，迟浩田不外说了办学习班的内容和要求，促进两派大联合的意义，到玄墓山部队里办封闭式学习班，是为了减少干扰。班部人员是凑起来的，大多互不相识，一个个先自报家门，姓甚名谁，来自什么单位。秋末报了姓名，没有单位，只说是新分来的大学生。迟浩田听得很认真，报一个，点个头。后来听说，他记性极好，与人见过一面，就此不忘，能直呼其名。果不其然，上玄墓山，几天后碰面，他就呼秋末姓名。后来不喊姓名，喊“大学生”。班部唯秋末是新来的大学生，“大学生”就成了秋末专有名字。多年之后，1992 年，秋末去法国，途经香港，在住处翻阅报纸，《大公报》上有整版报道迟浩田的文章，有一细节说，迟浩田在《人民日报》做社长时遭批斗，批他说了什么什么的，迟浩田当场指出，你说错了，应该是这样这样的，一翻记录，果如他所说，分毫不差。迟浩田记忆力惊人，在《人民日报》社无人不知。在迟浩田面前，秀才遇着兵，有理说得清。

玄墓山在光福西南，临太湖，乃苏州名山，有“玄墓形势，三龙三凤，胜绝天下”之誉。曹雪芹《红楼梦》第四十一回说道，妙玉请林黛玉喝茶，黛玉不知茶水来历，妙玉告诉她，茶水来自玄墓蟠香寺，从梅花上收的雪，喝过一次，这是第二次，黛玉方知茶水金贵。有人说，曹雪芹笔下的蟠香寺，指的就是玄墓山的圣恩寺。明清时，玄墓山很有名。玄墓山驻有部队，好像是个坦克团。学习班设在山脚下的营区，是后勤部位，不见坦克，树木森森，几条平房穿于其间，有一大礼堂，可容千人。学习班人员分组住在平房内，一间有十人，原是战士住处。报到时闹了个笑话，找不到秋末住处。再去找宿舍安排表，安排到女宿舍里去了。原来，打字员打班部人员名单，将徐颖打成了徐颖颖，没标明是男是女，安排宿舍的朋友，一见徐颖，还颖颖，猜想肯定是个女的，就分到女宿舍去了。秋末方悟，颖女性化了，现今更是凡颖必女，应叫徐鹰，做只老鹰，就不会是女的了。

两派头目，集于玄墓山，你攻我击，有你无我，谈何联合。一派得势掌权，则狠整另一派；反之，亦同。此类派斗，不是民主，祸国殃民，不能重演。若有通鉴，亦在于此。迟浩田作为军代军，不管有无偏向，想促进联合，是真心真意的。四十余年了，玄墓山三四十个日日夜夜，迟浩田留给秋末的印记，仅止于此。秋末与苏州广播电台的吴正凡，两人做文字工作，主要做两件事，一件是搜集情况，报迟浩田；一件是编学习班简报，反映学习动态，发到各组。迟浩田讲话作报告，不要我们写成文字，有时要情况资料，他在一纸片上写一讲话提纲。他对文字很有修养，从材料修改中可以看出，又称儒将。一天，迟浩田把我和吴正凡找去，指着一份简报说，这期简报编得很好，就要这样编，多说有利于大联合的话，少说不说不利于大联合的话，用他们自己说的话教育启发他们自己，促进思想情感上的联合。原来，我们搜集了学习班有些成员检讨自己，宽容对方，有利促进联合的话，专门编了一期简报。受到迟副政委表扬，我们两个年轻人当然很得意，就越发注意促进联合。有一天，秋末在宿舍写材料，猛听到隔壁传来打人声、叫喊声，过去一看，问什么事，打人的说，这家伙不老实，挨打的说我不清楚，打人的不是学习班成员，是来“外调”的，挨打的是学习班成员。秋末说班部规定不能打人，打人者不听，就报告迟浩田。迟浩田当即派人来制止，不准外来人员再进来。迟浩田召集学习组负责人，严训不准打人体罚。学习班结束时，搞了个文娱晚会，不外乎样板戏之类的，其中有个节目，由一派的人表演，另一派人反对，放言不取消表演就要冲击晚会。那时，我正好在迟浩田身边。一听汇报，迟浩田金刚怒目，大声喝道：“谁要冲，就抓谁!”那架势那威势，正像张翼德喝断当阳桥，使河水倒流。这一喝，反对派头头没敢去冲击会场。

玄墓山上，秋末对生活中的迟浩田，留有几片印记。他与警卫员住一处，依稀记得，警卫员姓杨，我们喊他小杨，身背黄挎包，不离将军，常跟于后，极机灵。清晨，将军就起床了，与在部队时一个样。营房东，有石阶通山上寺，可能就是圣恩寺，从山下遥遥可望。一日，秋末早起，在山下转悠，见将军从石阶下来。将军穿圆头白汗衫，半已湿，摇手与秋末打招呼，说：“清晨上山，好爽。”他天天清晨跑步上山。迟浩田工作极勤勉，班部的人，对他既敬且畏。秋末刚从学校出来，有点少不更事，有日下午出营房，见有农民卖西瓜，遂买一瓜，与吴正凡在宿舍大吃。吃得开心时，将军正好经过，见我们在吃西瓜，正色说：“上班时怎么吃西瓜？班部的人要守纪律，下不为例。”我们俩人面红耳赤，唯唯不知东西。几天后的一个晚上，警卫员小杨来叫我和吴正凡，我俩心中忐忑，问何事？小杨不答。进到将军住处，见桌上已剖西瓜，方知请我俩吃瓜。将军说，部队送来的，一起吃。将军是山东人，喜吃饺子，将军要部队请学习班的人吃饺子，是否全班人一起吃的，记不清了，班部的人，肯定是吃了的。至今，秋末还能辨出味儿来，韭菜肉馅，香尚留齿。

学习班结束，大约是在九月中下旬。百数十人，步行回了苏州。

回苏州后，秋末到另一部门工作，少见将军。不久，将军就回部队了，未再见。听说，将军回过苏州，是2009年回的苏州，曾赋诗一首，发表在《苏州日报》上。诗云：四十年后，我又回到了日思夜想的江南水乡。离别时没顾上说一声“再见”，走得是那样匆忙；重逢时急着想道一声问候，却认不出你的模样……

一月之缘，秋末未敢忘将军，不知将军是否记得戴眼镜的细条个儿的大学生。

丁群的先见之见与先为之为

每听到整肃党风、打老虎打苍蝇的声音，总要想到曾任苏州市委秘书长的丁群。30年前，他就不顾自身得失，大声疾呼，以超乎寻常的勇气，身体力行，反腐倡廉。斯人已去，耿心犹存，殷鉴昭昭。

丁群任市委秘书长，正好在十一届三中全会之后。拨乱反正、清理“文革”，发展经济、恢复生产，增加供给、改善市民生活，是当时市委、市政府的主要工作。当然，也是市委秘书长协助市委领导要做的工作。在三年多的时间里，丁群还做了两件可称分内也可称分外事：一是陆兰秀的平反。从发现陆兰秀到整理材料、报送市委省委、平反追认烈士、进烈士陵园、安抚家属、出版《陆兰秀传》、整理陆兰秀文稿，大量具体工作，都是丁群亲为。二是整肃党风。那时，党风党纪也是抓的，还不是很重视。丁群重视了，他多次说：随着工作重心的转移，一些党员干部极有可能会利用手中权力为自己谋利，不正之风会滋长起来。风起于青萍之末，不正之风若成大势，要刹住就难了。历史表明，丁群有先见之明。

苏州市委办公室有两个内部刊物，一个对上，一个对下，《内部情况》供市委领导参阅，《苏州通讯》发基层党组织。《通讯》有消息有评论，实际上办成了一张八开小报。有时四版，有时八版，不定期。丁群是主编，秋末是编辑。主要内容都是他交代，每期有篇评论，大多由我先写他修改，不少改得体无完肤，几乎是重写。此前此后，秋末常与简报打交道，或编或看，此类简报，几乎都是工作性质的，很少用来整肃党风，也少有批评，更无揭露问题。《苏州通讯》一帜独异，把党的建设放在首位，以整肃党风为主线。丁群说，这是市委的刊物，要体现党要管党，与政府的刊物有区别。办了两年左右，发稿件265篇，其中批评稿109篇，几近半数，发评论34篇，21篇为配合批评稿发的。每次批评，有反馈，有结果，常常举一反三。《苏州通讯》在干部和党员中很有影响。

那时，住房困难，矛盾尖锐，众目睽睽。市民平均住房面积几个平方米，两代住一室相当普遍，百分之四的家庭人均面积在3平方米以下。遏止住房问题上的不正之风，是《苏州通讯》开展批评的一个主要内容。《苏州通讯》批评了一位局领导多占住房，直至其将多占的住房退出。市计委有个干部，利用征用土地的职权，在市郊非法占了一块集体土地，并以极低的价格套购建筑材料，私建了一幢三楼三底小别墅，还欺骗组织占用了一处大套住房。依据群众举报，丁群亲自去实地调查，明确这是起违法违纪案件，影响恶劣，要在《苏州通讯》上揭发批评。批评未出，市计委先派人向丁群说情，又去市委书记那里打通关节。丁群坚持，此事外界影响恶劣，要以此来教育干部，挽回影响，得到了市委书记的支持。《苏州通讯》连发数期，发来信、调查、照片、讨论、评论，直至有处理结果。这两次批评，给全市党员干部敲了警钟，在住房上起到了以此为戒的良好效果。

20世纪70年代末、80年代初，市场供应有好转，大多副食品还是不充裕，逢年过节，鱼肉家禽还是凭票供应。多年前，秋末负责将《苏州日报》历年得奖稿编了本书，发现其中有一篇读者来信调查，内容是观前街上有家食品商店开后门卖大户，群众有意见，登报批评。卖什么大户呢？卖猪大肠之类的“下水”，不由笑了起来，真是此一时彼一时，今日有人包买猪“下水”，那是谢天谢地。可见，批评离不开具体环境。有一年过春节，群众反映，商业部门给关系户（主要是机关干部），批条子开后门送鱼票。丁群下令查，把批的条子全部拿到市委办公室，一张一张地查，登记入册，查谁批的批给谁，涉及领导干部的，进行了批评。商业部门向市委作了检讨，并保证凭票供应，多余的鱼公开上市，不再私下处理。

那时，举国计划体制，商品有多种价格，批发价、出厂价、市场价、零售价，还有特批价，同一商品，不同价格，付不同的钱。说实话，那时1个月就几十块钱工资，买便宜一些的商品，人之常情，凭关系，弄价格低一些的商品，人们趋之若鹜，一时成风，主要是布料和日用品，也有为农村亲属“特批”钢材、木料、水泥等建筑材料。丁群在市委市府秘书长联席会上提了出来，此风影响不好，要刹。他派人去调查，掌握真凭实据，找那些机关干部谈话，劝诫不要为点小利而坏了机关风气。

逢年过节，给职工发些实物，春节一条鱼，中秋一盒月饼，夏发西瓜，秋发苹果、橘子，包括吃顿年夜饭，有增加福利、关心职工、融洽关系之意，可称无可厚非，也因有此意，足足流行了二三十年。也有弊端，请客送礼，浪费严重。2013年起，此风戛然而止。说来不信，三十年前，苏州曾禁止单位以公款购买月饼发给职工，有家医院“顶风作案”被查处。《苏州通讯》作了报道。

上面这些事都是公开的，在机关尽人皆知。2010年，丁群患癌症，整理了一部回忆录，记录他的一生，有二三十万言。书未定稿，也未正式出版，秋末看到的是样书。书中有一章专写在苏州工作的五六年，又主要记任市委秘书长的三四年。其中，说了一件在机关不为人知的事：丁群从市行管处得知，市里已经决定，要为几位市领导单造几幢小楼，可称简易别墅。丁群感到，现在百废待兴，市民住房普遍紧张，这个时候专为市领导造别墅，在群众中会造成不良影响，不利市委开展工作，此举现在不宜。要不要提出来，他反复思考多日，还是向市委书记提了出来。小楼一时停了未造。

丁群以市委秘书长的身分，管党风党纪，有不宜之处，又厉行必果，不仅“犯上”，还“犯中”和“犯下”，一时说他“极左”、过于严厉、不近人情的议论多了起来，也传到领导耳边。秋末婉转向他提出，党风党纪让纪委去管，基层干部的思想问题不要在《苏州通讯》上批评教育。他似乎开弓没有回头箭，铁了心继续做下去。有两条他做得好，他坚持了曾有的新闻规矩，凡批评稿在刊发前都交受批评单位和本人看过，签字确认属实后再发，依据不足的一律删去；每期《苏州通讯》都由市委领导签发，领导不签不发（按理秘书长可以签发）。地市合并，他没有进新的市委，调回南京任职。他不想离开苏州。那天，我去送他，没有言语，彼此心情都是沉沉的。丁群为抓党风党纪付出了代价。幸好，他在江苏电视台的任上做出了一番事业。那本回忆录，书名《阴阳交错的岁月》，封面上有幅画像，是南京一位很有功力、对丁群了解的画家画的，但见：一头白发，满脸风霜。

他生病期间，2010年春节，秋末作《春节四记》，发在《苏州日报》和苏州新闻网上，一记“牵挂”说了这些话：

> 春节更是牵挂时。远处少有牵挂，牵挂在南京。原江苏电视台长丁群，癌症住省人民医院。给他打个拜年电话。先不通，一阵忐忑，通了，传来他缓而又轻的声音。他说，不能进食，肠梗阻。说了两句问候的话，放下话筒。不久前打过电话，他脑部刚动手术，病情有好转，他说又逃过一劫。正为他高兴，可又有了变化。他是个极其顽强的人，他能闯过这一关。
>
> “文革”后，丁群从《新华日报》来苏州工作，又从市委宣传部，到市委办公室，任市委秘书长。我在他手下工作。市委书记都有秘书，虽没明确，事实上，我是市委秘书长的秘书，从1979至1983年。苏州地市合并

后，他奉调回南京。此后，有联系，不勤不断。2008 年夏，他去浙江回南京，途经苏州，在饭店见过一面，谈的都是文章事。他曾说，70 岁以后不动笔，事实是，80 岁也不放。不久，就来电话，说得了肠癌，动了手术。电话中，说平平常常，患了感冒似的。

我在苏州市委机关工作一二十年，在三位秘书长手下搞文字，得益匪浅。从思想到遣词造句，他们都是我的良师益友。他们风格各异，工作的勤勉，文字的严谨，作风的踏实，为官的清正，却是一致的。丁群离休后，还是东奔西走，远到西北，拍电视专题片，接着写了四五部书，一部写“文革”中被迫害致死的陆兰秀，一部写省委书记刘顺元，一部写新中国成立前江苏的地下工作，大都是纪实性的，还有言论。我写言论，丁群对我影响甚大。20 世纪五六十年代，《新华日报》许多社论、评论员文章出自他手。苏州市委办公室有个内刊，每期有篇社论，由我执笔，他修改。多都次推翻重写。

前年，我要去看他，他不让。去年，去看了两次。当我出现在他病房，他还是很高兴。他不忌言病情，也不忌言死亡。生病过后，就着手写回忆录，不到一年时间，写了二三十万言，样书出来了。他说，与死亡赛跑，我赢了。这次电话中说，书已寄出，还是样书，要我提意见。我知道，书中说的是，一个拿笔杆子的共产党员的峥峥一生。

从政留迹，从文留字。留迹在形，留字在气。

丁群殷鉴，也代丁群言：党风要全党抓，中央抓，一个人一个党员可律己，可影响一片一时，无济于全局久远。有些不正之风与经济、物资匮乏有关，可以消失，根子不解决，经济发展了，物质丰富了，照样有不正之风，还会更厉害，以至腐败。

刘鸿生留下一幢红房子

不灭的记忆：火柴厂是红的。

苏州西南角，古城河上有两座桥，一座是老的，百年千年之桥，叫万年桥，一座是新的，近一二十年造的，叫新市桥。苏州鸿生火柴厂旧址，就在这两座桥之间。

当年，从万年桥向南眺望，鸿生火柴厂的木筏、厂房就在眼前。今日，那里已是环城绿地。从新市桥向北，举目可见一幢两层楼的红房子，苏州鸿生火柴厂仅存的一幢房子。百年老厂，中国民族工业的骄傲和代表之一，在苏州留下的记痕。

不大会相信吧，秋末在鸿生火柴厂待过三年，且是正式职工。1973 年，苏州市革委在火柴厂搞基层党组织整顿试点，要个“会写写的”，组织组里的人想到秋末，问愿不愿意去。秋末那时在望亭电厂，想回苏州，就到火柴厂来了，在宣传科。1976 年，“文革”结束，秋末又回机关。三年，一千个日子，与火柴，与数百工人，结下了情缘。

从万年桥向南走一遭。20 世纪七八十年代，万年桥连着桥堍是个农贸市场，卖蔬菜和日用品，满桥面是人。桥堍连着枣市街，也是市场，同样熙来攘往。由枣市街上泰让桥向南，右手是油脂化工厂、第二制药厂，左手是味精厂、火柴厂。火柴厂被马路一分为二，东边是生产区，西边是职工宿舍。无论厂房，还是宿舍，一看就清楚，都是红颜色，不是鲜红，是暗红，沉沉的有分量的红。准确一点说，是红灰相间，一层红砖一层灰砖，屋檐、窗框全是红的。火柴头，有黑的，有红的，宝塔牌火柴盒，正面是红的。

火柴厂大门还是原来的，门上保留着铁制半圆形的“苏州鸿生火柴厂”厂牌，厂门边上挂着“苏州火柴厂”新厂牌。进厂门，坐北朝南，横着一幢二层木结构楼房，火柴厂办公楼。楼上是党政工团，下层是生产财务。办公楼前，生产区亦一分为二，中间一石板小路，沿河一侧排着火药仓库、火药磨房、火柴盒仓库，路西则是制梗、上药、装合、刷磷、包装等整个火柴生产的车间。

火柴厂沿古城河而建，便于木料水运，也便于灭火。城河有三分之一的水面，实际成了火柴厂的仓库，从东北运来的木头囤积于此。这种木头叫椴木，制火柴梗的专用木材，轻而直，软硬适度，主产于东北大兴安岭。厂里有专司人员，长驻林区，采购调运。那时，东北已人工栽培人参，夏秋收参时节，厂里职工常要采购员代购生晒参，我亦买过一次，有用无用，泡了当茶喝。

火柴生产还是比较简单的，分四大块：磨药、调药；制梗、做盒；上药、制头；装盒、刷磷、包装。先是水桶般的原木从河里拉上岸，锯断，刨皮，再刨成卷筒状的薄片，上机切成梗子，烘干，梗子便制成了。再进入上药工序，上药机是个大家伙，状如印染机，一头整齐的梗子由撞针撞进有眼子的状似履带的金属条板上，机下有药盘，梗子经过药盘就上到药，再烘干，另一头再由撞针将上过药的梗子撞出，就成了有火柴头的梗子，整齐地排在木框里。最后进入装盒、刷磷、包装工序。

苏州火柴厂的生产设备、生产技术，是中国火柴业的代表。机械与手工并举，机械为主，有自动成分。开始，有二三十年，火柴生产不少工序是手工操作，常在影视上看到的糊火柴盒，可以称之那时火柴生产和城市贫民生活的影子。到20世纪60年代中后期，用来上梗、蘸药、烘干，称之为连续机的主要生产设备，先由济南火柴厂试制成功，苏州亦制造出来。厂长向我介绍，“这是我们自己造的”，得意的样子溢于言表。确实，连续机是火柴业技术设备改造最大的成功，结束了人工蘸药的历史。此后，做火柴盒的制盒机，装火柴梗的装盒机，亦都制造出来。20世纪70年代就再也见不到居民糊火柴盒了。

三年多的火柴厂生活，留下最深刻的记忆，半是艰苦，半是危险。木头从水里拉上来，浑身湿漉漉的，工人穿着橡皮兜，夏天还好，冬天就又冷又湿了。锯木、制梗，机器刨木声、切木声，不说震耳欲聋，整天在强噪声中。最艰苦的在刷磷，含磷的药水温度在五六十摄氏度，蒸汽中伴着刺鼻的药味，不停地把装满火柴梗的盒子放上传送带，不停地把刷上磷的盒子取下，工人一上机就跟着机器转。刷磷机有时会烧起来，像条火龙。有次下车间劳动，刷磷机烧了起来，我紧张得大喊救火，工人见多了，若无其事，用灭火机灭了。制梗车间是原来的老车间，砖木结构，又低又矮，高温蒸汽不停地喷出，冬天只是药味难忍，夏天就在蒸笼之中。男工，年纪大的，短裤赤膊；女工，不论年龄，大多上穿背心下穿裤头，上衣半是湿漉漉的。火柴厂怕火，那是提心吊胆的怕，怕火烧连营，怕火药爆炸。说书记、厂长每天都睡不上安稳觉，一点不为过，睡梦中一听到救火的警声，就会从床上竖起来，听警声是不是朝火柴厂的方向去。还是未逃过一劫，最后一个老车间刷磷装盒车间烧掉了。那时，我进机关了，回厂看到了那烧焦了的横梁，几处断垣残壁，似乎看到一个老人倒在地上不动弹了。

与我相处的，是老中青三代工人，一代从20世纪四五十年代过来的，一代从五六十年代过来的，一代从70年代新进厂的，他们连着火柴厂三分之二、半个世纪火柴生产的历史。大毛，李大毛，大毛是不是名，从没搞清楚，老一代工人的代表，圆脸，像火柴头，黑黑的，挺壮实，大嗓门，直言直语，连续机就是他们一帮工人干出来的，出了问题，不管是谁都要指责，以厂为家，他们那一代工人做到了。小纪，该是中纪，纪永福，脸上有个“记”，做过工会主席、车间主任，人憨厚，讲话没多少词儿，夏天常穿一件汗背心，带着一两百名女工，一年一年，一天一天，刷磷、装盒、包装，做主任也是工人，常常顶着上班。小赵，赵靖虞，父母是从靖江、常熟来苏州的，20世纪70年代初进厂，可称有文化的新一代工人，边上班，边搞团工作，像老一代工人，安于工作，安于清苦，不同之处，是关心时政，组织工人读报学文件。老高，高其志，头儿，书记，扛过枪打过仗，原是公安局的处长，那年月的厂领导，绝对的吃苦在先，享受在后，绝不多占一根火柴梗儿，火柴生产是个特殊行当，既不要多生产，也不能少生产，哪儿脱销，“金牌”会一块一块地下，保质保量安全生产，就是合格，为这八个字，殚精竭虑。这些年，老一代的走了一个又一个，中年一代的在家了，青年一代的散了。火柴工人多么像火柴，他们以自己的身躯点亮了世间，点热了千家万户，自己默默离去。

火柴是严格按照供需生产的，原料按计划配给，销售划区供应。所谓市场，也就是供应到那里，从领导到职工都没有后来的市场概念，都没有为火柴厂的前途担心。其实，命运之神正悄悄走来。先发生变化的，火柴的需求在一天一天减少，煤气、液化气在大步进入城市，古老的火柴点火在减少，致命的打击，是打火机代替了火柴，几乎占领了整个城市。而火柴生产的技术设备，在此后的十年，到90代初，并无改变。欧洲像瑞典早就木头进火柴出了。1982年，中国第一条火柴生产线在济南火柴厂试制成功。而苏州火柴厂还是原地踏步，尽管产品档次提高、品种增多，也没有挽回淘汰的结局。具体哪一年，没有去问，大约在20世纪90年代初，百年老厂苏州鸿生火柴厂关门大吉了。部分设备搬到近郊一个村，成了一家村里的合办企业。不知现在还在不在。火柴厂临河，是块宝地，那里办了苏州最大的水果批发市场，一些年纪尚轻的职工，成了市场管理人员。秋末去买过几次水果，见到他们，大家都有点尴尬。苏州环城整治，水果市场搬走了，火柴厂址成了一条绿带——市民休闲之地，还有几处酒家。留了原来放火柴盒的仓库，就是那幢二层楼的红房子。

2012年3月下旬的一天，春光融融，秋末来到新市桥下，来到了红房子的面前。像老朋友久别重逢，拉着手，仔细看了个遍。外貌没有大的变化，还是灰砖红砖相间，还是红的屋檐、窗框，新发现，窗子特别多，以前没留意。大门重做了，加了一个新招牌，上书“鸿盛楼食府”，“鸿盛”即鸿生，当年的仓库成了食府。推门而入，完全不是旧模样，与一般酒家无异，吧台、桌面、酒柜。楼后，借河造了个大平台，供游客室外观景品食。说明来意，酒家陪我上楼，原来堆满火柴盒和其他杂物的楼面，隔成了一间间包厢，柔和的灯光，红木模样的桌椅，该说蓬荜生辉，红屋藏娇了。留下的也就是一个空壳子。不过，刘鸿生还得感谢城市规划者，给他留了一点纪念，今日苏州人没有忘了他。

红房子南墙上有一个栏，不能称广告栏，也不能称纪念栏，可称二者兼有栏，一半是给刘鸿生的，上有老照片，苏州鸿生柴厂的全貌，开厂时的公告，宝塔牌火柴盒；一半是给食府的，介绍美食佳肴。昨天与今天，鸿生加食府，名副其实。“开厂公告”，秋末抄了一段，录之如下：

> 谨启者：本公司鉴于外货之充斥，国货之不振，金钱外溢不可胜计，兹为振兴国货挽回利权起见，特在苏州胥门外建厂造屋二百余间，置最新机器，专制红头黑头火柴，以供社会需求……

更新了的记忆：新市桥下，万绿丛中一点红。

叶受和及其在苏州的后辈们

苏州观前街上，有多家百年老店，其中稻香村、采芝斋、叶受和是苏式糖果茶食的代表。可谓名扬四海。这些百年老店，其尘封的前世，以及今日生活中的后人，世人知之甚少。秋末与叶受和在苏州的后辈有些亲戚往来，因之，得以窥知苏州百年老店的一二印迹。

那个新村叫什么名字，没有去查，邻近苏州大学北校区。那幢房子虽属新村，却已破旧，墙壁剥落，楼道台阶上，刷满了各式广告。一间卧室，半间客堂，50 多平方米，住着两位老人。进屋可见，没有任何装修，还是水泥地，家具都是旧的。给人以生气和书卷气的，是墙上挂着的一些自制的条幅。字是老人自写的，工整遒劲，可以看出非一日之功。男主人，年近九旬，面色红润，身材高大，腿脚已不很灵便，要扶着墙行走，慈眉善目，眉宇间透着精明。老人大名叶炳源，就是叶受和创始人在苏州的嫡孙。

老人口述了数万字的回忆录，由次子叶在壮整理成文。从文中可以看出，他对祖父叶鸿年很是崇敬，是他祖父创办了叶受和。多年前，秋末曾对苏州的百年老店做过一点剖析，发现这些老店大多是外地人来苏州开办的，本地土生土长的极少。如开采芝斋的金荫之是河南人，开鸿生火柴厂的刘鸿生是宁波人，叶受和的创始人叶鸿年是宁波慈溪人。想说明两点，苏州繁华、商贾兴旺，依赖于对外开放。士大夫、文人崇尚书中自有黄金屋，看不起经商，也不肯沾商字的边，苏州有文商分野的二元结构，是少有人道的奇特景象。

叶家在浙江慈溪乃大户人家，称得上名门望族。有资料说，叶鸿年生于 1847 年，慈溪鸣鹤镇人。叶姓为鸣鹤镇第一大族，叶鸿年之祖早年曾任清刑部员外郎，于乾隆三十一年在杭州创办叶种德堂国药店，先于胡雪岩的胡庆余堂 112 年。其族人在温州、上海等地创办了叶同仁堂、叶大昌等现今尚存的百年老店。叶鸿年由监生捐官同知。民国建立时，浙江省府委其代理鸣鹤场盐事长，后担任商会董事、水利局总理等。由于在家乡一直仗义疏财、赈灾办学，热心公益事业，民国 4 年 8 月，叶鸿年荣获孙中山赐予的“德高年劭”匾额。

叶鸿年是怎样在苏州开叶受和的，据说有个故事：光绪六年秋季的某一天，一个外地口音的中年男子在观前街玉楼春茶馆品茗，他的仆人被遣往附近稻香村购买茶食，半晌没有回来。中年男子等得不耐烦了，于是踱了出去，亲自前往稻香村，却见店中熙熙攘攘、顾客盈门，店中伙计只忙着招呼熟悉的大主顾，对零星散客置之不理。中年男子令仆人上前再三催促，店伙却冷然相对，讥讽道："什么要紧的？有本事自己开店，那就样样称心了！"中年男子怒形于色，悻悻然掉头而去。这一幕让一个刚被辞退的稻香村店伙看到，店伙暗忖，此人气度不凡，非富则贵，于是悄悄尾随，拦住他说："先生您要咽不下这口气，就真的开一家店，跟他们比试比试，我可以助您一臂之力！"中年男子欣然应允，即刻委任这名伙计去打理一切。第二年，稻香村东邻新开了一家茶食糖果号，招牌上写着"叶受和"。但叶炳源在回忆录中说："我祖父在壮年时捐了江苏候补道台，住在苏州，娶我祖母，光绪十二年（1886 年）投资五千两纹银，在观前街开设了叶受和茶食糖果店。"秋末问叶炳源，这个故事可真？他说，故事出于清人《醇华馆饮食脞志》。此书成于 1931 年，相隔四十余年，可信程度较高。宁波人做官也经商，有出外闯荡的传统，这是千真万确的。

叶受和是怎样兴旺、出名的，其发迹史是这样记载的：叶氏有此背景，与稻香村竞争自然不在话下，最初投资五千两纹银，并雇稻香村歇伙为"把作"师傅。由于首任经理是一位同乡的私塾先生，不善经营，起初连年亏损。叶鸿年又从浙江调资两千两入号，渐渐有了起色。叶鸿年将店取名"叶受和"，意在"和气生财"，要顾客们不再受气。同时提出开店宗旨：凡稻香村有的，叶受和也要有，没有而应有的，则加以弥补，并力创名牌，尤其是在质量上不惜工本，务必赶超稻香村。由于叶氏锲而不舍、励精图治，到 1929 年观前街拓宽之际，叶受和翻造三层店面，进入了全盛时期。叶炳源亦认为，"受和"二字，确是办店宗旨。1925 年 4 月 25 日的《苏州明报》有文章说：从来同行开新店，最喜欢仿用名牌店的牌号，这个姓叶的不题什么香字、村字，别开生面用"受和"两字，加上一个姓，就见他有独立志气，后来竟然成功。秋末叹曰：这才是百年老店的金字招牌。商界有两大传统，一是和气生财，二是无商不奸，现今承继了什么，孰多孰少？

叶鸿年之后，叶受和一直掌控在外姓经理手里，如何经营、状况如何、收益如何，股东一概不知，一年分红多少，全凭经理说了算。叶炳源一家生活相当拮据，他父亲常去店里提前支取"分红"。这与"叶受和老板"的身份，很不相配。叶受和的经营，既说明家族制中委托经理经营的方式由来已久，而股东缺乏实际的掌控和管理，就会大权旁落，董事制名存实亡。几千年的中国历史，有一个现象，那就是“权大欺主”。叶受和的这种状况是不是“权大欺主”？今日私营企业可以从中得到点教益。

叶炳源初中未读完就辍学了。他说：“此时唯一可以自救的只有勤奋自学，充实自己。”外公的书房内有很多古今书籍，可供阅读学习。他几乎每天都要去外公的书房里看书练字，并学珠算。依赖初中学习的语文基础，他通读了《古文观止》，涉猎诸子百家，名人传记，以及鲁迅、茅盾、巴金、胡适、林语堂等现代文学作品。还涉猎了医学药学《本草纲目》等知识性书籍。抗战时期，叶炳源一家辗转于上海宁波之间，生活来源靠东借西凑。此情此景，给他留下深刻印象，并萌生进入叶受和内账房的想法。

1943 年夏，经外婆介绍，叶炳源进了杭州储贸钱庄，在会计课工作。1946 年冬，他看到时机已到，果断辞去了钱庄职务，几经周折，如愿出任叶受和内账房。当时，原任内账房被排挤出店。叶炳源以“和”周旋于各股东之间，争取到多数股东的支持，并建立了叶受和新的经营班子。叶炳源还以“和”处理好了与经理陈茂生的关系，两人成为好朋友。从此，叶家真正掌握了叶受和的内情，“主”了叶受和。新班子组建之初，立了一条新规，每月发给各股东四石八斗米的“生活费”（按同业公会议定价计算，不受物价影响），但不得再预支借款，改革了多年来寅吃卯粮的陋习。这条新规，从 1947 年初开始，到 1950 年底止，约有四年时间，叶受和老板们过了一段相对舒适的日子。这说明，“权大欺主”“经理专政”是建立在“主”的无能，以及“主”与“主”不和的基础之上的，“和”救了叶受和。

新中国成立后，私营企业虽仍姓私，但已面临改造。叶受和的七个股东，每股四十二元定息，按季发放，扣去工商联互助金四元二角，净得三十七元八角，已是难以维持生计。对私营企业面临的重大变故，叶炳源说，仅有小叔婶母（苏州尚有叶鸿年幼子叶树莱一家八口分享其中一股）一人清醒，进了苏州刺绣厂，找了工作。新中国成立初期，叶炳源父亲叶树翰携妻儿七人，从老家慈溪迁来苏州，生活担子更加沉重。叶炳源有经商头脑，先向友人借了一部旧的弹花机，后到无锡购置了一部新型滚筒式弹花机，在吴趋坊做起了旧棉花弹松的加工业务。妻子毓秀是主管也是工人，还请了一个帮工。当时居民生活普遍困难，衣被常以旧翻新，每斤二角加工费的旧棉弹松小生意，倒也不断有人光顾。这个家庭弹棉花取名为“力生家庭弹花社”，搞了两年多。1956 年公私合营，个体经营合作化，力生弹花店就关门歇业了。弹花机卖给叶受和的一位职工，放在自己家门口赚点小钱。

历史翻过了二三十年，秋末见到叶炳源时，他已过了少壮之年，两鬓添白，是五十五岁的人了。1980年前后，苏州古城区内北园上出现了一大片新搭建的简易房屋，那里原是一片菜地，地广数十亩，住着数百从苏北回苏的下放户。叶炳源夫妻就住在里面，一间半房，一住就是五年。回首往事，他扳着指头说，“1969年冬到1979年秋，下放九年半时间，在农村六年，在盐城工作三年半。四十六岁时下放，五十五岁时回苏，人生能有几个九年半？蹉跎岁月呀。”下放苏北时，他在大丰种过田，到盐城江淮动力机厂办过食堂。长子在本去昆山插队，次子在壮做民办教师，三子在平为生产队记工员，四子在知先读书，后亦种田。他回忆苏北务农生涯，最欢快和得意的却是种田之外的分外事：在下放离苏前，他收集了好多中西药品，带到农村。原打算为自己和家人保健治病的，后来却在农民身上用去不少。他用“锡类散”治小儿口糜症，用“飞机鱼油”治烫伤，用醋化紫金锭治疮疖红肿，都是立竿见影，居然在当地赢得一点小名气。叶炳源回苏后还干会计老本行，在采芝斋继续工作了六年，在改革开放初期，为重现百年老店风采，做了很多工作，直至退休。

叶家有喜庆，都要请秋末和爱人作座上宾，从儿子结婚到孙女出嫁。喜席上，叶炳源夫妇都是笑眯眯的，脸上盛满了怡然自得。至今，叶家已是四世同堂。四个儿子读书时遭逢“文革”失学，靠自己奋斗，均可圈可点。长子在本从昆山插队到西山煤矿，再到肥皂厂，从工人到搞供销。次子在壮爱文史书法，而且颇有研究，为小学教导主任。三子有经商天赋，从饴糖厂烧锅炉到做保险，现为区保险公司总经理。四子做过厂长，现自办企业。有四孙女，皆大学毕业，成家立业，如今都有第二代。老两口如今重孙绕膝，尽享天伦之乐。

叶家与叶受和的产权已无关了。现今的叶受和，顾客盈门，香飘四海。叶家上观前街去叶受和，也只是顾客。秋末问叶炳源，最想对叶受和创始人——他的祖父叶鸿年说点什么？他说，祖父创办叶受和，叶受和延续百年，功在国家，利在社会，子孙是否得益，并不重要，不过是个糖果铺子，靠祖荫食利，必然碌碌无为，让子孙受到良好教育，有立足社会、为国效力的知识和才能，才是良方，才是远虑。刘鸿生有十子三女，都出洋留学。刘鸿生曾说：“我一生有两个得意的投资，一个是工矿企业，一个是子女教育。”我祖父在这方面不如刘鸿生。

秋末无语。叶受和的糖果并非都是甜的。

02

玄妙观之春、现代化之始

南北两大院

今天是个好日子

基本现代化的确定

城乡一体化的提出

玄妙观里第一春

土地规模经营第一声

“亿元乡”触到了科学发展

土地观的解放与土地的惆怅

“碧螺春”“后花园”与“东方之门”

从苏州制造到苏州创造

与秦振华说“样样争第一”

苏州负债建设有没有过度？

南北两大院

旧时叫衙门，今日叫政府办公的地方。

新中国成立后，苏州市区与地区基本分治，治所都在苏州城区内。在苏州人都很熟悉的道前街、饮马桥、大公园一二平方公里内，集中了苏州市、苏州地区的党政机关。苏州市委市政府在饮马桥南侧，苏州行署在大公园西侧。地市合并后，市委在原来的地区行署内，政府在原来的市委内，形成了市委市政府南北两大院。

秋末1968年首进南大院，后进进出出多次；1983年进北大院；1992年5月进《苏州日报》社，直至2000年，除去在望亭发电厂、苏州火柴厂的几年，二三十年的时间，就工作在这一平方公里内，大部分时间在南北两大院。

南大院，并不大，无今日政府高楼大厦的气派，一个大院子而已。一分为三，进大门，中间有个大花坛，坛南是市委办公地，坛北是市政府办公地，坛东是档案楼。老楼为主，新老杂处。大院北部是民国时期的建筑，两层楼，中西结合，很是考究。居中的是正楼，东西有侧楼，楼上四周相通，《新华日报》驻苏州记者站在南廊，秋末常去闲聊。下有廻廊相连，中间是院子，东西两棵树，地铺鹅卵石。楼东有一花园，有门相通，小巧别致，假山亭阁，花木扶疏，少有人进园，很是冷清。南部有三幢楼，市委办公室、市委组织部、市纪委各占一楼。市委宣传部一段时间在大院外，一段时间又迁入。紧依大院北部的是行政、后勤所在地，也是一个院子，一长条平房，像是旧时衙门的衙役住地。那时配备公车，每人一辆自行车，大多破旧，有专门修自行车的师傅，我们常陪着笑脸递根香烟请修傅修车。

1998年始，南大院成了苏州图书馆，没有拆除而留下来的，是北部的今天叫做“天香小筑”的民国建筑和南部的市委办公楼。从人民路可看到那幢曾是苏州市委所在地的低平小楼——苏州的政治中心，今日图书馆一处不起眼的附房，与馆楼相比，可称相形见绌。有次去图书馆开会，特去张望了一下，小楼依旧，门楣装扮变了，正在举办少儿读书活动，工作人员问要给小孩报名吗？

我笑笑未答，没有上楼就退了出来。

市委办公室是新造的一幢小楼。一点也不起眼，但对外界来说，还是相当神秘的，就是大院里的人，也是无事不登三宝殿。楼建于何时，不清楚，估计在20世纪六七十年代间。总共三层：第一层，大门凸出，旁边是传达室，有门卫盯着大门入口，一夫把关，万夫莫进。正楼东侧是大会议室，至多容纳百把人，一些与会人数不多的专业性会议在这儿召开。正楼西侧是收发室，打字、文印。第二层，市委秘书长、主任、秘书办公室，秘书长单独一间，不足20平方米，正副主任一间，七八个秘书分两间。第三层，书记办公室，市委书记的大一些，也不过20平方米，副书记的不足20平方米，有简易沙发和书柜，东头三四十平方米一大间是常委会议室，中间是一张长条形的会议桌，东西靠墙排着一二十张椅子，供列席会议者和办公室秘书坐，显得有点逼仄。进常委会议室，给人一种威严感，还有点紧张感，列席的，旁听的，一个个正襟危坐，一脸严肃。许多影响全市、载入史册的重要决策就在这儿产生，包括清算“文革”、恢复生产、开发新区、落实国务院全面保护古城的批复等。

市委办公室内部设置和人员配备相当精简，包括书记在内，一二十人，就文书、行政、秘书、调研三四个摊子，秘书最多，也就七八人。办公室没有后勤，仅一人打扫卫生，没有汽车，没有驾驶员，有辆送文件的摩托车。秋末值夜班，清晨曾在大院里兜风练车。市委总共四五辆小车，由行管处统管。书记也没专车，早上步行上班，要用车，向行管处要。特殊之处，就是绝对保证办公室用车。秘书分两种，跟书记的和专职文字的。秘书做这样几件事：跟书记、写报告、抓情况、出内部简报，跟书记的秘书还要为书记的生活方面做服务，传达书记指令，下情上达，上情下达。秘书长是大秘书，两室主任是中秘书，不论正副科长，都是小秘书。秘书还要轮值夜班，每周一次，十二点后方可休息，有事无事都要记值班记录，明天照样上班，也无补休。秋末每逢星期五值夜班，直至1992年，当了研究室副主任也值班。主要接电话，最多的是市民求助，断电断水，偶有失火，与有关部门联系处理。

北大院也不大，面积与南大院相仿，进大门就见市委办公楼。此外，由六七幢别墅小楼组成。此处原是金城银行高级职员的住所。由南向北，最大的一幢别墅，有二三百平方米，经理楼、市纪委所在地；中间一幢小一些，襄理所住，底层是市委政策研究室，楼上是市保密办；后面有四幢小楼，由正副经理外的高管住，有200平方米，市委组织部、市委宣传部各占二幢；西北角还有一幢，为档案楼。北大院的东面与南面是苏州大公园，西为体育场，中间隔着五卅路——五卅运动在苏州的发生地，路旁立有纪念碑。

市委办公室楼亦是新造的，也在20世纪六七十年代，比南大院的市委办公室楼建造质量、整体水平高得多，面积也大一些。布局相仿，一楼是传达室、值班休息室、文书收发室，书记室、书记会议室与秘书长办公室在二楼，三楼东一大间是常委会议室，西间是主任办公室，中间一大间是秘书办公室。办公室也打上了20世纪五六十年代的印记，不宽敞，谈不上阔绰、气派，陈设无非一张写字台一把椅子两三个文件柜，书记室多了一对简易沙发，书记办公室一二十平方米，秘书长十多平方米，常委会议室三四十平方米，中间亦是一张长条会议桌，像学生的课桌拼出来的，可称简陋。南北二院有点不同，书记办公室与秘书长办公室门对门，这样安排，可能是为了便于商量和交办事宜。七八个秘书挤在一间，住“统铺”。还有一个特别之处，“重男轻女”，秘书都是光头，非偶然，有意为之，请女同胞见谅了。

市委政策研究室是新成立的研究机构，外界不太了解，常当作落实政策的“落实办”，政府也有，先叫经济研究中心，后改名研究室，级别与区局同。市委政策研究室是将市委办公室的调研职能分出来建立的，由市委副秘书长兼主任，有两个副主任，七八个研究员，主要承担全市改革开放和两个文明建设带有全局性的调研课题，不少课题是市委领导直接交办的，另一项重要任务是参与写市委一些重要会议的报告，实质上是市委常委的智库和笔杆。苏州的农村发展走在全国前列，有关农村的调研很受中央农村政策研究室、省委研究室器重，实际是一个窗口一个点，有一批调研报告在中央和省委内刊上转发。政策研究室还是市委培养干部的一个基地，有一批调研员出任区局领导干部，有的还是市委领导。

从1983年至1992年，秋末在市委办公室和市委政策研究室近十年，目睹和亲历了苏州改革开放和现代化建设打基础的那个时段。发展乡镇工业，发展外向型经济，经济体制改革，开发高新区，开发工业园区，确立现代化目标，提出城乡一体化，保护生态环境，建设国家卫生文明城市，所有的决策就是在那个简朴的常委会议室里做出的。

烙印般的印记：市委办公室的晚上，常常灯火通明。那时没有电脑，秘书们都是一笔一划写报告、改报告，写了一遍又一遍，改了一遍又一遍。常听秘书长耳提面命，写报告，你们是书记，要站在全局思考问题。可是，装一下容易，真要成书记就难了，留下一个字：苦。写报告——天下最难写的文章。其实，真正写书记报告的是秘书长和主任，秘书做前道工序，收集资料打草稿，分担一部分工作，秋末常做的是最后一部分——加强党的建设和领导。快乐也有，下乡下厂调查，像飞出笼子的小鸟。虽是小秘书，下县下乡镇，可是大秘书，领导身边的人，县委书记也敬你三分。真正快乐的是，可以吸收新鲜空气，在苏州的一百几十个乡镇和数不清的乡镇企业留下了脚印。秋末对写领导报告，一点没有成就感，有成就感的是搞了几次调查，一个是昆山陆杨的家庭农场，一个是苏州农村的专业市场，一个是苏州农村的家庭工业（民营企业前身），这三个调查都有前瞻性，是农村发展的大课题，报告上了北京，有的上了中央政策研究室内刊。在兼任苏州市委政治体制改革领导小组办公室副主任时，搞了一个政改方案、写了一个报告、开了一个会，并没有实施，留了个记录，留下思考：政改需要探索。

政治、政权的运行离不开大大小小、各种各样的会议。开会要有地方，现在有会议中心。在建会议中心之前，有两类会议都在两院之外召开，一是区局干部会，二是“两会”和基层干部大会，农村叫三级干部会。区局干部会大多在两个地方开，地市合并前，在万寿宫，那是处古建筑，有个大殿，可容百把人，相当拥挤，我们这些秘书常坐在殿外门口，分组讨论在东西侧厢；地市合并后，在市委对面的大会议室，可容两三百人。现在这两个地方，一个是老年大学，一个是老干部活动中心，都姓“老”了。基层干部大会，市区在开明戏院开，地区在地区招待所（后来叫东吴饭店）开。“两会”在多个地方开，大会依次在开明戏院、东吴饭店、会议中心，代表、委员在南林饭店、南园饭店、阊门饭店住宿。

市委迁出后，北大院进了一个建筑集团，还有市妇联等组织；隔了数年，建筑集团又迁出，市委统战部与民主党派、工商联迁入。有一次，秋末去统战部，进了原来的市委办公室，上了三楼，但见人去楼空，悄无声息，去看了看秘书大间，桌子犹在，空无一人，昔日威严整肃、蕴含张力、发一声全市响应的感觉荡然无存。政治、权力的运行，楼与房只是外壳，今日、此后连在一起的，是记忆、记录：这儿曾经发生过什么。

历史表明，一二十年的两大院，是很有作为的两院，一心一意谋发展的两院，受到苏州人民拥护的两院。刻下的可以传世的有：向前的眼光、高效的运转、务实的作风。这是两院的主旋律，是苏州能一直走在全国前列的主因。

毋庸讳言，两院也没有摆脱一些不正之风和贪污腐败的侵蚀。在一次常委会议上，秋末亲耳听到江苏省委对一位领导干部的处理决定。扼腕痛惜的，有些领导干部并没有吸取前车之鉴，还在“前腐后继”，“百官共廉”成了两院的一笔遗产。

今天是个好日子

市管县，地市合并，无论在苏州，乃至全国，对打破城乡壁垒，实行城乡一体化，意义重大。一致公认，苏州有百条千条经验，叫得最响、硬邦邦的，就是城乡一体化。

苏州实行市管县体制，从哪一天算起？对外公布，是从 1983 年 3 日 1 日算起，而苏州市志上另有一个日子，1983 年 1 月 18 日——国务院批准苏州实行市管县新体制。以哪一个为准？没有说法。无论哪一天，对苏州都是个好日子。

其实，在苏州历史上，地市分分合合有过多次，还有过“三县分治”，把苏州市区一分为三，吴县、元和、长洲各治一块，地市合一的，有过两次。苏州与吴县接壤处，你增我缩，也从未停止，1950 年至 1963 年，据市志记载，就有 9 次，有的乡村被划过来划过去，一会儿进市，一会儿进县。可是，在以前的年代，行政区划的变化，与城乡经济发展关系并不大，都没有出现由此发生的城乡全局性的变化。

苏州实行市管县新体制，既是乡的需要，更是城的需要。记得，20 世纪 80 年代初，北京的吴亮平和南大的匡亚明，以中央党校顾问和省人大副主任的身份，到苏州搞了一次有关苏州园林受破坏和古城保护的调查。受破坏的一个原因是，苏州城区过于狭窄，古城区工厂要外迁，人口要疏散。苏州市委市政府做过多次动议和努力，要把吴县或部分乡镇划归苏州市，为此也到省里、北京活动过。因为苏州市区经济、旅游的发展，尤其是古城保护，受到了地域的桎梏。苏州要扩大，要与太湖连起来，灵岩山不能山上是市区、山下是吴县，各治一块。这应该是实行市管县、地市合并的前奏。城乡一体化的锣鼓敲起来了。

人们对地市合并是欢迎的。秋末有篇短文，写过当时城乡群众的心情，文中说：实行了市管县，耳朵里飘进了这样甜滋滋的话：“好哉，西山杨梅、东山枇杷、阳澄湖大闸蟹有得吃哉！”城里的人们希望市管县后，副食品比以前多一些。春节期间，到乡下老家住几天，父老乡亲也在议论市管县。他们发亮的眼光使人感到，他们也寄希望于城市：从今以后可以多买一些化肥、多分配一些农用柴油了。应该说，对其中更深的意义，未必都清楚，今日凸现出来的城乡一体化，还没有更多从这方面想。

对地市合并，市区的机关干部，大多有点无所谓，还有这样的想法，不是市管县是县管市，农村领导城市。一个实际是，从市委的主要负责人到市政府各部门的一把手，大都是原来地区的，原来的苏州市委书记到南京去了。我们这些秘书们的顶头上司，市委一二把手、市委秘书长和市委办公室、市委政策研究室的主任，全都是原来地委的，说得直露一点，我们“老市委”的秘书好像是战场上的败兵，有被整编和收容的感觉。

苏州正式实行市管县新体制，在1983年春节之后。市委设在原来的地区大院里，市政府设在原来的市委大院内。上班第一天，市委办公室的秘书都集中到政策研究室，开了一次见面会，形同欢迎会，欢迎市里来的秘书们。办公室和研究室分在两幢楼里，职能有所不同，办公室主管日常工作，研究室主管情况和文稿，其实是一家，都是直接为领导服务的。研究室的会议室不大，一二十平方米，两室秘书加领导有二十来人，满满一屋，记得我是下身坐在门外，上身探进门里。第一个会，说的是什么，已记不得了，记得的是，要团结，要相互学习，要尽快熟悉情况。秘书们相当拘谨，看得出，“老市委”来的秘书，大多脸上有些不安，不知今后怎样工作，面临怎样的局面。一朝天子一朝臣呀。

或许，我是苏州农村出来的，现在又回归农村，不感到怎么生分。还有，大约是20世纪70年代中期，有一年春节的前几天，我进过一次今日的市委办公室——昨天的地委办公室，有点旧地重游的感觉。那时真没有想到，今日要回到这儿来工作。那天，地委办公室副主任汪兆甲接待了我，我说明来意，是来拿张条子的。他很客气，一面要我坐，一面连说知道知道，在一张便笺上写了一封信。今日说来好笑，我去要的条子，要的是今天送给你也不想要的东西——山产的料红橘。那时东西少呀，过年连这样的水果也难买到。我们办公室的头儿是望亭电厂来的，他与地委领导熟悉，开口要了几十斤橘子。我当差去地委拿了批条，到枣市街河南岸的一个仓库提取。办公室每人分了几斤，欢天喜地。

可以看到，长期城乡分割，在秘书身上，乃至在领导们的思想、认识中，造成的裂痕，还是很明显的，城不知乡，乡不知城。领导们也意识到了。有一天，市委秘书长找我去，他说你帮我办一件事，你是读文科的，又在市里工作了一段时间，对苏州的历史文化比我熟悉，你能否编一些有关这方面的资料给我看。我说，说实话，我大学毕业分到苏州，在“文革”之中，没有接触到多少苏州文史，我可以去找一些现成的。此事就此作罢，我也没有找多少资料，但表明，领导们想了解认识苏州的历史。确实，这一点很重要，苏州古城、历史文化保护得怎么样，与对苏州历史的了解有着密切关系。现在，有些人从这方面来认识近三十年苏州古城保护的得与失，并非一点没有道理。

我觉得，做得更好一点的是，城市学习、了解农村。好像没有几天，市委副秘书长、办公室主任金湲就带领我和金建立两个秘书下乡了。自吴江始，最后到吴县的东西山，六个县市走了一圈，上上下下，有个把月。像小孩到江河里游泳，我们很兴奋，很投入，一切都感到那么新鲜，真是大开眼界。我们看家庭联产承包，看乡镇工业，听基层干部说他们的想法。尽管我老家在原来的苏州地区，多少知道一些苏南农村情况，但毕竟是星星点点。从那时知道，吴江工业重镇在盛泽，那里的丝绸与市区一样，同样日出万匹、衣被天下，沿太湖有七都八都，那里盛产太湖蟹，还有皮革；在常熟在张家港，看到乡镇工业已初成规模，以前知道沙洲有个塘桥麦子高产，现在目睹塘桥乡镇工业已成大树；多的是服装厂、羊毛衫厂，简直遍地开花，那时沙钢、牡丹汽车厂还没有出现，但雏形出现了，在张家港一个乡的场头上，看到了苏州第一辆手工打制出来的汽车，我们好惊喜，左看右看，还坐到驾驶室摆弄方向盘；在昆山、太仓、太湖边、阳澄湖边，看了鱼塘、鸡场、鸭场、蟹荡，农副产品多起来了，我们从来没有饱过这样的口福，在东山吃湖鲜，在吴江桃源吃羊肉，在张家港乐余用脸盆喝米酒，曾任太仓市委书记的周振球，那时在昆山陆杨，他请我们吃爊鸭，说要把这只鸭做成一个产业，此后他真的办到了。还记得在太仓乡镇企业买了一件格子的羊毛背心。

地市合并，市管县，在苏州，乡之于城，有三大功绩。一大功绩是推动思想变革。全国经济改革，思想解放，自家庭联产承包始，自农村始，苏州还有一始，自发展乡镇企业始。那时，对农民办工业，不要说在全国，就是地市合并后的市区，思想认识并没有完全解决，市区干部大都心怀疙瘩，最大的疙瘩是农村发展工业、与城市抢原料争市场。认为农村可以发展一点，但不能大发展，至多搞些日用工业，还是要以农以粮为纲。这个疙瘩，这个纠结，不是在会上学习班上解决的，是到农村实地去看看解决的。第二大功绩是为苏州大发展准备了干部条件。说实话，刚合并时，市区干部有不服气的，一把手大都是地区来的，地区有地方主义，没多久就消失了，就服气了。总体上，地区干部比市区干部思想开放、更务实，这也是一方水土养一方人，那时改革开放的前沿在农村，苏州出干部，其实，更多的是苏州农村出干部。第三大功绩是，为苏州市区扩大，尤其是苏州新区、园区的建设发展提供了地域条件。若不地市合并，苏州囿于古城十四平方公里，绝不可能有今日的苏州高新区、苏州工业园区，今日的沧浪新城也不可能出现。

而城之于乡，对提高发展农村，也有不可磨灭的功绩。地市合并后，在一个大苏州下，农村统称苏州，乡镇更得益于苏州对外的名声。在城乡统一规划下，加快推进了县市的各种现代基础设施建设，为农村现代化提供了可靠保证。城市向农村输送科学、技术、文化，步伐更快了，城乡技术合作遍地开花。乡镇企业办工业小区，不再处处冒烟，是向城市办高新区学来的。农村办养老保险，是城市养老保险的推广和延伸。一个结论，60 年的前 30 年，农村哺育了城市；60 年的后 30 年，城市反哺农村。

地市合并，有利无弊，至多大利小弊。也有人认为，地市合并以来，古城格局没有得到严格保护，国务院要求苏州全面保护古城，没有得到不折不扣的实施。他们认为，干将路的开通，干将河由河成沟，失去了家家尽枕河的苏州典型风貌，破坏了苏州风水。他们把古城风貌没有得到严格保护，归之于农村干部缺少历史文化知识所致，是农民进城的历史局限。也有不同看法认为，干将路开通与农村干部、农民进城无关，拓宽马路是现实需要，也是民意，那时还不可能建环城交通、不可能建地铁。秋末之见，争议可以继续，不必强求，但历史教训应该汲取，60 年中，有新中国成立后的农民进城，有改革开放后的农民进城，起的作用都是历史性的，也都有可以汲取的，扒了城墙，填了城河，记取这些是为了不犯类似的错误。

无论如何，无论怎么看，1983 年 1 月 18 日，1983 年 3 月 1 日，对苏州，对苏州老百姓，都是个好日子。今日苏州有如此声誉，有无间的城乡格局，这一天是起航的日子。

基本现代化的确定

1994年召开的苏州市第八次党代会，对苏州来讲是一次十分重要的会议，可以说是划时代的。这次会议提出了基本现代化的概念，提出了在20世纪末苏州基本实现现代化的目标。第一个率先正式提了出来，与以后提出的率先实现小康社会，“两个率先”成为苏州的施政纲领，成为苏州经济建设和社会发展的基本目标。这是苏州的一面旗帜。

为了宣传这个重要决定，报社领导组织发表一组社论，对基本现代化的内涵、意义、规划、步骤、重点、领导，作全方位的阐述。社论由我和评论部的编辑撰写，后因评论部对这个课题不熟悉，五篇社论由我一人执笔，一周一篇。当时苏州市委没有具体要求报社发社论，报社发社论一般不送审，第一篇社论出来，当天上午市委办公室就打电话到报社了解情况，告知市委领导很重视，意思说报社发社论做得好。市委书记杨晓堂是秋末的大学校友，前年校友活动，说到了这件事。秋末感到，他为当年这个决定很是欣慰。

说到新闻评奖，秋末谈到这组社论的写作，说了两点：党委机关报怎样为地方党委工作服务，高屋建瓴地为发展服务，重要时刻果断做出决策、发表言论。《苏州日报》为基本现代化发社论，不能不说是一次成功的实践。从新闻言论写作来看，当时现成的可供参考的资料几乎没有，秋末此前在领导机关做文字工作，加上多年在政策研究部门的积累，帮了大忙，养兵千日用兵一时，千日积累用在一时，积累对评论写作有基础作用。秋末自以为，这组社论是秋末在《苏州日报》近十年社评写作最成功的。

第一篇社论题为《历史的重任》：

> 苏州市第八次党代会提出了在20世纪末把苏州建设成为基本现代化地区的目标。这是一个振奋人心的目标。苏州应该有这样的抱负。
>
> 早日把苏州建设成为基本现代化地区，这是苏州人民多年来的殷切愿望，是历届党委和政府为之奋斗的目标。“楼上楼下，电灯电话”，“点灯不

用油，耕田不用牛”，尽管人们对现代化的概念还缺乏明确的认识，但是，苏州人民对现代化的追求，要实现现代化的愿望，20世纪50年代就开始生根发芽了。改革开放，使苏州人民对现代化的认识发生了飞跃。一方面，思想观念的更新，经济建设和社会事业的飞速发展，使广大干部群众看到了尽快实现基本现代化的可能，实现现代化不再是遥遥无期，可望而不可即了；另一方面，打开了国门，视野的开阔，看到了苏州与发达国家和先进地区的差距，时不我待，加快实现基本现代化的愿望从来没有现在这样迫切。苏州地区东南沿海经济发达地区，对于缩小我国东部与中西部地区之间的差距，对于加快全国现代化的进程，都肩负着责无旁贷的责任。苏州市第八次党代会承前启后、继往开来，及时提出到在20世纪末把苏州建设成为基本现代化地区，是顺乎民心，符合历史发展要求的，是高度责任心的体现。

苏州在20世纪末实现基本现代化，具有相应的主客观条件。今天的苏州已不再是一张白纸，经过近几十年的努力，无论是经济总量还是经济素质，都为现代化打下了较为坚实的基础。经过改革开放，加快与国际间的交往，在许多方面已经缩短了与发达国家之间的距离，有的方面已接近现代化的要求。乡镇工业的迅速发展，城乡一体化的推进，一批以县城为中心的中等城市的崛起，一大批紧密连结广阔农村、具有现代气息的小城镇的兴起，正在加速推进的农村城市化，为解决农村现代化的突出难题找到了通道。人间的一切都要靠人创造出来。在邓小平建设有中国特色社会主义理论的哺育下，在改革开放的实践中锻炼成长起来的干部队伍、职工队伍，以及在乡镇工业的熔炉中从“日出而作，日没而息”中脱颖出的敢闯敢干的新型农民，使加快实现现代化有了最重要的保证。两个文明一起抓，两个文明都结出丰硕成果，苏州具有实现现代化所必需的稳定的社会环境。

苏州地区东南沿海发达地区，拥有得天独厚的地理优势。苏州既能直接接受上海现代化和浦东开发开放的带动效应，又有改革开放以来与内地的各种经济联系。今天的苏州已不再是古城墙中的园中之城了，与世界各国和地区交往日益加深，苏州正在走向世界。一大批三资企业与海外建立了千丝万缕的联系，一批国家和省级开发区已经成为同国际接轨的桥梁，中新合作苏州工业园区既是未来苏州新的经济生长点，也是整个苏州实现基本现代化的有力推进器。

邓小平同志一再强调，有条件的地方要尽可能搞得快一些，全国各地都要抓住机遇，加快发展。党的十四大提出，力争二十年的努力，使有条件的地方成为我国基本实现现代化的地区。省委也要求苏南地区率先实现基本现代化。我们必须明确，在20世纪末，力争把苏州建设成为基本现代化地区，是党中央、省委对苏州的期望，是建设有中国特色社会主义理论与苏州实际相结合的体现，也是苏州广大干部群众的内在要求。我们常说大势所趋，现在的苏州就在这个加快实现现代化的大势之中，趋的就是这个大势。

任何成功都不可能一蹴而就，前无古人的现代化事业更是如此。我们说苏州具有实现基本现代化的有利条件，并不是说前进路上没有困难，没有障碍，现代化可以轻而易得，事实上要克服的困难还不少，要越过的障碍还相当多。从建立社会主义市场经济体制，到整体经济素质得到优化、经济外向度进一步提高、经济总量大幅度扩大，从基础设施配套到城市化格局基本形成，乃至人民教育水平、生活质量、生活水平的提高，都有大量工作要做，有一个个硬仗要打。我们既要有敢为人先、干一番大事业的雄心壮志，又要有正视困难、脚踏实地的务实精神去化解困难，去铺平前进道路。我们苏州人有一股金不换的艰苦创业精神，赢得了苏州可以称之为辉煌的昨天；今天我们要赢得现代化更光辉的事业，同样要发扬艰苦奋斗的创业精神。

让我们朝着基本现代化的目标，为之奋斗，为之拼搏，为之鞠躬尽瘁！

这组社论对推进现代化的一些重要问题作了阐述，提出：科学规划、突出重点、分步实施；推进改革开放是实现基本现代化的关键；依靠全市人民，城乡一体，统筹协调发展；着力提高经济素质，着力提高人的素养；提高领导能力，把实现基本现代化作为加强党的建设的主要内容。

有一点需要说明：对现代化有两个提法，先是“实现基本现代化”，后改为“基本实现现代化”，有所不同，实质内容是一致的。

在近二十年中，苏州对20世纪末、21世纪初基本实现现代化，从无动摇，历届党委、历届政府都是高举两个率先，一步一步向前推进，经过不懈努力，离基本现代化的目标越来越近，现在可以说已是一步之遥。短短二十年，苏州靠自身之力，基本实现现代化，在中外历史上，都可称为奇迹。原定目标，20世纪末实现基本现代化，怎么看？应该说，当时对基本现代化的指标、内涵，还不是很清楚，省、市都没有制定出指标体系，有一个制订过程，还不是很科学；另外，对在一个地区、城乡分割状态下、经济还相当落后的中小城市，实现现代化的艰难，还缺乏足够的更清醒的认识，尤其是对人的现代化、城乡一体化的艰难更缺乏深切的认识。今日可以重新确定，可以更灵活一些，可以这样提出："20 世纪末、21 世纪初或更长一些时候"，提前实现比一次一次推迟实现好。这也是一个经验教训。凡事要留有余地。

现在苏州离基本实现现代化还有多远？江苏基本实现现代化的指标体系由四大类 30 项指标组成，其中经济发展 9 项、人民生活 7 项、社会发展 8 项、生态环境 6 项。按照指标体系监测方法，综合得分 90 分以上、单项指标实现程度 80%以上、人民群众对现代化建设成果的满意度 70%以上，即为达标。2013 年 2 月 18 日，苏州市长周乃翔在"全市现代化建设暨转型升级推进会"上公布，对照江苏省基本实现现代化指标体系，根据苏州市各职能部门提供的指标完成预计数，苏州市 2012 年基本实现现代化，总体实现程度为 94.45%，比上年提高 10 个百分点。另据中新社消息，2011 年，昆山、张家港、常熟及苏州工业园区陆续向外宣布，已基本达到苏州县级市区域现代化指标体系的总体要求。苏州大市明确力争到 2015 年率先基本实现现代化的目标。

苏州基本实现现代化已在眼前，只等敲锣打鼓了。这是值得庆祝的。现代化了，就此坐在成绩簿上止步不前，享受现代化了？千万不能这样。一者，对现代化还得重新认识。基本现代化，并不等于现代化，是有距离的现代化，基本现代化要向现代化不停顿地化。现代化永无止境。二者，改革没有完成，现代化也就没有完成。现代化是建筑在改革基础上的，改革朝前走，现代化也要朝前走。三者，经济素质、环境、生态等国计民生的重大问题还没有全解决好，基本现代化还不是高级的现代化，需要升级。四者，人的现代化、民生问题还不能说已解决好。现代化在前面向我们招手。革命尚未成功，同志仍须努力。

城乡一体化的提出

2012年“十八大”召开的时候，中央电视台制作了一个回顾改革开放的专题，说了苏州，说的是城乡一体化，具体说的是吴中区临湖镇的湖桥村。的确，要说苏州改革开放三十年来有什么成功之处，有什么成功经验，可以归结为一条，那就是不遗余力推进城乡一体化。以城市化、城乡一体化推动全市现代化建设。

苏州实行城乡一体化，有这样几个要点：实行市管县新体制，为城乡一体打破行政壁垒；把城乡一体作为实现基本现代化的一个主要目标和重要通道；发展乡镇工业，发展小城镇，从农村内部推进城市化；增强市县中心城市实力，提升城市对农村的辐射能力；从医疗、养老保险等民生上，实行城乡统筹全覆盖；去伪求真，推进人的城市化，不断提升城乡一体化水平。三十年的努力，今天可以讲，苏州已大体或基本上实行城乡一体了，千百年留下的城乡分割、城乡差别，已大体消失。这是很了不起的。

苏州历史上有几次地市合一，那只是行政上的，对城乡一体并无多少实际效果。真正从实行城乡一体出发的，是1983年的市管县。实行市管县新体制，拆除了行政壁垒，在一个区域范围内政令一致，畅行无阻。作为中心城市的苏州市区一扩再扩，原来的吴县、吴江成了苏州市区，苏州成了较大城市。这是苏州城乡一体化的基础。

1994年，苏州提出在20世纪末率先基本实现现代化，此后又提出21世纪初率先建成小康社会，都十分明确，基本现代化是城乡一体的现代化，小康是城乡一体的小康，以此作为基本现代化的主要目标，作为实现目标的主要通道，决不以牺牲农村为代价。有此一证，秋末根据苏州市委、市政府多年一贯的工作方针写的一组社论，把城乡一体化作为基本现代化必须坚持的方针、原则和指导思想。在《既整体推进又突出重点》中说：

> 城乡联动，相互支持，是必须坚持的一个原则。我们要实现的现代化

是城乡一体的现代化，决不走牺牲农村来换取城市现代化的路子，也不走城市和农村各唱各的戏的路子，要总体规划，城乡联动。现在市区同六县（市）关系越来越紧密，城乡的界限越来越“模糊”，吴县城区同市区更是连在一起，协同作战更有必要。现代化设施和社会事业，比如交通、电讯的建设，高等教育的发展，环境的整治，更应在全市范围内考虑和进行。就是在一个县（市）内，也要贯彻总体规划、城乡联动的原则。

城乡协调发展，同样是苏州三十年发展的一条基本经验，实质是城乡一体化的具体化，同样是苏州发展的一个方针和基本原则。2001年，中央和省主要媒体到苏州总结推广“苏州经验”，苏州媒体也参与，《苏州日报》发了一组述评式的评论员文章，其中有一篇由秋末执笔，述评的就是城乡协调发展。述评说，“苏州改革发展，积一二十年的经验，归之于一条，在城乡，两个文明、工业与农业、经济与社会事业的协调发展，保证率先实现基本实现现代化和率先建成小康社会沿着健康、科学的轨道前行。”

在人们的概念里，城市化以城为主，是以城市化农村。应该承认，城市是城市化的主体，是用城市文明建设乃至改造农村，让农村享受人类千百年来尤其近百年所创造的文明成果，改造农村因城乡分割所造成的种种落后，提升农村的文明水平，这是农村现代化的题中之义。但，有两点必须清楚，一点，城市化绝不是消灭农村，把农村变成城市；另一点，在城市化中农村不是可有可无，不是将就、被动，城市化要从农村内部化，内外结合，以内为主。苏州农村城市化最主要的特点，恰恰就在内外结合、以内为主，从农村内部实施城市化、城镇化。湖桥村的路子和最主要的经验，也就是依托城市，依靠农民，自身发展。

苏州农村城市化、城镇化有两个主要抓手或通道，一是发展乡镇工业，实现农村工业化；二是发展小城镇，实现城镇化。推进工业化，农村走出了单一农业、积贫积弱的状态，走向富裕、小康，农村有经济实力城市化，同时大大提高了农民的素质。发展小城镇，经济、人口适度集中，改变了农村过于分散的状态，推进了交通、通讯、环保等现代化设施建设，使城镇化有了坚实基础。应该说，苏州农村的现代化和实现小康，主要靠农村自己的努力实现的。内外结合、以内为主推进城市化，苏州农村的这个“金不换”，还没有为外界所认识和重视，需要“刮目相看”。送一个现代化给农村，既不可靠，也不现实。

城乡一体化，以城为主，城必须是强城，有能力去城市化。令人难以置信的是，20世纪80年代初，地市合并后的苏州市区，称不得强城，经济总量和财政收入，均低于那时的六县市，六“虎”争雄，市区有点头轻脚重、尾大不掉的味儿，无论改革和发展，都形成了农村包围城市的态势。奇迹很快出现了，在不到十年的时间里，苏州市区向六县市学习，大刀阔斧进行经济体制改革，民营经济唱经济主角；开辟高新区，建设苏州工业园区，大力吸收外资，外向型经济唱主角，苏州成为中国制造的一块高地，经济总量和财政收入均超过县区，苏州市区有能力影响、引导县市、农村。可以看到，现代基础设施建设以市为中心向农村辐射，市区在科技、文化领先并引导、支持农村，乡镇企业向市县开发区、工业园区靠拢和集中，市区真正成为城市化的领头羊。

印象之中，十多年来《苏州日报》有四次得中国新闻奖，有三次在昆山。这三次奖，很大成分得的是题材奖，一次是美国总统卡特参观周庄一个村的村民选举，两次是城乡一体化，村民刷卡看病和村民养老保险。昆山领先，其他县市紧跟其后，苏州农村在看病、养老保险实行了全覆盖，城乡一体化在民生上有了实质性的进展。农民退休后每月有五六百块的养老金，可以保证基本生活，医药费大部可报销，大病报销比例更高，这是中国农村开天辟地所没有的，农民真正在生活上得到了翻身，在城乡一体化中受益。

苏州不排外，苏州已成为外来人口占半数的“移民城市”。数以百万计的农民涌入苏州，既是推进苏州城市化一支不可或缺的重要力量，也是苏州城市化、城乡一体化的一个重要内容。从田头来的农民，无论在享受市民待遇，还是在思想观念和生活习惯上融入城市，都有一个城市化的过程。一方面，要在政策上，让农民工在报酬、子女上学等方面与市民看齐；一方面，要创造条件，不断提高农民工素质，使农民成为市民，苏州城乡都在待遇享受和提高素质上双管齐入，加快农民工城市化的进程。通过一二十年努力，农民工的城市化同样进得了长足的进步。

三十年改革开放，三十年城乡一体化，苏州可以讲大体城市化城镇化了。需要清楚，城市化、城镇化还属初级的城市化城镇化，城市化需要不断提高水平，向更高水平迈进。现在有一个得到公认的说法，城市化中有“伪”，有水分，要去“伪”求真。2011年，秋末写了一文，名为《“伪城市化”之伪》，说的就是提高城市化的水平：

最近，中科院发布有关中国城市化的调研报告。报告称，到2008年底，中国的城市化率已达到45.6%，中国的城市人口已达到6.07亿人。

如果按照1%的速度增长，到“十二五”期末，中国的城市化率将超过50%，中国的城市人口将超过农村人口。

报告一出，几乎众口一词，城市化中有伪城市化现象，一母所生，还有伪城镇化。依据何在？进了城的农民，由于受城乡分割和户籍制度的制约，不能享受城市居民的同等待遇，一市一地二制，名为城市化，实是伪城市化。指明城市化中有伪城市化现象，是一件好事，至少告诉我们两点，一点，城市化在城乡分割的中国并不简单，有一个相当长的过程；另一点，城市化需要多种配套改革，不只是户籍制度的改革，还有思想观念、生活习惯要化。

城市化势不可挡，中国发展一大潜力、一大内需，顺势而化是顺时之举。快一点，既应该也是可以办到的，但过快过热，就要出问题。城市化是发展，亦受发展制约，发展不到相应的程度，城市化是化不了的。不能操之过切，更不能搞大跃进。有没有大跃进的味道，得认真查查。用不到举例，事实上，是存在的。大片的长草的所谓闲置地何止一两个城市有。去伪存真，要回到循序渐进有序而化的轨道上来。不能让GDP政绩，变成城市化政绩。城市化要纳入科学发展的轨道。

在城市化中没有化掉而继续的城乡分割、二元结构，要有一个消化过程，不可能三天两天一化就化掉，主要是城市承受能力的问题。对城市而言，城市在发展扩展的同时，也要付出，乃至背上沉重的负担。农民进城创造财富，城市也要为农民提供服务。基础设施建设就是一大负担。伪城市化，是个信号，城市容纳进城农民是有限度的。这就要适时调正方针，农村城市化主要在内化，把现代化的基点放到农村去。

在中国农村城市化城镇化走在前面的苏州，有没有伪城市化现象？如以不能享受城市居民的同等待遇就是伪城市化伪城镇化，无疑，苏州同样是存在的，只是程度不同而已。无论在市区，在县城，城乡分割留下的“割痕”，还是可以看到。苏州同样需要不断提高城市化城镇化的水平。

在城市化的进程中，苏州有没有失去耕地过多，环境有没有受到破坏，尤其是传统的江南风貌、文化消失过多的问题，这是需要正视和值得研究的。一大问题，城市化怎样保护好农村，让农村承受、付出最小的代价。

玄妙观里第一春

城市的市，就是买卖，城市就是做买卖的地方。市场加居民，可称今日的城市。市场的繁荣，几乎就是城市的繁荣。中国市场曾一波三折，盛盛衰衰，衰衰盛盛，涉及主义，涉及体制，国运的一面镜子。

苏州有个玄妙观，那是道家场所，也与市场兴衰相关。可能今日的苏州少有人知，20 世纪 70 年代末，苏州市场肃杀之后，春风又绿江南岸，市民可以进市场办市场，振臂一呼的，发出第一声的，在玄妙观。

1980 年底吧，“文革”结束不久，改革开放的气氛不算浓，还可以讲有点春寒料峭。有一天，中共苏州市委常委开例会，玄妙观上了会议，会上说到了玄妙观。说是，一段时间来，市民对玄妙观议论纷纷，尤其干部之中，还有人民来信，说玄妙观出现了自由市场，什么东西都有得卖，还有票证，资本主义又蠢蠢而动了，市里应该管管。常委会上只是说说，没有定论，领导们的意见是，不忙作结论，去调查一下再说。会后，市委秘书长丁群把我找去，向我交代了任务，去调查玄妙观。还说，不要开座谈会，去实地观察就行。我理解他的意思，不要兴师动众，以免造成市委要取缔自由市场的误解。

玄妙观是个道观，位于苏州最热闹的观前街上。观前街与府前街一样，因在观前、府署前而得名。玄妙观始建于西晋咸宁二年，据说这里曾是吴王阖闾的故宫。论历史，它比北京白云观早建 463 年，论规模，它比南京朝天宫更大。千百年来，玄妙观以历史悠久、建筑宏伟、文物古迹众多而闻名天下。玄妙观前有一广场，千余平方米吧，东西两侧商铺林立，场中摊贩与游人相织，各式小吃，四时果蔬，杂耍武术，苏式工艺品，应有尽有。宗教活动、商业买卖、民俗活动集于一地，是苏州的城中城。1959 年，还是困难时期，秋末首进苏州城，逛了玄妙观，那时物资虽然匮乏，还是相当热闹，几分钱喝了碗豆腐花（脑），游人摩肩接踵，道家乐声悠悠，至今犹在眼前耳间。后来市场、买卖消失。秋末大学毕业，1968 年再进玄妙观，已是冷冷清清，树上几只麻雀，场上三三两两老人。

对玄妙观又热闹起来的情况，我还是了解的，不止一次去光顾过。这次作为工作任务，一项调查，目的就不一样了。去了两个大半天，与摊贩一个一个攀谈，问他们从哪里来，货从哪里来，卖得怎样，一天能赚多少，他们大多闪烁其辞，尤其是货源、赚多赚少不肯实讲，有的还说，你问这些干什么，我说也想干呀。基本情况还是摸到了，设摊做买卖的，近半是郊区农民，自产自销农副产品；卖小商品的，大多是无业市民，也有所谓从“山上”（监狱）下来的，极少国企、集体企业的职工；卖工艺品、苏绣制品的，大多是重操旧业，极少外地口音；粮票换鸡蛋堂而皇之，买卖票证则暗得多。问了不少市民赞成不赞成？他们说，玄妙观又不是今天才有买卖。写了个情况汇报，提了对策建议：放不是禁，疏不宜堵，禁票证买卖，工业品看看再说，加强秩序管理。领导批示，情况汇报登《内部情况》，发各区局。隔了月余，秋末觉得，应该将市委领导支持开放集市贸易的态度广而告之，将情况汇报，以《玄妙观里有是非》，改成一篇评论，送《苏州报》，没有几天发了出来。编辑将“有”改成“话”，《玄妙观里话是非》，一字之改，全篇皆活，秋末击掌，改得好。文不长，如下：

> 近来玄妙观成了人们谈话的资料。不是谈神谈佛，而是谈集市贸易，以及其他云云。这样那样的说法，耳朵里确实刮进了不少。抱着眼见为实的想法，笔者特意去察看了几次。给我初步的印象，熙熙攘攘，挺闹猛的；抽象一下，得了个概念：玄妙观里有是也有非。
>
> 农副产品多了，此乃一大是。鲜鱼还是够多的，价格比国营格市场贵一点，尚属可以；猪肉有纯精肉卖，比国营市场便宜；冬笋、白木耳同国家牌价差不多；此外，还可见到一些多年不见的农副产品。总的来讲，集市贸易价格比之国营牌价高一些，但比之没有，应该说是好事一桩，是受群众欢迎的。玄妙观里还有各种各样的小商品，有不少是大商场里难以买到的。有时要买个小玩意儿，真是踏破铁鞋无觅处，这儿得来全不费工夫。此乃二是。这儿还有几十部缝纫机、拷边机，现裁现做，立等可取，无疑是个露天缝纫店，对于官商缝纫店，是一大刺激、一大促进。此乃三是。
>
> 玄妙观里也有非。非者，笔者概括为“四乱”。一是对象乱。这么多做小生意的，是不是都有证？据说，不少人没有办证。无证可以设摊，难免鱼龙混杂，难以管理。二是品种乱。一些大百货能不能上市？一些国营、集体单位的产品在私人的摊位上出售，这允许不允许？值得考虑。高价香

烟、赌具、假药等等非法买卖，都在取缔之列。三是价格乱。有些价格高得出奇，群众很有意见。集市贸易价格本来受价值规律调节，有高有低，但对于那些套购居奇，有意哄抬物价的，群众反映应予控制。四是秩序乱。为设摊争位置，动嘴乃至动手的，也绝非仅见。此外，还有明目张胆搞赌博的，搞票证非法交易的。

玄妙观是道家场所，出现集市，真有意思，反映了社会变化和群众需求。玄妙观里的“是”，要充分肯定：对里面的“非”，用不到大惊小怪，有关部门不能搞无为而治，要采取有效措施变乱为治。

城里城外，几乎同一个时候，遥相呼应的是虎丘山下，进山马路两侧也出现了集市贸易和小商品市场，除卖苏州特色小吃外，主卖苏绣制品和工艺品，所谓旅游商品，摊位一个接一个，足有半里一里长。好像仪仗队，夹路相迎游客。

玄妙观出现自由市场，有计划的商品经济还没有提出，与20世纪90年代初的计划与市场大讨论，市场经济坐上帅位，相距近十年。可见，实践常常早于理论，群众是改革开放后，市场、流通、市场经济的开拓者。无需给群众戴上“最聪明”“创造世界”的高帽，市场一天不可或缺，是市民自身需求恢复了城市的基本功能，需求是遏止、阻挡不了的，野火烧不尽，春风吹又生。玄妙观出现集市，虽属故态复萌，但复萌之中，实践推动了理论，培育了理论，教育了上上下下，有了新的含义，应该给玄妙观记上一功。

在苏州农村，集市贸易很快恢复之外，稍后一点的，出现了专业市场。1986年吧，我已调到市委政策研究室工作，和另一位研究员接了一个任务，到六县市调查刚冒出来的专业市场。后来证明，这次调查意义重大。我们对六县市凡有专业性质的市场，拉网似的扫了一个遍，选了有代表性的十个专业市场作研究。这十个专业市场涉及丝调、服装、羊毛衫、木材、水产品、粮食、废品等，既有原辅材料又有工业产品，既有农副产品又有建筑材料，既有成形的又有小荷刚露尖尖角的。多数市场规模并不大，后来辐射大半个中国影响极大的吴江东方丝绸市场、常熟招商场，一个还未成形在盛泽的一些宾馆饭店交易，一个还是马路市场，沿马路空地塑料大棚下百来个摊位，现在供应苏州市区大部分粮食的苏州粮食批发市场，那时还是在船上和岸边交易的流动米市。我们对它们倾注了极大的热情，放在加快发展乡镇企业、农民进入流通、农民办市场的大背景下来考量，提出迅速加快发展、扩大规模、提高档次的对策，各县市要把建设专业市场作为一件大事来办。市委领导肯定调查做得及时，省委研究室和中央农村政策研究室转发了调查报告。

如果说，1978年后玄妙观出现集市贸易还有非议，还有指指点点，到1985年出现专业市场已是风平浪静，同声支持，这个变化有个背景，那就是1984年的中央一号文件，不仅允许，还鼓励、支持发展商品生产。有一句话，大规模商品生产是不可逾越的必然过程，破了禁区，打开了闸门。秋末亲睹，县市、区局领导干部对“不可逾越”四个字热烈讨论的情景，四个字一次又一次出现在简报和文件上。1984年一号文件是市场建设的基石。苏州城乡市场经济的流通，就是这样发展起来的，由市民、农民自发创办，由政府支持、推动，由各类经济组织参与、管理，形成了今日多层次、多种类、多功能较完备的市场体系。

还应该提一下的是，苏州农村出现大规模的专业市场，与千万个个私企业、乡镇企业相连，小市场、大流通，实际上是不在温州的温州模式，与苏南模式相并，形成两种模式共存的局面。这种局面说明，苏南模式与温州模式各有特点有所不同，本质都是市场经济。此后，苏州乡镇企业的改制，实质上是苏州农村已有的两种模式的相融与相合。可能有此原因，费孝通有关苏南模式、温州模式分类一出，相异讲得多，相同讲得少，把苏南模式中的温州模式掩盖掉了，也少有人道了。是不是可以得出这样一个教益，在探索的道路上，宜少下定义，更不要为定义所框，一切从实际出发。

30多年过去了，秋末给玄妙观归结的“是”，不是小是，是大是了，市场，不仅市民办、农民办，外国人也来办了，欧尚、家乐福办在家门口了，中国人也出国办市场了；玄妙观里的“非”，有不少不是非，成了是，有些“非”还是非，还多了一些非，从一个个摸得着的市场，到市场经济体制，从粗放的到有规则的，建成有法制的市场经济，等着我们的，还有大量的工作要做，任重道远。玄妙观仅是个起点。

土地规模经营第一声

有个数字，不知有没有引起大家注意，相信关注的朋友不会太多。2013 年 6 月 15 日的《城市商报》说，至今苏州农村 81.7%的耕地实行了规模经营，是在报成绩；也在说，苏州从 1982 年推行家庭联产承包始，大部分耕地实行规模经营，用了整整 30 年。从土改到家庭联产承包 30 年，这 30 年里农村经历了多少事，一长串啊；而仅仅耕地规模经营也用了 30 年。合理吗？必要吗？想过其中的理由和道理吗？

什么是规模经营？简单说就是要达到一定的量，才有效益，效益才高，种地才合算。一个劳力种一两亩地，没有多少效益；种十亩地效益高了，种二十、三十亩地更高了；有个帮手，有些机械设备，种一百亩地，效益会更高；还是一个劳力，种二百、三百亩地，超过了承受能力，效益会下降。规模经营前面有两个字，叫适度规模经营。也叫适可而止吧，这个“可”就是相应的条件。

农村实行家庭联产承包，农民得了经营土地的自主权，改革大锅饭，这一步要走，非走不可，但也留下了一个大问题，由于耕地偏少，扣除口粮地，真正作为承包地的耕地并不多，再加上远近、质量好差搭配，就出现鸡零狗碎、一块地由几户耕种的现象。实行家庭联产承包之后，在苏南、苏州，很难说提高了土地产出率。种田要有效益，种田要能致富，非实行规模经营不可。

苏州真正打响规模经营第一枪，在 1984 年，引起注意并作为一个重要部署，就是摆上议事日程作为政策推行，在 1985 年。苏州地市合并之后，保留了地区和农村的工作习惯，每年初要开村、乡、县三级干部会议，苏州葑门有个东吴饭店，原来是地区招待所，“三干会”就在里面开。1985 年的“三干会”，是地市合并后的第一次“三干会”，我们这些原来市区的秘书，很有几分新鲜。那时的会议流行编简报，这是办公室秘书的一项工作，白天听讨论情况，晚上编会议简报。市县领导对简报很重视，都认真看。里面有“一致认为”“大家都感到”之类的官样文章，也有货真价实的，特别是不发到组里仅供市领导阅的简报，上面有基层反映出来的新情况新问题。简报还起到交流想想、统一认识的作用。有些对一个地区一个市来讲称得上重大决策，最初的情况、依据、启示不少就来自会议提供的情况。影响苏州农村、持之以恒三十年、还要继续努力的土地规模经营，最初的动因、典型，就来自1984年的三级干部会议的一份简报。

记得，那份简报是由几条短信息组成的，其中有一条说，昆山县陆杨乡出现土地向种田能手集中的情况，有8户农民，在一个叫谢三根的青年农民的带领下，转包务工农民家庭转出的土地，有二三十亩的，有四五十亩的，也有上百亩的，户均种地七十余亩，种田效益大大提高，也改变了土地承包中出现的地块过于分散不利于耕作的情况。这条信息没有标题，也没有放在突出位置，关注的人并不多，大多看看而已。

会议刚结束，大家忙了好多天，都想透口气休息一下。一个电话，市委秘书长孙源泉要我去他办公室。他给我看一份简报，简报上用红笔醒目地勾出了昆山陆杨的那条信息。他说，看到了吗？我点了点头，秘书长又说，给你一个任务，由你负责，去昆山陆杨乡调查简报上反映的情况，看有没有推广价值。简报上有批语：请市委办公室调查，市委农工部、昆山县委办公室派员参加。说实话，我是从市里来的，虽出身农村，对苏州农村并不了解，尤其对家庭联产承包，更是一知半解。秘书长看我有迟疑，说：就算去学习吧。

调查组去了四个人，市委办公室还去了一位秘书，市委农工部派了一位中层干部，那时杨守松在昆山县委办公室工作，昆山之路还没走出来，还没出名，他是我们的向导和联络。留下的印象，话语不多，调查时很少发言，调查结束，我们回苏州，他没有参与调查报告的写作。隔不多久，在一家杂志上，看到了杨守松写陆杨家庭农场的长篇通讯，很有报告文学味，写作才能露了出来，非办公室笼中鸟。那时陆杨乡的党委书记，是后来任太仓市委书记的周振球。多年，陆杨两个出了名，一是乡镇工业，二是土地规模经营，这也是周振球仕途的两个台阶。也因调查陆杨，我认识、熟悉了杨守松和周振球。

陆杨乡在昆山城北，离市区不远，十里不到，属昆北地区，向西与出大闸蟹的巴城相连。1984年，陆杨出现土地转包的村有两三个，主要集中在一个村，村名记不得了，好像还叫几大队。这个村有四五户成了种田大户，也叫家庭农场，一位叫谢三根的农民转包了四五十亩地，是个带队人。谢三根三十来岁，中学毕业，毕业后务农，是农村中新一代有文化有技术的农民。我们一户一户，与他们攀谈，问他们为什么要转包耕地，一年收成如何，扣除成本净收入多少，至多能种多少地，为什么刚实行联产承包就有农民不想种地出现转包，有什么政策需要调整，有什么困难需要帮助、支持，整整调查了三天。我们还与周振球作了探讨，听了他的看法和意见，乡里很赞成推行土地规模经营。

我们感到，陆杨出现土地转包，向种田能手集中，实行规模经营，代表了家庭联产承包农业生产力发展的方向，是个趋势，很值得推广。陆杨出现这个趋势，并非偶然。陆杨地处昆北，相比而言，地多，离镇近，乡镇工业已经发展起来，半数劳力已转移，耕地有转包的需求。事实上，有些地方已出现撂荒现象，就是抛荒，不耕种。一个农民种几亩地，糊几张口，根本富不起来，种地效益低并没有因分田到户而解决。陆杨土地向种田能手集中，适应了部分农民土地需要转出和农业生产力自身扩大规模的两种需求，又与文化、技术结合起来，一举多得，是农业现代化的必由之路。一个农民种四五十亩地，扣除成本，有上万块纯收入，以前从来没有过，比进乡镇企业收入还高。在基层干部中，没有多少思想障碍，对一些对联产承包把土地分得过小而心怀疙瘩的市县干部，可谓正中下怀。

情况并不复杂，意见也比较集中，调查报告很快写了出来。我们怀着忐忑的心情向秘书长交卷。秘书长很慎重，调查报告印出来，又开了一个部分农村口领导干部参加的座谈会，对相关的政策问题、扶持优待做了研究，听取不同意见。调查报告略作修改，下发县市、乡镇，没有明确推行，实际是推行。上上下下都很重视，中央、省委内部刊物发了相关信息，转发了调查报告。《新华日报》头版头条发了新闻。我们好高兴了一阵，认为做了一件事。

怎样看一个农户种几十亩地、一两百亩地，农民中思想问题还是有的。我与谢三根开玩笑，你是地主，当心游街戴高帽，怕吗？他也笑着说，不会了，此一时彼一时，没什么好怕的，政府支持就不怕。不像地主吗？像。江南耕地少，三四十亩、四五十亩地就是地主。以前有长工，现在也有，请帮手，请季节工，说有多大区别，也难说。农民有点怕，不是一点没有根据。谁能分清，谁也说不清，只说制度不同，不同制度下的占有和使用土地。有一点变化是明白的：以前的几千年中，土地是财富，是生产资料，对农民来讲，以土地谋生，实际是糊口的生活资料。现在的土地，对农民来讲，也是生活资料，但对经营土地的农民讲，是生产资料。所以，要规模经营，要讲经济、讲效益。土地—生活资料—生产资料，从谋生到经营，此中变化少有人道，应该说，这是一个巨大的根本的变化。

我们对苏州农村土地实行规模经营很乐观，认为五六年，不用十年，就可以实现。依据是，苏州乡镇工业已成规模，大部分劳力已经或很快就会转移，农村城市化的速度加快，土地转包需求加大，政府一声号令，农民就会响应。陆杨乡仅一年多，由8个家庭农场扩展到40个。但是，趋势是趋势，并非排山倒海，而是涓涓细流、小溪潺潺，达到80%竟用了30年，等于农村土改、互助合作、公社化的30年，绝没有想到。这是为什么？不知有关部门有没有去做这个文章、研究这个问题，为什么发达地区的苏州农村，土地规模经营发展如此缓慢？秋末未去调查，猜想是否有这样一些原因：

一个是，实施规模经营，不同于互助合作，不同于公社化，也不同于联产承包，不是靠行政命令，虽有行政推动，主要是农村内部生产关系自行调整、生产力自身发展的结果，是农民的自愿、农民的自觉，绝不是靠开一个会、发一个号召所能实行的。这恰恰是农村党组织、基层政府工作方式转变的反映，让农民自行选择自己做主。一个启示，民主需要时间，需要认识过程，民主、自主的选择比行政强制推行，效果稳固。

另一个是，实施规模经营，实际上是与农业劳力转移、农村城市化同步的，应该说苏州农村劳力转移不成问题，城市化水平也是高的，但仍有相当一部分家庭需要、依赖种地，作为家庭生活的补贴，耕地仍是一种收入来源，说明发达地区部分农民仍需种地。而这又是政策所允许的，也是受政策保护的。这可能是仍有近20%耕地还零星耕种的主要原因。这也说明，规模经营不能仅从主观意愿出发，要考虑农民实际需求。

再一个是，实施规模经营，要有大量有文化有技术的农民，要有人愿意种田，这在苏州农村，或许比土地有转包需求，更为需要，解决也更为困难，极可能是苏州耕地规模经营缓慢最主要的一个原因。种田能手匮乏，早在20世纪80年代中期就出现了，不少外地农民来苏州农村种粮种菜，但这不是稳基之策。培养出一大批有文化有现代技术的新型农民，才有真正意义上的农业现代化。希望在80、90后，期待城市化中的觉醒。

今日地主与昨天地主，含义根本不同了。今日地主，是土地的主人，能多打粮多收几斗的主人，为亿万人有饭吃的主人，进入市场的主人。今日地主是块勋章。

“亿元乡”触到了科学发展

“亿元乡”已沉寂二三十年了。曾经在苏州热闹过四五年，应该说时间不算长。但它确实风光过，上过红头文件，是一面旗帜，一朵大红花，三个字：了不起。“亿元乡”是一个历程，苏州农村经济发展的历程，也是一个记录，记录了苏州与科学发展的关系。

何谓“亿元乡”？就是产值达到一个亿的乡镇。今天看来，一个村一年产值达到一个亿，在苏州不算稀奇，何况是一个乡。20世纪80年代初，亿元乡还很少，一个县也就两三个，可能有的县还没有。产值上亿，就成为乡镇奋斗、赶超的一大目标。苏州市委、市政府设立了“亿元乡奖”，一年评比一次。谁得了这个奖，无上光荣，哪个县亿元乡多，那个县的领导脸上就有光。县与县都在暗中较劲。这也正是市委、市政府所希求的。

几年下来，“亿元乡”大有成效，有的县超半数，有的县近半数。“亿元”说的是农副工三业，占大头的是工业，20世纪80年代前中期，苏州乡镇工业飞速发展，不是增长百分之十、二十，而是百分之四十、五十，甚至翻番。这个势头，一直到20世纪90年代初。《人民日报》有文“六虎争雄”，其中一争，说的就是苏州农村争创“亿元乡”的情景。

“亿元乡”评比开展得怎么样，有些什么需要完善的？1985年，那时我还在市委办公室工作，负责搜集农村情况，大约三四月份，带着这个想法下乡去搜集情况。去了吴县、昆山，听了一些乡镇干部的意见，感到评“亿元乡”有积极作用，有具体奋斗目标，把乡镇的劲鼓起来了，但过于单一，争的是产值，是产值挂帅，产值是量，并不等于效益，并不代表质，评比中还有不少不可比因素，乡有大有小，小的乡人口二万，大的乡三万、四万，统计口径上也有相当大的差异。最主要的是，“亿元乡”鼓励外延扩张，忽视内含提高，说得难听一点，走的是一条“虚胖”之路。

回办公室后，把情况理了理，想写个材料，没写成，在办公室例会上作了口头汇报，只说“亿元乡”评比不尽合理、需要完善，领导有没有听到，并不清楚。1985年是20世纪80年代初大发展后的第一次调整，中央要求适当放慢速度，调整紧张了的供需关系。隔了数天，我把“亿元乡”与经济调整挂了起来，写了一篇题为《给亿元乡热“擦擦汗”》的千字文给《苏州报》，很快在经济版头条发了出来。

秋末也算过来之人，可以说句过来人的话，联系当地实际作文说话，是有风险的，有好果子吃，亦可能有“坏果子”吃，历朝历代都是如此。每逢星期五晚上，我在市委办公室值夜班，听电话，处理应急的事。又是一个星期五晚上，我坐在值班室里，秘书长走了进来，打过招呼，他好像若无其事，很平淡地对我说，“文革”中的问题，你都说清楚了，不用再说了。你在《苏州报》上发过一篇“亿元乡”的文章，需要说说清楚。我一下子懵了，不知说什么是好。1985年，“文革”后的第一次整党，主要整“文革”中的问题，在大学贴过大字报，编过三个月的红卫兵报，且是主编——都坦白交代了。大学的一位老师到办公室来外调过，估计也说了我在“文革”中的表现。“文革”关过了，文章关来了，“说说清楚”就是认真检讨，秘书长特别提出来，可见非同寻常，得端正态度。检讨、交代什么呢？秘书长去他的办公室，我从懵懂中醒来，一字一句飞速过滤那篇“亿元乡擦擦汗”的文字，一遍又一遍，好像没什么问题，为了怕被说成否定“亿元乡”，特意写了一段赞扬“亿元乡”的话，整顿是中央的精神，联系整顿有什么错？提到的问题，都是从调查中来，有事实依据，心里定了下来。文章是这样说的：

> 一个乡的产值超亿元，这在中国农村经济发展史上是件了不起的事情。上上下下给率先冒出来的亿元乡倍加赞扬，这是完全可以理解的，亿元乡也确有值得赞扬的地方。不论创业精神，不论经营之道，都可以作为楷模，认真学习。完全可以讲，亿元乡是苏州农村经济发展的缩影，是长江三角洲的明珠，是农民办工业、农村商品经济发展的标志，亿元乡的成绩是毋庸置疑的。亿元乡成了苏州农村前进道路上的火把，成了你追我赶的目标，实现亿元乡成了一股热流，其精神是应该肯定的。
>
> 但是，我们也应该清醒地看到，如果把实现亿元乡作为一个唯一的目标，就容易产生弊端。大家知道，亿元乡讲的是产值，而乡有大有小，悬殊很大，论人均国民收入，很有可能有的不是亿元乡的与亿元乡相差无几，甚至超过亿元乡。计算产值的口径又不尽相同，有的作进销处理，有的作加工处理，因计算口径的不同而导致产值多寡相差也很大，乡乡之间还有

其他许多不可比因素。因此，仅凭产值来论，是亿元乡的就跑在前面，不是亿元乡的就落在后面，是有失公允的。产值不是唯一的标准尺子。另外，更重要的是，正因为讲的是产值，就很容易产生片面追求产值轻视效益的偏向，轻视提高经济素质的倾向，浮夸之风容易滋长起来，发展下去就会图虚名而蒙实害。这样的历史教训，我们是记忆犹新的。

最近，姚依林同志在接见港澳记者时说："如果让前一段时期的速度'万马奔腾'下去，我们的原料、材料、交通、能源就跟不上……去年的百分之十四，的确是热闹。在这种情况下，给全国打招呼，大家擦擦汗。"我们也应该给亿元乡热"擦擦汗"。怎样"擦擦汗"呢？我认为，一是"减压"，二是"吹点凉风"。所谓"减压"，就是减掉或者减轻因为不是亿元乡、一个县没有亿元乡所形成的内外压力，不图虚名，不为创亿元乡而创亿元乡，从实际出发，去争实利。所谓"吹点凉风"，就是要正确认识和处理好速度与效益的关系，检查一下争取的速度是不是在提高效益的前提下，去掉那些不切实际鼓起来的盲目的热度，使头脑更清醒一点。

隔了一周，又是星期五晚上，秘书长又进值班室，我又是站起来，与秘书长打招呼，招呼过后，沉默了几分钟，还是秘书长先开了口：组织上要你说清楚的说了吗？我说：没说。为什么？我说：秘书长，我认为我没说错，我是从调查得来的，出发点也是好的。秘书长听了不置可否，也没责怪的表情，只说了"噢噢"。我还想说，党员有权在报上对工作发表意见和看法，如果我说错了，可以在报上批评我，用不到在整党中检讨，话到嘴边，又咽了下去。秘书长没再说什么，也没有继续要我说清楚，就上楼去他办公室。此事，没再提起，背后又发生些什么，一概不知，整党很快结束，文章的事也就不了了之。

秘书长为什么要把一篇文章作为整党内容，郑重其事地提出来，要我检讨？肯定有来头，决不会随随便便提出来的，事实上，对我压力还是相当大的。此后，有好几年再没给苏州报纸写过文章，以示吸取教训。后来调到报社，现任《苏州日报》总编张建雄，曾与我开玩笑说，那时他负责编副刊言论，见秋末好长时间没有文章，想进办公室约稿，"你在机关大院，我们这些小编辑不敢上门约稿"。他不知内情，不是架子大，而是怕出纰漏。可是，禀性难移，贼性难改，几年后又写了，并把时评与杂文捆在一起，把为时为苏州而作，作为对己的二律，"吃辣火酱"自然一次又一次上演，好在秋末人老皮厚，不当回事了。

文中有句很有分量的话，"更重要的是，正因为讲的是产值，就很容易产生片面追求产值轻视效益的偏向，轻视提高经济素质的倾向，浮夸之风容易滋长起来，发展下去就会图虚名而蒙实害”。我想，要我检讨，极可能是冲着这句话来的，以为秋末在反对评“亿元乡”，说“亿元乡”在片面追求产值，在轻视效益、轻视提高经济素质，滋长浮夸之风，图虚名而蒙实害。但我说的是容易呀，并没有说实际已是这样。事实上，也是众所周知，这些推测中的“容易”，程度不同地都出现了，仅统计中的水分，“消肿”多年才消掉。后来，略知一点内情，是一位县委领导看了秋末文章，向市委一位领导反应，认为文章很有问题。

秋末在2008年回顾改革开放30年出版《为侬说话》中说过这样一段话：科学发展观是进入21世纪，改革开放20年后，明确提出来的。其实，怎样发展、走什么样的发展之路，从20世纪80年代就客观地存在了，只是没有明确提出来罢了。所谓一次又一次的调整，调整的是经济关系和发展速度，实质是在调整发展思想，怎样科学地发展。

几年之后，“亿元乡”评比停止了。苏州对乡镇的考核，不再考核产值，只考核效益。秋末对“擦擦汗”的文章事，一块石头从心上落了地。其实，一年后就落了地，1986年，秋末连升二级，到市委政策研究室任职去了。

得问一句：速度与效益关系处理好了吗？未必。“亿元乡”走了，GDP来了。

土地观的解放与土地的惆怅

土地与耕地，是有区别的，耕地是土地的一部分。土地是立命之本，耕地是吃饭之本，合并是生存之本。

近三十年下来，苏州的土地还有多少，耕地还有多少，很难说清楚。说耕地还有一半，恐怕只少不多。据有份资料披露，从1978至2005年的27年间，苏州耕地减少34.3%。这是公开的数字。如果你到农村去逛逛，肯定会有一个印象，连片的耕地已是很少了，苏州的耕地不多了。秋末有次从吴江去上海，看见一大片稻田，不由兴奋起来，有人说这是上海的。

秋末对土地用了两个词，一叫解放，一叫惆怅。“解放”在20世纪八九十年代之交，“惆怅”在改革开放30年之后。今天仍在惆怅之中。

秋末是农家孩子，对土地有特殊的感情。秋末写的《水车上的江南》的第一篇，说的就是土地，一个村60年土地的变迁，从土改到村子拆掉。我曾记录了土改分地时的情景，是秋末一代人永远抹不去的土地情怀：

> 那天，村民早早下了地，一二百号人立在方框似的田岸上。村干部在地里仗地，报一户分一户。村干部很照顾我们兄弟俩，把靠近田岸的地分给我家，田头还有一棵半围粗的大杨树。隔年，我哥哥锯了这棵树，卖了给我交学费。多年之后，在江阴南菁中学读高中做作文，我写了那次目睹的土改。有个细节，一个打长工的老农，站在分到的地里，弯腰两手捧了一把黑黝黝的土，放到鼻子下，闻着闻着，两眼流下了泪。老师在下面加了一长条的圈。农民耕者有其田，中国历史上几千年没有做到，共产党领导的土地革命做到了，这次土改做到了。

不到万不得已，不能卖地，卖地是败家子，土地作为农村最主要的生产资料，不能进市场，不能出租，至多国家需要征用——这样的土地观，几千年下来，在农村可谓铁板一块，根深蒂固。20世纪80年代末90年代初，首在昆山，土地发生了变化，外资、台资企业进来，土地出租了，且租给外国人、台湾人，这怎么可以呢？改革开放在呼唤，土地观要解放，要来一次革命，土地要进市场，土地要增值，要开发房地产市场，再也不能守着金饭碗讨饭了。记得20世纪80年代初，秋末接待台湾来的一位客人，陪她参观了古城区，她临走时说：苏州城市要改造，太破旧了。我说：没钱。她说：开发房地产呀，向土地房产要钱。我没再说什么，何来什么房地产？十年不到，房地产真的启动了，看来我们的土地观确实要动动手术了，于是，以《土地观需要理一理》为题，秋末写了一篇文章，发在1992年10月5日《苏州日报》的“每周评论”栏里。文章说：

> 土地不能进入流通，无偿使用土地的观念，应该变一变。诚然，在我们国家土地不是一般意义上的商品，不能像货架上的商品一样那样任意买卖，可以说它是受到较为严格控制的“准商品”。但土地具有商品的基本属性，具有使用价值、交换价值和积累价值，是重要的资产，可以进入流通，进入市场，需要在交换中实现价值。在很长一段时间内，在计划经济体制下，把土地凝固和封闭起来，无偿调拨使用，实际上剥夺了土地商品的属性，把最主要的一种生产资料排斥在流通之外，无视土地作为最基本的生产要素对创造价值的作用，致使大量国有资产的价值白白浪费。从根本上讲，这是违背商品经济法则的。在国外，房地产业是经济的一大产业，出租土地是政府财政收入的一个重要来源。在我国，以前实际没有房地产业，现在刚刚兴起，谈不上过头。封死土地，等于封死一大产业、一大财源。
>
> 土地不能向境外出租使用权的观念，也应该变一变。在世界上，土地使用权的转让、出租，是一种相当普遍的现象，欠发达国家是如此，发达国家也是如此。我们可以出去租人家的土地，人家也可以进来租我们的土地，这是一种“公平”的“买卖”。把今天的出租土地同新中国成立前的租界相提并论，那是不可同日而语的。那时的租界，是丧权辱国，是掠夺，是帝国主义的侵略。今天主权掌握在我们国家手里，受租者必须遵守我国各项政策法令，必须遵守我国的产业政策，出租是在公平的谈判中进行，租与不租，租多租少，租这里不租那里，租多长时间，大权在我们手里，从根本上讲，出租土地是一种经济行为。我们向境外出租部分土地使用权，主要为了筹集资金，吸引外资，加快经济和城市建设。长期以来，由于缺乏投入，苏州古城区基础设施差、房屋破旧、河水污染，亟需投入大量资金。应当说，出租部分土地使用权，是造福人民的一个举措。

> 由于土地不能再生，苏州土地并不富裕，出租土地时间又较长，出租土地要慎重，一定要为子孙后代负责。要严格执行国家有关法令，出租权政府要"大权独揽"。市、县要尽快制订出科学合理的规划，加快建立和培育有调控的土地市场，做到先后有序，价格合理，有利开发。切切不能急功近利，更不能竞相压价，也不能用出租土地的多少作为考核政绩的一种标志。我们要对人民负责，经得起历史的检验。

二三十年过去了，土地观的开放、解放，产生了巨大的能量，房地产市场发展起来了，从无到有，成为支柱产业了。记得20世纪70年代末，苏州新建的住宅区，也就两三个，规模大一点的，也就南环新村和劳动新村，后一点的，数彩香新村了。那时，秋末在市委办公室编《苏州通讯》，为了反映苏州城市建设的成绩，去城建部门了解情况，去劳动新村采访，听市民唱赞歌。与今日一比，比也不能比了。苏州古城外高楼林立，到处是新村新房。人均住房面积，从不足十平方米到四五十平方米了。可以说一句话了，住房问题大体解决了，现在不是有无，是住得更舒适一些，环境更好一些，房价合理一些。土地进市场功不可没，房地产市场功不可没。

据一份资料说，苏州土地的付出，有三个阶段，有三个峰值，这三个阶段，正是苏州经济、社会发展、包括对外开放的三个阶段。第一阶段，20世纪80年代，乡镇企业大发展，土地每年递减1.05%；第二阶段，1992～1996年，开发区建设，土地每年递减近3%；第三阶段，2001～2006年，城市化、城镇化，土地每年递减3.85%。没有付出不可能得到，付出的同时是取得。苏州经济发展、城市化城镇化，以及每项社会事业的发展，都有土地的功劳。苏州成了中国乃至世界的制造工厂，以人口论，全市、县市都成了大城市、较大城市，这都是建筑在土地、耕地上的。

不过，在为土地的付出评功摆好，戴上一朵大红花的时候，一个问题也提了出来，苏州花掉这么多的土地、这么多的耕地合算吗？有这样的必要吗？这个问题怕谁也说不清，谁也回答不了，只能交给历史交给后人去评说了。去问问农民？秋末在老家拆迁时目睹了农民的看法，所谓"目睹看法"，就是从行动"听"看法。其实，农民很现实，只要补偿高一些，今后衣食无忧，地征光也没意见，今日农民变了，仅有几个老农，七老八十了，对土地对一亩三分地还有感情，还会唠叨"困难时期再来怎么办"。有些得失是不能相抵的，有些失也不能补，永远失掉了。苏州是鱼米之乡，这顶桂冠几千年了，今日脱帽了，只多半顶帽，鱼还有，米不多了，一半一大半的粮食要进口了，“鱼米之乡”难说名副其实了。这顶帽子怕金子银子都抵不了。耕地、庄稼，是绿肺，少了一半，肺功能是不是减少了一半？江南现代化了，江南的传統也失落了不少。若说发展的同时有惆怅，惆怅在土地、耕地的大量减少。

去的去了，还有的，尽量留下，耕地红线不能突破，用好保护好每一寸土地，真的科学起来，此为现实之策，也可以讲是责任，苏州的一大责任。苏州究竟多大才好，县区多大才好，好像现在有个趋向，有点趋之若鹜，城市规模越大越好，建成区规模越大越好。要知道，苏州的人口密度已是很高很高的了，人多固然热气高，热气之中废气也多，消耗也多，苏州这块地究竟能生活多少人，最佳是多少，要搞搞清楚了。这是能否保护好现存耕地的关键。出外买地？到苏北买地？这是两回事，买来的土地搬不过来，长不到苏州的地上，人家的还是人家的，只能糊糊统计报表。

土地使用中有没有浪费？肯定是有的。减少浪费，杜绝浪费，也是保护土地保护耕地。

秋末去过一次法国，因航空职员罢工，改乘汽车，东西横穿了小半个法国，但见所经公路并不宽阔，小镇也不大，村庄散散落落，不时见到一处一处中世纪的园尖顶房子，几乎没有见到高楼大厦，没有见到工厂，沿途尽是农田、草场、树林、河流，牛群躺在草地上，天空碧蓝碧蓝，不由生出了两个字：羡慕。也不由生出疑窦：我们的农村是不是正在失去不该失去的农村？

“碧螺春”“后花园”与“东方之门”

苏州与上海的关系，用甲级关系、兄弟关系、唇齿关系都难说清楚。三十年的改革开放史，苏州的发展史，长三角发展史，相当一部分可以从苏州与上海的关系中得到体现。苏州与上海，可以写一部书。

历史上，苏州大，上海小，近百年，才是大上海小苏州。新中国成立后，前30年，主要两大关系，地域与商品。1958年，原松江专区所属松江、川沙、南汇、奉贤、金山、青浦6县划入苏州专区；后又将6县划归上海市。一条太浦河，苏州与上海同饮一湖水。太仓、昆山、吴江与上海血肉相连。那时，上海商品风领全国，苏州同样倚仗上海，从一支中华牙膏到“三大件”，苏州市民以有一辆上海产的凤凰自行车为荣。

20世纪六七十年代，苏州农村乡镇工业萌生发展起来，技术、产品、市场、原辅材料大部来自上海，上海是苏州农村新经济的靠山。所谓“星期六工程师”，就是上海的技术由民间渠道输送到苏州农村。20世纪80年代之后，上海大量企业以办分厂、合作联营，扩展到苏州农村，苏州农村成了上海的“第二车间”。上海冰箱厂、电视机厂、缝纫机厂等一些知名企业在昆山、吴江、常熟、太仓都有分厂。而苏州农村突破计划经济，敢闯敢干，“四千四万”精神，对上海国有大企业的改革，亦有促进作用。

浦东的开发开放，苏州与上海的关系，是个转折，进入新的领域。苏州从内从外，自觉接受浦东辐射，与浦东接轨，把自己纳入浦东开发开放之中。接轨既在产业、产品、科技上，还在思想、观念、知识上。苏州许多企业在浦东设有办事处，浦东的触角也伸到苏州市区和六县市。在长三角经济区中，苏州拜上海为龙头，积极推进经济区的合作。在改革开放的前一二十年，上海是苏州对外开放、走出去引进来的窗口、通道和跳板，苏州是靠上海飞出去的。苏州对外开放的门在上海。

不恰当的一说，苏州接受着“双重领导”，组织领导在西在南京，发展开放在东在上海。苏州历届领导几乎每年或隔一段时候都要“朝拜”上海市委市政府领导，关系之密切，可称仅见。还有诸如招商引资之类的发布、洽谈等经济活动，市区及六县市，在上海，你方唱罢我登场，络绎不绝。苏州领导亲口说，苏州对上海，一是碧螺春，二是后花园。上海是大树，苏州是大树下的碧螺春。苏州从上海得呵护，得滋润。苏州有青山绿水，有古典园林，苏州是上海的后花园，要自觉为上海服务。苏州一向以小弟弟对上海，即使苏州大了起来，成了较大城市，GDP及吸引外资等指标紧跟上海，有的指标还超过上海，都始终毕恭毕敬，从无一点后来居上的僭越。而上海对苏州也亲热有加，常赴苏州、尤其名闻全国的张家港参观访问，真心诚意地说声学习苏州。

苏州对上海，是亦步亦趋，只有接受辐射，而无自我，而无错位，而无争先，只在小苏州、小弟弟里过日子？也并不是。秋末观之，进入新世纪，苏州自我意识、大我意识、超越意识增强了。苏州与上海的关系也起了变化。2003年元旦，秋末作《既接轨又错位》，反映了这方面的变化：

> 苏州与上海的关系，完全可以称之为苏州“对外关系”的基石，是诸关系中最主要的关系。处理好与上海的关系，是苏州的“政治经济学”。
>
> 改革开放以来，苏州大步发展，一个重要因素，就是相当成功地处理好了既主动接受上海各方面的辐射，近水楼台先得月多得月，又根据苏州城市的特点，强化、发挥自己的特色，在错位发展中壮大自己。
>
> 接轨上海，就是接受上海的辐射。接受辐射，既要在信息、交通、产业、人才、金融等有形“硬件”上接受辐射，还要在思想、观念、理念、策划等“软件”上接受辐射，既得“硬件”之利，又得“软件”之窍。接受辐射要突出重点形成主体，只有重点突出了，主体形成了，辐射才是有效的，苏州才能如虎添翼。
>
> 错位发展的实质，就是要形成、强化苏州自己的特色。没有特色的城市，没有自己文化底蕴、亮色的城市，是一个平庸的城市。特色，既是一个城市的亮色，更是发展的潜力所在。错位发展，也是长三角经济圈城市群体各自发展不能不做出的选择。产业结构、主体产业趋同，在长三角城市群体间不是在减弱，而是在强化。有关资料表明，苏锡常地区排在前面的主体产业大体相同，15个城市都拥有较高程度的信息产业，而这些产业也大体与上海趋同。苏州可以成为上海主体产业的配套城市，产品主件、零部件的加工城市，但并不意味苏州不要有自己的主体产业，不要成为有自己特点特色的城市。错位发展是苏州立足长三角、走出长三角、走向世

界必不可少的战略选择，将影响新世纪苏州发展的前景。事实上，苏州也有错位发展的条件。苏州既有深厚的文化底蕴，又有独特的旅游资源；既有在国际上已有广泛影响的工业园区，又有吸引世界大企业大公司的高新技术开发区，还是人居最适宜的地方，在错位发展中，形成苏州有别于其他城市的有竞争力的产业、产品，更适宜人类生活的环境，是完全可以做到的。

接轨与错位，不是非此即彼，完全可以统一起来。接受辐射，要认识到苏州处于上海经济圈的范围内，上海是长三角经济圈的龙头，自觉在这个范围内发展自己。接受辐射并不意味要亦步亦趋，亦趋亦同，而是要把辐射变成营养，为我所用，为发展自己所用，为错位发展而用。处理好接轨与错位的关系，就是既要不失上海国际大都市辐射之利，又要不失苏州立于中国、立于世界之特、之长、之优，发展得更快一些更好一些。

苏州之于上海，有两种典型的说法。一说，苏州是上海的后花园；二说，苏州是上海大树下的碧螺春。这两个说法都有道理。“后花园”，苏州与上海紧密相连，一前一后，不能分离，苏州需要上海，上海需要苏州，苏州有园林、旅游、人居环境之长，可以补上海之所缺，苏州可以在后花园上大做文章。“碧螺春”是大树下的碧螺春，苏州得上海的荫庇，苏州与大上海不能相提并论，苏州既小又精，可以在味道上见长。任何比喻往往比在喻在一两个方面，两种说法都重在接受上海的辐射上，大上海大，小苏州小，基本如此。但苏州也不只是“后花园”，不只是“碧螺春”，苏州还是产业基地、加工基地，还要成为世界名牌产品的生产、培育基地，犹如鼠标虽小，世界所用大多来自苏州一样，苏州也要有参天大树，苏州还是大苏州。

政府之外，企业之外，市民、民间的交往、关系也在起变化。2003 年 9 月，秋末又作《互为后花园的启示》，说：苏州是上海的后花园，现在上海也成了苏州的后花园，旅游层面上的后花园已不再是单向的了，园林、山水旅游与大都市旅游并存的格局已经形成。在昆山、苏州大量的外商，包括富起来的市民，对大都市的需求，旅游、休息、购物，上海同样有着苏州不具备的优势。城市间交通的便捷，私家车大量出现，交通已不再是任何障碍，每到周五、周六的晚上都有一支浩浩荡荡的“特别车队”，从昆山从苏州驶向上海。不是说以前苏州没有“输入”上海的旅游，而是说无论是量无论是旅游的内容，今非昔比了，苏州对上海旅游“一边倒”不复存在。也不只是上海到苏州消费，苏州也到上海消费了。

2012年初，秋末作《春节拾趣》，其中有一节《阿拉上海人》：小年夜始，上海的亲戚来拜年了。人走了，秋末生出了个感觉，上海人有点变了。有个印记，上海人神气，有种优越感，不说自命不凡，阿拉一声，高人一等的味儿还是有的。不要说在南京路上，就是在亲戚之间，也会萌生出这种感觉来。现在没有了，有也少了，多了亲近感，平和感，还有点不如感。以前高，高从何来？大城市？有关。工资高？有关。有稀缺商品买？有关。见多识广？有关。二三十年，这一切都渐渐变了。阿拉与苏州比，大上海依在，小苏州大了，GDP差不了多少，收入也差不多，退休工人工资比苏州低。阿拉对秋末说：阿拉上海比苏州差一截。其实，阿拉的优越感是一种地位感，是地区、城乡、收入诸多差距造成的，优越感没有了，少了，正是中国三大差距在缩小在减少的反映。而上海人的精神观念，在开放开拓中平实了。一个受人尊重的平实。

还得说说苏州工业园区金鸡湖畔的“东方之门”。说那是“秋裤”，开开玩笑的。秋末眼里，那是园林、水陆城门等老苏州的标志之外今日新苏州的新标志，表现了今日苏州人的气概，苏州是中国对外开放的一个门户。东方之门，开放之门。

“碧螺春”“后花园”“东方之门”，苏州与上海百年关系的缩影。

从苏州制造到苏州创造

中国成了世界制造大国。苏州成了制造大市。这是了不起的进步。

一部记录片在央视不断播放，叫《大国重器》。秋末看了两遍，看一遍扬眉吐气，中国有了高端制造，制造高地有了中国一席之地，任人摆布的年代过去了；看二遍心有不安，中国制造还不是很发达，还落后于一些发达国家，仍要急起直追。

我们必须清醒地认识到，现在中国制造、苏州制造有虚高的成分，中国制造、苏州制造占优势的，只是在一些方面，大多是技术含量低的低端产品，即使从中国从苏州出口冠以中国制造苏州制造的，不少是外国在华在苏州的跨国公司生产的，或核心技术是他们的。另外，以大量的能源资源换取廉价的加工费，并非都合算，其中有不得已而为之的因素。尤其以牺牲环境来换取出口，更不能持续长久。沾沾自喜于满足于中国制造、苏州制造，炫耀世界鼠标在苏州之类的荣耀是没有意思的。

中国制造、苏州制造要巩固要扩大更要提高，要成为制造强国、制造强市，这就要创造。由中国制造到中国创造、苏州制造到苏州创造，这是更大的进步。到中国、苏州能大量输出创造和技术时，我们才能有更多的笑容。2003 年 8 月 26 日，秋末在《苏州日报》发评论《从“苏州制造”走向“苏州创造”》:

有个说法，苏州是高级打工者。所谓“高级”，洋打工，给三资企业打工。此说有没有道理？有道理；但只能听一半。一半是，承认是打工者，甘愿做打工者；一半是，不全是打工者，今天做打工者，明天做创造者。

看看苏州今天出口产品的清单，看看是谁制造的，无可置辩的事实，大部分是三资企业生产的，虽打上“苏州制造”的标记，但知识产权，并不姓苏，技术也不姓苏。对于这样的状况，苏州大可不必感到羞愧。把发达国家的知识、技术、资金吸引到苏州来，在苏州制造，即便获取加工费，对苏州的发展是有利的。还必须承认，打工式的“苏州制造”还会存在下去。一个不可能短期根本改变的现实是，许多领域内，尤其是知识经济领域内的产品，大量知识产权在发达国家手里，他们不会轻易向发展中国家转移，掌握知识产权，掌握市场，利用发展中国家的人力资源和低廉的商务成本就地制造，这样的方针，不会改变。这就是“苏州制造”的大背景。客观而论，眼前而论，这是双赢的选择。

对“苏州制造”，也不能都从“打工”的角度看，“打工”二字也不能全部涵盖“苏州制造”。就企业现代化管理，就开发新品，许多方面，都因为在苏州制造，苏州可以近水楼台先得月，从打工中得到利益之外的益处。三资企业对苏州经济发展、对民营企业管理现代化，产生的影响还是相当大的。“苏州制造”中也有“苏州创造”，“苏州创造”正在成为一支新军。苏州并非全是打工者，既有传统的自主知识产权的产品，还有近几年孵化出来的创造出来的打上“苏州创造”的新品，其中包括从海外学成归来的年轻科技人员研制出来的尖端产品，有的产品已经投入市场，占据国际市场的半壁江山。

从“苏州制造”到“苏州创造”也有一个过程。先制造到再创造，从多制造少创造到既制造又创造多创造，并不只是一种主观愿望，既要克服多种制约因素，还要创造多种相应条件，最关键的是，苏州要成为一个学习型城市，成为一个创造型城市。从不善于学习到善于学习，要有一个过程；从善于学习到善于创造，同样要有一个过程。这个过程天上不会掉下来，创造型城市谁也不会赐舍，同样需要创造。从“苏州制造”到“苏州创造”，是一个渐进的过程，是一个创造的过程，创造未有穷期，这个过程也没有尽头。苏州要在这个过程中，在这条创造之路上走到前面去，成为领头羊中的一员。

我们两眼要盯着“苏州创造”。一个城市，尤其像苏州经济总量已相当大的城市，如果没有自主知识产权的产品，长期处于打工者的地位，很难说是经济大市经济强市，虽可称大也难称强；产品、出口过多依赖于外，风险过大；一个缺乏创造性的城市，就没有生气。现代化，很大程度上是人的现代化，人的现代化应该包含创造性，苏州人应该是具有强烈创造意识的现代人。

“苏州创造”的核心和灵魂是创新精神，在全社会发扬创新精神，同样是从“苏州制造”到“苏州创造”的重要保证。苏州是一个具有深厚传统文化积淀的城市，传统与现代与创新，并不是此消彼长、相互对立的关系，但传统毕竟不能代替现代，传统不可能直接通向创新，这就要正确处理好发扬优良传统与推进现代化与发扬创新精神的关系。发扬创新精神，不仅要在全社会发扬，从学校发扬，更要落实在能够研制有自主知识产权的先进产品的科技人员身上，他们是从“苏州制造”到“苏州创造”的中坚。要从各方面支持他们的工作，爱护、发扬他们身上的创新精神。

从“苏州制造”到“苏州创造”，要积极探寻过渡的途径和通道。留学生创业园、高科技企业孵化器、高新技术服务中心，都是成功的通道，已成为培育自主知识产权产品的摇篮。我们已经有了成功的实践，要加以拓宽，做好推广工作。

苏州有一箩筐的美称。人间天堂，风景旅游城市，都是说的一个方面，或宜居或宜游。城市的灵魂是文化是精神。文化立市，又集中体现在智力智慧，苏州要靠智力智慧立市强市。2006 年 9 月 12 日，秋末在《现代苏州》作《加一个“智慧苏州”》：

文化千姿百态，就有千百种的描述。能否这样说，一个城市的文化，就是它生存状态的总和。而勃发的生气和聪慧的灵性，就是这个城市文化的精华。生气是精神，灵性是智慧。

两千五百年的苏州，处处积淀文化，处处流淌智慧。古城格局，水陆城门，古典园林，香山匠人，种桑养蚕，织绸刺绣，玉石雕刻，精耕细作，稻米飘香，吴门医术，这一切都是智慧的结晶。心灵手巧，就是智慧的化身。

农民办工业，夹缝里生长，应需求而长大，避开争论，靠事实说话，昨天星火今日燎原，大手笔，更是大智慧。利用旧城，构筑新城，集中要素，自己掏钱办开发区，昆山之路也是创举也是大智慧。改革开放，东方破晓，苏州人行早，吸引外资，吸引台商，先喝汤后长肉再长骨，能不说这里面有智慧？一二十年一次次纠偏一次次调整，苏州一次次发展，靠的也是智慧。

毋须讳言，苏州也有不聪明不够智慧的时候，也有过聪明人办糊涂事。发展乡镇工业那是聪明事，先污染后治理就不聪明了，一二十年前的污染现在还在清理旧账。城市填河造街，农村围湖造田，都是糊涂之举。20 世纪末还曾过分看重集体经济，墨守自己创造的“模式”，阻挡过个私经济民营经济的发展，丧失了五到十年民营经济发展的好时光。聪明与糊涂，能否来个三七开，七分聪明三分糊涂，发展注解聪明，失误注解糊涂。

苏州有许许多多的名称，文化苏州，财富苏州，人居苏州，是不是应该加一个智慧苏州？灵气的苏州智慧的苏州更能展现苏州的神韵。把苏州建成智慧苏州，既是苏州传统文化的传承，更是苏州提高发展的需要。周光召给苏州的一句话，苏州人应该汗颜，应该从五光十色的光环中惊醒。他说，苏州经济发展很好，但是有多少个企业具有很强的研发能力。我们拿不出来。实现两个率先，苏州最缺的是什么？最缺的是智力。从苏州制造到苏州创造，也只能靠智力靠民智。时代需要把智慧苏州这面旗帜高高举起来。智慧苏州与现代化苏州同行。

文化苏州、财富苏州不等于智慧苏州。我们历数家珍的文化，除了教育程度之外，大都与现代思维现代科技无关。所谓财富苏州是不是包含这两个方面：苏州历来是天下聚财之地，苏州现在开始富起来了，这都符合事实。但苏州得来的财富，很大一部分是打工财富，与智慧财富相距甚远。千万别忘记，智力智慧才是财富之源，才是中国人站起来创造的财富。

说到财富，不由冒出一句司汤达评价巴黎的话，巴黎人有财富，外省人有智慧。司汤达是在什么情况下说这句话的，世上最风雅的巴黎为什么没有智慧，没有看到原文，望文生义推测一二。巴黎风雅，许多有钱人到巴黎去了，巴黎买卖消费兴旺了，追求风雅的文化人和附庸风雅的有钱人成了巴黎的主宰，巴黎有文化的魅力，却缺乏科技经济的创造力。昨天的苏州不也有过这样的情景？城市无需千腔一面，文化巴黎也很美。但苏州既要财富又要智慧，苏州已经走上了文化与经济并重这条路。

人居苏州也要靠智慧来构造。牺牲环境获一时发展，大糊涂，是过去时还是进行时；苏州要建成大城市特大城市，还是较大城市则可；这湖边那湖畔都在造住宅造别墅，这样的家家尽枕河好不好；没有了农村没有了田野，还是不是天堂；苏州要建成什么样的人居环境，现在正是大关口，需要大智慧。

逝者如斯夫，智慧如流水，昨天的智慧不等于今天的智慧，今天的智慧应有新的要求新的内涵。能不能这样说，智慧苏州，一在科学发展，二在科技兴市，三在人智开发，三位一体把苏州建成知识含量科技含量人文素质极高的城市。一支能把握科学发展大局的干部队伍，是智慧苏州的向导；成为能立足中国走向世界打响“苏州创造”品牌的研发基地，是智慧苏州的载体；一支成千上万研发能力极强的科技队伍，是智慧苏州的中坚；

市民具有相当高的科学文化素质，是智慧苏州的基础。

教育是文化之母，文化是智慧之母，重教育重文化建设才能强智力得智慧。文化建设内容丰富有多种需求，不同的内容不同的建设会开出不同的花结出不同的果，吴文化需要研究，古村落需要保护，昆曲评弹要发新声，这都是文化建设不可怠慢的内容，但是，应该明确，文化建设的重心要向前，直接地更多地为现代化建设服务，把建设智慧苏州作为文化建设的一个核心内容。

城市之争，世界之争，争在实力，更在软实力。文化、智力、智慧，更能决胜千里之外，也是一个民族立于世界民族之林之本。

今天，“智慧苏州”已成了一个响亮的口号。还经常可看到类似“海创智库张家港站成立”这样智力强市的消息。

与秦振华说“样样争第一”

秋末与秦振华相识还是比较早的，在他当张家港杨舍镇党委书记时就有交往。那时秦振华已有名气了，我们这些市里秘书少不了隔三差五，到秦振华那里“抓情况”，听他的见解、想法，看他的动作，或书面，或口头，反映给领导，给领导作决策参考用。

市里秘书与县乡领导，其间关系相当微妙，也是官场关系的一种反映。当领导的心里都清楚，秘书官不大，位置可不低，阎王身边的小鬼，可报喜也可报忧，会影响自己的名声和仕途。要是内部简报上、会议报告里，说了哪个单位的经验、做法，表扬了哪位领导，都是非同小可。有的官就是秘书“总结”出来的。秦振华对我们这些秘书，确实是客客气气的，客气之中还有尊重，他认为做秘书的都有点“花露水”，三说两说一条经验出来了。秋末不善、也不喜多官场交往，二三十年，与秦振华之间，仅限于公事，他当了县市委书记，更不随便造访了。近几年，偶尔去张家港，少不了问问秦书记身体可好、还在东奔西跑吗?

说实话，秋末对秦振华是相当敬佩的。秦振华与吴仁宝一样，田头上的一介农民，靠自己的奋斗走上领导岗位。他们都是自学出身，农民干部。几年时间，十来年，在秦振华的带领下把张家港变成生机勃发，完全可以称之现代化的城市，成为全国农村的典范，多么不容易。吴仁宝的天地是一个村，秦振华是一个县，在施政范围上，在更高领导层次上，秦振华超过了吴仁宝。秦振华身上有一股子勇往直前、永不服输的劲，这个劲是难能可贵的。张家港大部原属江阴，秦振华有江阴人的“强盗”气概，以前“强盗”是拼死造反，今日“强盗”是拼命发展。秋末胡诌，张家港精神，有这个“强盗”渊源。

与秦振华接触多了，听到的也多了，对秦振华的另一面，也积累了一些看法。比如，他过于好强、好胜，对部下要求过严、过高，张家港机关没有休息天，有些干部难免有怨气，过高过严，也就容易失去分寸，脱离实际。还在杨舍镇时，他亲口告诉我，是说他办事坚决、果断，雷厉风行，说是有次征地拆迁，有“钉子户”，工作一次一次做不通，他带了一帮人，真的上房揭瓦硬是拆掉了。那时，我们也没有觉悟，还附和他，竖大拇指，秦书记有魄力，相信今日，秦振华决计不会再做这样的事了。

秦振华有个口号，也可称之思想和理论，张家港要“样样争第一”。这个口号伴随了他一二十年的政治生涯，秋末以为，这个口号可以与秦振华画等号，秦振华样样争第一，样样争第一的只有秦振华。不是什么都要一分为二，都要两面看，“样样争第一”在秦振华身上确有两面。张家港精神的核心，就在敢于争先，“样样争第一”体现了敢于争先，敢争第一，也才能敢于争先，敢于争第一的精神，本质是值得肯定和赞扬的。张家港的干部和群众有了敢于争第一的精神，才有了张家港超一流、超群的发展。但作为一个口号，作为一个目标，样样、什么都要争第一，就失之偏颇了，争先与争第一并不完全等同，拿今天的话来说，就不够科学。口号不当，会造成不良后果，以前我们吃了口号够多的苦头。事实上，“样样争第一”的副作用很快就出现了，一在干部群众中造成过于紧张不必要的压力，弦绷得太紧；二在为争第一而争第一，弄虚作假，在数字上做文章。数字上做文章，也不全在“样样争第一”，不提这个口号的县市，数字文章也照做，一时的风气使然啊。

说实话，我们这些小秘书，动手不动嘴，即使有看法，也不会给县市领导言语一声，位置决定嘴巴。直到 1993 年 1 月，秋末在报社利用写言论的机会，动了一番脑筋，从积极的角度，与秦振华说说“样样争第一”，能不能把“样样争第一”改成“样样争一流”。文章标题也完全是补台，《丰富一下“敢争第一”的内涵》，“样样争第一”改成了“敢于争第一”，免得太直露，可见煞费苦心。文章是这样说的——

> 敢为天下先，敢于争第一，反映了一种奋发向上的精神，值得好好发扬。实践证明，有没有这种精神、这种精神状态，企业面貌、地区面貌，大不一样。
>
> “敢于争第一”既要反映在争夺名次上，更应该体现为一种精神。名次、位次大体可以反映一个地区、一个部门、一个单位的工作状况和经济发展的水平。“敢于争第一”，争“金”（牌）夺“银”（牌）也是题中之义，应当受到鼓励。但是，名次是有限的，并列冠军只是“异常情况”，千军万马争第一，绝大多数争不到冠军，甚至拿不到名次。因此，“敢于争第一”，更应该体现为一种精神，一种不甘落后、勇于拼搏、力争上游、振兴中华

的奋发向上的时代精神。一个地区、一个部门、一个单位只要发扬了这种精神，在原有的基础上有了进步，就应该受到赞扬。位子是暂时的，精神能持久。

“敢于争第一”可以反映在指标上、数字上，更应该体现为一流的工作水平。既要争第一，当然要有量化标准，要反映在指标和数字上。但是，指标和数字都有一定的局限，一方面，指标设计很难十分科学，统计数字很难做到精确；另一方面，几个指标、数字往往反映的是量态，不能完全反映实际工作水平。因此，很有必要在“第一”之中“增添”一流的工作水平，把争名次、夺指标的立足点放在争一流工作水平和提高素质上。这样争第一的“路”就可以更宽一些，产生的效果更有利于提高经济质量和社会事业的发展。

“敢于争第一”既要有勇，还要有谋。要从自己的实际出发，扬长避短。什么都争第一，既不可能实现，搞得不好反而容易挫伤群众的积极性。要讲一点辩证法，世无常胜将军，竞技场上也没有不变的冠军，既要争第一，保第一，也要有失第一的思想准备，在有得有失、有失有得中不断前进。有了“敢于争第一”的精神，确实作了最大的努力，由于种种原因，即使没有达到第一的，也没有可责备的。

15 年后，秋末在纪念改革开放 30 年的另一篇文章中，说了敢于争先与科学发展的关系：张家港精神称之为苏州“三宝”之一，名扬全国。张家港精神具有鲜明的时代色彩，有秦振华个人的精神风貌，本质是在改革开放中张家港人激发出来的热情和干劲，勇于拼搏的精神。这种精神是难能可贵的。为什么在全国引起巨大反响，中国发展需要这种精神。张家港精神，是人化了的精神化了的加快发展。正如加快发展与科学发展，无论在含义上，还是在实际效果上，都有差异，可以看作是前后的发展、递进，也可以看作是对不足的改正与修正，张家港精神是一种精神，强调的是拼搏，落实在加快发展上，体现在科学发展中，会有相同会有差异，苏州和张家港的发展实际都证明了这一点。敢于争先需要注入科学精神，敢于争第一，要行走在科学发展的道路上。

《丰富一下“敢争第一”的内涵》发表后，在六县市反响强烈，大家清楚，文章在批评张家港，批评秦振华。说实话，一些县市、包括秋末老家江阴的领导，对张家港刻意争名次确有看法，赞成秋末这篇文章，给左邻右舍松了口气。秦振华反应如何？没有直接听说，秦振华相当大度，没有反感，没有反驳。他知道文章是秋末写的，秋末是谁，他清楚，秋末在补台，并非拆台。有时开会碰到，还是亲热握手，常说到了报社怎么不来张家港了。据说，反映还是有的，他说：没有争第一，哪有第二、第三？第二第三也争不到。这个策论也确有道理，缘自老祖宗的“取法乎上，仅得其中”，语出唐太宗《帝范》：“取法于上，仅得为中，取法于中，故为其下。”这也是一个策略，偶尔也可派派用场，一种激将法。实际之中，秦振华接受了“样样争一流”，很少、几乎不说“样样争第一”了。

近十年，张家港有什么变化？还是敢于争先，还是全国的榜样，还听得到秦振华过去说的和现在说的声音。不过，少了咄咄迫人，多了平和、亲切和包容。昆山常常排在张家港前面，在张家港既听不到不服，也听不到非超昆山不可。能这样说吗？张家港成熟了。

秋末碰到了张家港人，还是总要问问：秦书记身体好吗？还是在东奔西走吗？秦振华在杨舍镇时送过秋末两条烟，秋末还记着，他说是他自己买的。有此一说：秦振华是把权力运用发挥到了极致。秋末体味再三，不知是在贬还是在褒？还是一枚铜板的两面？

苏州负债建设有没有过度?

这个问题本来不想说的，不是不重要，而是说不清。苏州市、县、乡镇三级总共负债多少，怕谁也没有一本明细账，审计部门只是大体了解罢了，七七八八已是不错了。有一个技术或操作问题，借债的形式和渠道五花八门，短时间仅靠发表格填数目，根本无法见底。但是，时至今日，地方债务问题已成了一大经济问题，非搞清和妥善处理不可了。

每一个城市都应该让市民知道家底，清楚背了多少债。很多年来，苏州的经济、理论界和外来苏州的学者、专家们，几乎不谈这个问题，谈得多的是总结经验和怎么发展，似乎苏州有的是钱，用不到谈钱，“苏州有钱”成了一块金字招牌。而苏州老百姓也以苏州有钱为荣，要政府多多惠民，“苏州经济这么发达”成了一句口头禅。就在近日市民与市长的一次对话中，有市民对市长说，苏州经济这么发达，怎么可以还有没有空调的公交车，言外之意，苏州有钱不肯花。这也是不知借钱背债的一个后果。

应该说清楚三个问题，一是适度负债建设是必要的，是国际惯例，是经营城市必不可少的，运用得好，可事半功倍，可大得益；二是至今借了多少债，是不是在可控范围，有没有风险、风险有多大，可能会出现什么问题；三是钱的去向，怎么用的，效益如何，怎么还债。既让市民放心，知道财政收入有一部分要还债，借钱用钱得到监督。

近日，《江苏6个地级市负债率超100%，学者称是危险信号》风传网上，哪6个城市、苏州是否包括在内，没有一一点明。其中，有这样几句话：“地方债务的确切数据，不要说媒体掌握不了，就是审计厅估计也很难掌握准确的数据”；“江苏的地方债即便不是最重，也是很重”；“江苏13个地级市中，除南京外共有6个城市实际债务占财政总收入的比例已经超过100%”；“截至2013年8月初，江苏省城投债的发行余额达到3263亿元，其中2013年以来新发的城投债共计835.5亿元，这两个数据在29个省级地区中均位居第一。截至2012年7月，苏州市城投债余额为428亿元，为江苏省最高，其次为南京，达到418

亿，常州和无锡分别为354亿和340亿元。上述数据主要基于发行城投债的融资平台披露的年度报告。而实际上，融资平台的负债，只是地方政府负债的一部分。”“这样的推测方法实际上对地方性债务是有所低估的，因为只使用了发行过城投债的融资平台的数据。而实际上，各个区、各个县等都有多个融资平台，大多数没有发行过城投债。城投债大约只能占当地债务总额的50%。”“经济总量大，债务规模也比较大，苏州、无锡、南京都比较重。”

苏州城乡借债有一个过程，农村先于城市，投向先办企业后建设城市。农村从20世纪80年代初就开始借钱了，主要用于办乡镇企业，那时产品好销，办企业易赚钱，有资金就得益，市县鼓励借钱，叫吸收资金，还出政策按比例奖励，有好几年。苏州市区城市建设主要靠财政投入，数目有限，基础建设落后，城市破旧，20世纪80年代中后期，经营城市应运而生，一是开发房地产，二是借债搞建设，从市区扩展到县区，两个一年一个样，城市面貌一年一个样，借债规模一年一个样。

到20世纪80代末，乡镇借债引起了市委领导警觉，要市委政策研究室对全市乡镇负债与资产状况作一次全面调查。应该说，调查并不彻底，就是说没有真正见底，有两个主要数据还记得清楚，一个是全市一百五六十个乡镇平均负债与资产基本相当，一个是有三分之一的乡镇已资不抵债，出现亏空。此后有一个说法，苏州为什么乡镇企业要改制，一个重要原因，大多企业已资不抵产。不说主要原因，一个因素是相关的。

秋末多次作文，呼吁关注、研究债务问题，纳入科学发展之中，避害趋利，少损多益，不至成为影响全局的拖累。2011年作《市长县长借的钱怎么还》，其中说到：

> 大约20世纪80年代初，秋末奉命接待一位香港客人，不是接待，陪她逛苏州城。她说，苏州城市要改造，旧可以，太破了。我说，没钱呀。她指着沿街房子说，卖了就有钱了。我笑笑没有答理，谁有钱来买呀。就是卖，几千块一间派得了多大用场。后来，还是被她言中，政府靠卖地卖房来改造老城了。政府的生钱生财之道，不是哪一任市长个人聪明有才智，是改革开放，土地、房产、街道、店面、风景，包括整个城市，成为商品，市场化的结果。
>
> 苏南举债发展在先，成为经验，没多少年，成燎原之势。国家审计署披露，截至2010年底，全国省、市、县三级地方政府性债务余额约10万

亿元。巨额债务从何而来，蕴含多大风险，怎样看待如何应对，引发热议。认为，地方政府性债务形成原因十分复杂，各级政府间事权和财权高度不匹配，是造成地方政府性债务屡禁不止、愈演愈烈的根本性体制原因；没有厘清政府和市场、企业的关系，政府融资所提供的产品性质混淆，投资主体混乱；相当部分债务与应对危机的宏观调控措施密切相关；大多在安全之内，部分地方政府出现偿债困难，有的只能通过举借新债偿还旧债。还认为，有些地方还不了债，成了全国人民负的债。市长县长们借的钱，人在债在，或升迁或退职，人去债留，说到底，还是百姓背债。不管怎么看，地方政府举债发展举债建设，该清理了，举债搞那些形象工程，该刹车了，借债要有法规，要有责任，再不能风风光光糊里糊涂举债过日子了。

2011 年又作《昆山市长为何要在京城“哭穷”》，里面说到：

昆山市长路军在北京开会，大概是讲钱的，银行开的会。有消息传来说，路军在会上说缺钱，手里没钱，天天想钱，天天愁钱。所谓“哭穷”，就是百姓说的兜里没钱。他还说，从苏州市区到昆山做市长，原来想，大概不会像市区的山塘街、观前街看似繁华“街长”手里没几吊钱，昆山市长手里有钱，大笔挥挥没问题，中国最有钱的市长。哪知上任才知道，也是一当家才知柴米贵，这个全国闻名的首富之地、江苏的小康样板，当家的手里也缺钱。真是山沟里的刘姥姥喊缺钱，大观园里的王熙凤也喊缺钱。会上见证，去年财政收入，昆山 200 个亿，山东某富县 93 个亿，云南某穷县 9 个亿，一个声音：手里没钱。

瞎掺摸，县长市长们在北京“哭穷”，是哭给中央听的，请温总理发发慈悲，中央是不是可以少拿一点，多留点给地方。你看，好多年了，中央财政收入都比 GDP 增得多，GDP 增 10，财政收入增 20 还多。企业日子不好过，地方财政紧巴巴，中央少取点，让基础多稳固点，稳要稳在基础上。

县长市长们“哭穷”，并非装穷。昆山一年地方财政收入 200 亿，不是一个小数目，已是三十年前苏州市区财政收入的好几倍。但与需求相比，还是杯水车薪，要花钱的地方太多了。扣除吃饭，不可少的城市维护，已有的社会保障，已定的民生承诺，再能办事的钱已不多了，已是孔老先生，多乎哉不多了。相信，昆山历任市长都借钱，搞基础设施，还有乡长镇长们借的钱，人去债还在。老债要还，新债要借，这可不是几块几毛的小钱，多少亿外人不清楚。当家的心里有本账，路军哭穷，是真哭，不是假哭，更不是猫哭老虫。

“哭穷”是好的，明白了需求，清楚了家底，不炫富，不夸富，与需求相比，再富的地方还很穷，并没有几个钱，这样才能爱钱惜钱。中央电视台特约评论员杨禹对苏州说了一句话，苏州财政首要保障经济稳增，经济稳了，改善民生才稳，才有钱稳。经济不稳增，一切免谈。有限的财政要保实体经济，保转型升级。民生优先，优在必办非办不可的事情上，少搞锦上添花，多搞雪中送炭。要警惕了，欧债危机敲了警钟，有多少钱办多少事，寅吃卯粮会变成一场瞎折腾，甚至灾难，与老百姓商量好，小富稳富比冒富暴富实际得多。

看网上留言了吗？没有一条同情你们“哭穷”的，都是指指点点数落你们，说钱都被官们吃了喝了四个轮子滚了乱投资浪费掉了还有放进口袋里了。秋末说，有关系，基本不是。有关系，就得抓，就得改，从这里得钱省钱。听见吗？以前说，天冷冷在风里，穷人穷在租里；今日说，钱少少在吃里，国穷穷在浪费里。把这个话，在你们手里改过来。

2003年作《负债建设有个度》，里面提出：

一个信号值得关注。不少建筑企业拖欠民工工资，成为一个突出的社会问题。而拖欠的一个重要原因，政府投资工程款没有及时到位。据国家统计局统计，到2001年全国拖欠工程款达2787亿元，比1996年增加了一倍多，2002年拖欠工程款增势不减。政府投资工程拖欠工程款占全部工程拖欠款的26.7%，居第二位。这个信号明确无误地表示，对过度负债建设要亮红灯。

负债建设关键要适度。适度的“度”，要体现在三个“量”上：量力而行，有多少财力，办多少事，负债规模要与地方财力相适应；量入为出，负债规模要与收益多少相适应，收益多的多负，收益少的少负，有益没有收的不负，做到负债还债有来源，有多少来源负多少债；量时而举，项目收益的多少与“时”的变化有很大关系，沪宁高速扩建与长三角的发展密切相关，负债扩建前景看好，有些项目就不一定如此，量时而举要尽可能增加安全系数。负债建设不能离开市场，用科学的投入产出来规定负债建设的度。

负债建设要看到潜在的风险。任何负债建设都有风险，关键在于把风险降到可以承受的范围和限度内。风险既来自项目本身，项目立项是否科学，是否必要，项目建成使用前景是否看好，还来自项目建设施工，施工质量是否达标。此外，风险还与国内市场、国际市场的变化，尤其与金融市场的变化密切相关，随着我国市场开放度的扩大，负债建设的风险也随之扩大，关门看风险已一去不复返了。

负债建设要反对形式主义和不良作风。有些地方负债过度，有的是好大喜功、形式主义作怪，把银行作为政府的钱包，建了不该建的所谓“形象工程”；有的是把现代化等同于“高大全”，增加大量不必要的投资；有的是规划缺乏严肃性，张市长规划李市长改，今天建设竣工剪彩，明天又重新翻建，造成巨大浪费；还有，地方与地方、城市与城市缺乏协调、统筹安排，你建码头，我也建码头，乃至你建机场、我也建机场，重复建设，有借有投没有回收。一个普遍现象，只顾自己任内借钱，不考虑怎样还钱，把包袱留给后任，自己政绩风风光光，后任还钱叫苦不迭。负债建设是否适度，还是一个领导作风问题。

适度负债建设要有规则、机制作保证。要由健全的规则和机制来保证健康运作。

全国清理地方债务正在进行之中，苏州应该借此机会，把债务弄个一清二楚，既厘清债务，又厘清思想，把需求与可能、目标与条件统一起来，制定完善借钱规则，明确责任，把债务放进笼子里，债务、使用、还债情况，起码做到在人代会上公布，接受监督。

03

安阳之行、模式之争

尴尬的安阳之行

车子里的一次模式之争

想在个体与集体之间筑垛墙

一个苏州人30年的温州观

“只长骨头不长肉”的大争论

苏州与温州的输出

尴尬的安阳之行

人们记得，苏州大公园东侧，隔条路有个“衙门”，叫轻工局，还挂过“二轻局”的牌子，怕有二三十年。人民路察院场北面，与东吴丝织厂相对，挂过丝绸公司的牌子。道前街上，那是个正宗衙门，清时的按察使衙门，民国时的江苏省高等法院，里面都变了，大门还是原来的，在说这儿曾是衙门，门墙上挂的牌子就更多了，化工、纺织、机械等政府经济管理部门，大多设在这儿。道前街上还有电子工业局。市委办公室要情况，每个局，秋末都去过，不止一次两次，里面的摆设，至今还记得。进入 20 世纪 90 年代中后期，他们一个一个消失了，都归到一个叫国资委的“托拉斯”里去了。这就是机构改革。小一点，叫城市经济管理体制改革。

这条路是怎么走的？其中可以得到点什么？

知道的人不是很多，不像组织部、宣传部人人皆知，20 世纪 80 年代末，每个城市的党委都设有政治体制改革领导小组，下设办公室，大都与政策研究室两个牌子一个班子，或称设在政策研究室内。真正管政治体制改革的，也就一两个人。秋末担任过办公室副主任，身在其中，两年有余。机构改革，是政治体制改革的一项主要任务，还有：党政分开、廉政建设。真正展开的、认真推行的，主要是企业的党政分开，实行厂长负责制，那不是说说的，也确是有成效的。廉政建设，也曾认真推行过，包括用车、接待都制订了较为严格的规章制度，“四菜一汤”也实行过，总的还是一阵风，持否？没持。

回过头来看，政治体制改革，真有成效的，是经济管理体制改革。不能说经济管理体制改革已大功告成，无需再改革，而是还需继续，尤其是国企管理体制改革还要深化，弊端还是不少。近一二十年，城市经济管理体制改革走了一条釜底抽薪、由下而上、上下结合、循序渐进的路子，应该说是成功的，这与我国经济持续稳步发展是一致的，是相辅相成的，尤其是民营经济的发展。苏州的经济管理体制改革是沿着这条路子走的吗？可以讲是摸索着走的。很可能是，大势所趋与主动探索相结合，因势而趋多一些。

苏州样样创先、样样争第一，我的感觉，领导并不急于推进机构改革，有等一等看一看的味儿，在等待时机。苏州体制改革不是没有动，制订了方案，也上报了，锁在柜子里。为什么不积极实施？秋末猜想，那时苏州上下全身心在抓投入抓扩大，上规模，上水平，尤其是外向型经济，无论城乡发展都很快，新区正在上升势头，园区在筹谋之中，机构改革不怎么迫切。更主要的，以前有过机构撤并的教训，减了不久又增了，机构改革要伤筋动骨，触及人财物，地市合并不久，刚磨合正常运转，大拆大并，弄得不好，会成折腾。

20 世纪 80 年代末，中央为推进城市经济管理体制改革，在全国设立了若干个试点城市，江苏常州和苏州列在其中。当时的态势，一些城市上马了，常州真动了，走在前面，对苏州形成了压力。有一天，市委办公室通知，要政改办正副主任，去参加国家体改委在安阳召开的全国城市经济管理体制改革试点单位座谈会，汇报试点进展情况和研究如何加快推进。机构改革方案并不是政改办制订的，对机构改革，可以讲，政改办并不怎么知情。座谈会应该由一位市领导带头参加，怎么汇报，去说些什么，领导也都没有讲。明摆着，叫政改办主任参加，是去应付的，至多把会议精神拿回来。

安阳，殷墟所在地，有甲骨文，还出了岳飞、袁世凯，无论古代近代，都可以一看，尤其是殷墟，对我这个读文科的人，更有吸引力。但，都没去想，脑子里转的是怎么应付这次会议，说些什么。邬大千，市委副秘书长，研究室、政改办主任，我的顶头上司，一路上他看着车窗外，不停地抽烟，安之若素，对座谈会，一言不发。我想，反正有主任在，我这个副主任不过是个拎包的，用不到多操心，船到桥头自会直，即使安阳摆的是“鸿门宴”，也会过去的。可是，大千要我代表苏州发言，口气是“你发言吧”，没有商量余地。最要命的，讲些什么，也不作交代，两手空空，无书面汇报材料，连提纲也没有，要我自作主张、全权代表、临场发挥。秘书动手不动嘴，我几乎没有在苏州之外代表苏州讲过话，现在要在这样的情势下去代表苏州发言，实在难为我了。我没有推托，可能也只有我讲比较合适吧，讲得不好关系不大，也权当临危受命吧。

会议规模并不大，就是二三十人，不会超过五十人，像座谈会。毕竟是中央开的会，会议气氛肃穆，还带有点紧张和不安。会前，大家静坐，几无闲谈，连相互打招呼都没有。会议由新任不久的国家体改委主任陈锦华主持。他人长得高大，很是威严，一坐下来就把会议镇住了。大家都看着他。他做过石油工业部长，与大庆相连，名声显赫。对他主持国家体改委和计委工作，网上有此评介：他推出了包括股份制改革、住房公积金制度改革等等举措，这一系列措施成为中国改革过程中的标志性事件，同时，他也经历了中国最触目惊心的通货膨胀。陈锦华是“一位中国经济改革不可或缺的亲历者和见证人”。会议没有开场白，一下就进入主题，先由各试点城市汇报改革进展情况和下一步打算。多数单位动了，也有还在制订方案的，常州受到了表扬。他们究竟说些什么，几乎是秋风过耳，我在盘算自己说些什么。

点名苏州发言了。那时，苏州已是名声在外，兄弟城市自然想听听苏州的做法。我说了三点，一点，苏州很重视，已制订了方案；二点，苏州在全力抓经济发展，外向型经济发展很快；三点，进一步修改方案，准备加快推进改革。还说了，机构改革要有相适应的时机，要与经济发展相辅相成，避免反复。

陈锦华可能知道苏州没有实质性进展的情况，市里领导又没有来，我没有开口，他脸上已是多云转阴。我的发言肯定不合他的胃口。我发言一结束，他就大声说：“也就是说，你们苏州还没有动，还是按兵不动。你们来干什么？你们来了，我难受，你们也难受，你们尴尬，我也尴尬！”还说了什么，因为紧张，我也没有听进去。

大千还是脸无表情，一言不发。对我的发言，没有说好，也没有说不好。会后参观，看殷墟，看岳飞祠，看袁林（袁世凯故居）。说实话，兴趣索然。看得出，兄弟城市对苏州按兵不动，反应不一，各种表情都有。

回苏州，向常委汇报了会议情况。领导也没有说什么，没表扬，没批评。苏州还是全力抓经济发展。机构改革，还是按兵不动，似乎在等待什么。

一年、两年过去了，上面对机构改革也没有多少信息。出乎意料，戏剧性的消息传来了，曾大刀阔斧进行机构改革的常州退缩了。说是机构调整后，上下不适应，尤其是市区与郊区在利益分配上矛盾突出，拆并后的机构又恢复原状，退到原来的位置，名副其实折腾了一次。过后还说：机构改革不仅没有促进经济发展，还丢失了宝贵的发展时机，苏州与常州拉开距离，就是从那个时候开始的。常州例证苏州，等待时机，全力抓发展，是有道理的。当然，上级并没有对苏州发奖牌。

机构不要改革？机构设置与经济发展很适应？不是的。机构要改革，职能要区分，企业不能成为政府的附属物，只是改革时机未到。回过头来看，有两点：之一，当时的时机是抓发展，尽快上规模、占山头，把基础打好，苏州的乡镇工业和外向型经济，基础就是那个时候打下的，要一心一意，全力以赴，苏州做到了；之二，企业还没有改制，多数企业还脱离不了政府，尤其是乡镇政府和经济主管部门的组织领导，少不了这个头，若硬性分开，企业就失去领导，就会出现混乱。

实践做出了回答，水到渠成，在城乡企业转制之后，企业转制才是政府经济管理体制改革的原动力，这才是“水”，改革才“渠成”。道理很明白，乡镇企业改制了，成民营、私营企业了，不要乡镇政府管了，你也无权管了。此后，苏州主动拆并乡镇，道理也是乡镇不能直管企业了，这方面的任务改掉了。城市的国有、集体企业改制了，我的事情我做主，还要你轻工局、化工局干什么。这样的机构改革，还有阻力吗？没有了。还要动员吗？还要全国试点吗？都不需要了。

看来，有的改革要自上而下，上行下效；有的改革要自下而上，从基础改起；有的改革要上下联动，相互促进。有些改革也不是一气呵成、一蹴而就，需要逐步推进，不断形成条件，不断修正。医疗、养老保险就属此类改革。

看来，地方领导如何做好领导，大有学问，大有讲究。王蒙说，做官、做人，第一要有独立性，第二要有依附性，二者都要。他把独立性放在第一，不是不尊上，不是闹独立，而是要从实际出发，要有自己的认识和见解，不盲目听从服从。

对安阳之行，秋末还感到尴尬吗？早没有了。

车子里的一次模式之争

对苏南模式与温州模式之争，中央高层是怎么看的，明明白白谁优谁劣的，似乎从未见到，可能基于这样的方针：两个模式都是群众创造，发展前途由实践来解决，过程和结果也似乎是这样的。而中央的智囊团，中央政策研究室、中央农村政策研究室、国务院发展研究中心，他们的态度如何，好像也没有明确表态。秋末碰到过一次，说“碰到”，不是在会议、媒体那样的正规场合，而是在路上在车子里，随便说说的。话虽不明，有点雾里看花，态度、倾向却是明白、清楚的。

那时，我在苏州市委办公室工作，应该是1985～1986年间吧。那时苏南模式、温州模式提出不久，在全国已成影响。学习大军浩浩乎去温州来苏州，成了一种时尚，去温州学办市场，来苏州学发展乡镇企业。是学温州好，还是学苏南好？争论开始了。争论在体制，是公还是私，是办私营企业，还是走集体发展之路。那时的舆论大势，明显偏向苏南，尤其在党政界，来苏州学习办乡镇企业的，明显多于去温州的。理论界、党政研究部门热气腾腾，把感情和理论投向苏南模式，有关苏南模式的研究文章，可称连篇累牍。而苏州、苏南自身，也以正确自居，苏南模式是正统，对温州模式采取了两手，学习办市场，限制办私营企业，尽力抵制对自己的影响，苏南的“桥头堡”吴江，在沿浙江一线，筑起了以公御私的“长城”。

具体哪一天记不得了，市委秘书长交代我一个任务，陪同中央政策研究室的一位领导，到张家港市去调查考察，说是已对张家港市委交代了，他们已作安排，具体落实在塘桥镇，开一个座谈会，看几个企业，主要是了解乡镇企业发展情况。我的任务是做好联络。那位领导姓甚名谁、什么职务，一概不知。他说，你叫我老张吧。看上去，他五十开外，头上已有几丝白发，一副学者派头，不像长字头的领导干部，一点没有官气。到塘桥一个多小时，车上没讲几句话，我也不好主动说什么。他只问了全市乡镇工业发展情况，我简单作了回答。

到了塘桥，没有进镇办公室，就直接开座谈会。座谈会人不多，就镇长、书记和两个企业的厂长。市里没来人。我估计没有要他们来人，或者没有告诉是中央政策研究室来人调查，免得兴师动众。我也没有向他们多作介绍，只说市里来开个座谈会。镇长、书记、厂长各讲各的，书记讲了塘桥全面情况，镇长讲了乡镇工业。塘桥是苏州乡镇工业的排头兵，那时已成规模了，记得有个企业生产卫星上的零部件，受到部里的嘉奖。外地参观必去塘桥。领导很有兴趣听介绍，不时插问原辅材料怎么来的，技术怎么解决的，有没有销路，同城市大企业怎么合作、竞争的。还具体问了乡镇政府与企业的关系，与农民的关系，农民怎么参加管理，利益怎么分配，一年农民从企业收入多少。下午，参观了两个工厂。

傍晚回苏州。路上，领导还是很少讲话，似乎在思索什么。他突然问我：你怎么看苏南模式与温州模式的？哪个更有优势？我直截了当说，苏南模式更有优势。领导说，为什么？我说，苏南模式有两大优势是温州模式所不具备的，一个是，苏南是一个地区、一个地区党政组织领导的，温州是一家一户，至多几家几户，力量无法相比，苏南具有组织优势；另一个是，苏南可以更大规模组合资金、资源，可以办大事，温州办不到，只能小打小闹。领导说，你去过温州吗？我说没去。领导说，你出过国吗？我说，没出过国。领导说，你应该看看发达国家的公司，世界上的大企业大集团不也是一家一户，他们没有组织优势？他们不只是在一个地方、一个国家组合资源，还在全世界组合资源，哪里有利就往哪里跑，他们不是照样办大事？我没有回答，心里说：那是国外，中国是中国，中国的事只能靠中国特色办。他又问，乡镇政府办企业好不好？我说，农民需要政府。要政府出面筹集资金。他说，这倒也是。讨论结束。就此无话。

回苏州，照规矩向秘书长汇报了领导考察情况，并讲了车子里的模式之争。秘书长笑笑，没有讲什么话。此事到此为止，再也没提过。

锣鼓听声，说话听音。体味中央政策研究室那位领导的话，可以辨出，他并不赞成苏南模式的经营方式，就是乡镇政府直接管理企业的体制。他为什么要问乡镇政府、乡镇企业与农民的关系，农民怎样参加管理、怎样参与分配，他已经听出农民并无权力参与乡镇企业的管理，只是企业的劳力，是在说这是苏南模式的弊端，不是我们所夸赞的、自以为是的优势，乡镇政府办乡镇企业并不等于农民办工业。这也就是后来学界所言，苏南模式是社区干部所有制或地方政府公司主义，是小国营。

事实上，在联产承包、农民获得土地经营的自主权之后，苏南农村面临着第二次体制的改革，就是乡镇企业体制改革，让农民获得办工业的权力和办经济的自主权，把已经办起来的乡镇企业还权于民。这在苏州，认识还是相当痛苦的，这要自己改革自己，认识时间也相当长，有十年至十五年之久。至今是否都认识清楚了，也难说。

秋末的认识与许多苏州人一样，有这样三部曲：先是力挺“苏南”，再是融和“苏南”与“温州”，再是改革“苏南”。秋末去了温州，得了两点认识，办市场可学，这是苏州的短腿，尤其要学温州人闯荡世界的创业精神，苏州人要走出去；办企业还是集体，那时苏州“六虎争雄”、企业上了规模，温州的城市建设、旧城改造，远不如苏州，苏州以集体经济为主要坚持下去。20 世纪 90 年代初，邓小平南方谈话发表，姓资姓社、姓公姓私得以摆脱，重看“苏南”与“温州”之争，两个模式本质上都是市场经济的产物，应殊途同归，归于现代企业制度的建造。不过，殊途同归，并没有提出苏南模式需要体制改革。

秋末以为，苏南乡镇企业改革，在苏州并非出于自觉，很大成分迫于大势，是全国改制形势的需要和推动。苏州组织大批乡镇干部去温州学习取经，就说明了这一点，思想不通才去学习的，通了就不要去洗脑了。还有一逼，就是乡镇负债所迫，只是没有可靠数据作证。据说，至 20 世纪 90 年代中后期，苏州乡镇企业已是资不抵债，究竟负债多少，至今仍然是个谜。可以佐证的是，1990 年前后，秋末还在苏州市委政策研究室工作时，室里搞过一次苏州乡镇企业负债情况的调查，得出的结论是资债相当，很大一部分乡镇已是资不抵债。那时正是乡镇企业大发展时期，负债率高一些可以理解，此后长期资不抵债，就不正常了。多数乡镇资不抵债，说明企业经营状况不好，查找问题，不能不找到乡镇企业的体制和经营方式，问题类似于当年城市国营企业普遍存在的问题，责任与经营脱离，经营不善，乡镇企业改制，尽管不那么心甘情愿，也就不得不改了。

至今有些人对乡镇企业改制仍耿耿于怀，认为改错了，没有必要改，主要是没有认识到乡镇企业改制的必然，政府不能既当运动员又当裁判，既要管理市场，又要经营企业，乡镇政府不能成为公司代理人，政府必须同企业分开。对改制中出现的问题，资产流失，出现“改制新贵”，要具体问题具体看待，不能以此否定乡镇企业改制的必要。

秋末并不赞成，以改制来否定苏南模式，否定农民办工业，仍以为苏南模式是个了不起的创举。在计划经济一统天下的年代，乡镇政府出面组织农民办工业，有其时代背景，有其合理性，具有开创精神。农民办工业，需要有组织者，乡镇政府承担了这个角色，功不可没，是以经济建设为中心的一种具体体现。那时乡镇政府和乡镇企业干部，大都是农民出身，他们一定程度上代表了农民。农民办工业，在苏南虽早有先例，但如此大规模地兴办，从未有过。苏南模式出了贪官，更多培养了大批能人和有为之官。苏南模式打上了时代烙印，成于相适应的时代，也失与相离去的时代。

车子里的模式之争快30年了，佩服那位中央政策研究室领导的先见之明，他告诉我们，要不停地用改革开放的眼光看我们脚下的路。作为认识，既要“春江水暖鸭先知”，也要警惕“不识庐山真面目，只缘身在此山中”。

想在个体与集体之间筑垛墙

苏州现在的所谓经济成分，只有两类或两种，一是外资，二是民营，还有中外合资的，国有的很少，几乎可以不计。苏州的民营经济，不只是半壁江山，极可能三分天下有其二。没有去查资料，相信不会有大的差距。说苏州近30年的经济变化，此为最。

说来不大相信，起码在20年前，至20世纪90年代初，苏州政界，从市县到乡镇，是不大喜欢个私经济的，不说打入另册，明确反对，不大热情，另眼相待，是不争的事实。有点类似重男轻女。苏州主抓的是集体经济，奉行的是苏南模式。

那时的苏州领导，其实很为难，我们这些做秘书的，看得一清二楚。中央有政策，个私经济不能反，群众有自主发展经济的权利，不能站在百姓的对立面。会上、文件里得说支持发展个私经济，还要树点典型，登登报，还要有个把代表进政协进人大，以示与中央政策保持一致。实际呢，并不想发展个私经济，乡镇企业与国营企业争市场争原料，有冲击，而个私经济对集体经济，在一块地里种庄稼，也同样有冲击，个私经济不能让其疯长，得让其悠着点儿，说的和做的并不一致。一句话，经济成分上的姓社姓资，并没有从根子上解决好。

那时很流行的也是持之有据的理论，公有经济必须为主，不说三分之二，最低也要超半数，百分之五十以上。乡镇企业是集体经济，农村得以乡镇企业为主，个私经济只能作为补充，多种经济成分并存不是半斤八两、并起并坐。支持“另眼相待”的，是一大实际问题，乡村的建设、村容村貌的改变，以工补农、村民生活的改善，主要靠乡镇企业，个私企业有支持的，那得靠其自愿，而乡镇企业反哺农业，那是天经地义的，是分内事。这一点，至今仍为人牵记，不少乡镇手里缺钱，就想到亲儿子乡镇企业。

说个私经济对集体经济没有一点儿冲击，也不符合事实。冲击最大的是人才和人心，对乡镇企业造成离心倾向。从乡镇企业出去搞个体的，大多是乡镇企业的骨干，手上有技术，手头有人脉，人走了，技术、人脉也走了。许多乡镇采取了两手，一手“利诱”，提高骨干的收入：二是“威迫”，共产党员不准搞个体，制订土政策，有人出乡镇企业搞个体，所有家人都得离开集体企业，集体福利，包括以工补农，一律不得享受。以个私为主的温州模式对以集体为主的苏南模式，冲击还是相当大的。吴江相邻浙江，提出筑起“长城”，御温州以市门之外。对个私经济，有没有遏止住呢？有所遏止，总体上没有遏止住，一个时候发展不快是事实。20 世纪 90 年代中后期，苏州有此一说，苏州的民营经济落后浙江十年。

怎样使个私经济与集体经济相得益彰，都能得到发展？这个问题困扰着苏州的各级领导，有没有两全其美之策？秋末与另一位秘书，奉命调查研究，提出对策。

应该是 1985 年春天，我们去了常熟和张家港。有个插曲，那时下乡调查没有小车接送，坐长途汽车到县市，下乡的交通工具由县市委办公室解决。我们两人从常熟汽车站下车，步行去常熟市委办公室，沿着公路向前走，走着走着，出了常熟城，走到了去江阴的路上，发现不对头，再折回来，走了近三个小时才到常熟市委办公室。常熟市委办公室的秘书，问我们怎么走了这么长的时间，两个书呆子相视而笑，没说走错了路。

我们拉网似的，对个私企业较多的乡村拉了一遍，有十多个乡，跑了三四十家企业。现在还留有印象的是，常熟的服装、羊毛衫，张家港的眼镜架、五金、冷作、刀具。我们把这种个私企业称作“家庭工业”，这个名称流行了一段时候。称之“家庭”，是说以家庭为单位办的企业，搞的是工业产品。大都是夫妻加几个帮工，工人几十、上百的极少。常熟已出现颇具规模的服装厂、羊毛衫厂，产品在常熟招商场销售。张家港的晨阳乡出现数十家眼镜架生产企业，销量相当大。张家港德积乡有一家刀具厂，生产的特种刀具，市场称之“刀王”，已是闻名遐迩。张家港有的家庭工厂还有生产医疗器械的。调查中，除了产销、利润、技术、劳力、设备，进一步发展需要解决的问题外，我们特别关心家庭工业与乡镇企业的关系，想寻求今天所倡导的包容性发展的对策。

说实话，那时我们这些秘书的思想，与领导是一致的，乡镇经济还是以集体为主。在调查中，我们对个私企业热情之中保持了冷距离。说个细节，我们调查了半月有余，没有在个私企业吃过一顿饭，连茶水也少喝。在张家港那位“刀王”家调查，到了中饭时，估计乡里打过招呼，“刀王”已准备了中饭，他媳妇烧的，大鱼大肉满满一桌，我们坚持不吃，回乡里食堂吃，弄得乡里陪同很是尴尬。不是廉洁，而是有所顾忌，怕与个私老板沾上边。坦白地讲，若乡镇企业请吃，照吃，酒也喝，自家人的饭怎么能不吃，个私企业可不是自家人。那位“刀王”后来还与我有过交往，他到苏州来找过我，记得我写他的事迹上了省里专供领导阅的内刊，后来“刀王”真的成了“王”，他约我去他企业，并未成行。现在他不知怎么样了，倒也有几分牵记。

我们写了个调查报告，对家庭工业的起因作了分析，对作用作了肯定，与集体企业的矛盾如实作了反映，提出了共同发展、相得益彰的对策，不是反不是压，而是避，想在个体与集体之间筑垛墙，我们把这垛“墙”称之为“分层经营”。在调查中，我们发现，相冲突的、集体企业吃败仗的，是那些生产同一或同类同档次产品的企业，别的都不说，仅凭家庭工厂几乎没有管理费用，厂长也是工人，家庭工厂的产品成本就比集体企业低得多，乡镇企业渐渐成了“小国营”，管理费用都相当高，吃闲饭的人多了起来，自然无法竞争。张家港晨阳乡的眼镜企业，个体与集体都是生产低档次的眼镜架，家庭工厂一两块钱一副有利润，集体企业两三块钱一副要亏本。而那些生产技术含量较高、档次较高，即使同一产品，集体企业就有优势，不怕与家庭工厂竞争。由此得到启发，乡镇企业应该主动撤出低层次低档次产品的市场，与家庭工业分层经营，如养鱼，小鱼在上，大鱼在下，各得其水。

应该说，分层经营是有道理的，也有操作性，不仅可以避开与个私经济低层次竞争，提高档次也是乡镇企业自身求生存求发展的需要。1986 年，我在市委政策研究室工作，有一个调研科课题，就是乡镇企业的技术改造。一个时候，乡镇企业技术改造蔚然成风。两全其美，确也有例可循。1993 年，我调到《苏州日报》社工作，有一天值夜班，下午看专版《吴中大地》大样，眼前一亮，上面有篇报道，说吴江庙港乡一手支持发展个体经济，一手支持壮大集体经济，个体集体比翼双飞，大为高兴，立即通知农村部，要部主任重组专版，把那篇报道“贡献”到头版上去，作头条发。为了强化报道，配发了评论《一个不可回避的问题》，强调个体、集体要一视同仁，要两手抓，庙港的态度、庙港的做法，值得学习。

“分层经营”这垛墙，有没有筑成呢？可以讲，是有成效的。在 20 世纪 80 年代中期至 90 年代中期，多数乡镇企业技术、设备、产品上了一个档次，有一部分企业与城市大中型企业的水平相近、相同，相差无几，如张家港钢铁与汽车制造、吴江的电缆与现代丝织技术，规模和水平与家庭工业不在一个档次上，是无法竞争的。

随着情况的变化，也可以说，没有筑成，无需再筑。20 世纪 90 年代中期，邓小平南巡讲话之后，所有制上的姓社姓资得以解决，“经济成分论”瓦解，民营经济得到解放，飞速发展，个私企业同样上规模上档次上水平，鸟枪换大炮，很大一部分个私企业与集体乡镇企业并驾齐驱，水平、装备甚至还有超过的，之间的“墙”已不复存在。而乡镇企业也随之改制，成了民营企业，也就没有必要硬性筑垛墙，去搞分层经营了。

苏州三十年的个体集体之路，用足心思，用心良苦，回头看看，感慨系之。秋末一悟，在技术装备上，在产品档次上，就是我们今天说的科学发展上，并没有经济成分之分，想以“分层经营”来堵住个私、民营经济的发展，是办不到的。经济成分上的竞争，以优取胜，并非是坏事。想把民营经济长期控制在低层次低档次的领域内，不仅对民营经济上水平不利，对整个国家经济上水平也是极为不利的。现在不少领域还是大门禁闭，不让民营经济涉足，实际上是在步苏州“分层经营”的后尘，迟早会被弃之如敝屣的。

一个苏州人30年的温州观

苏南模式、温州模式一出，苏州与温州就紧紧连在一起了。许多时候，秋末一只眼睛看苏州，一只眼睛看温州，专程去温州三次，有关温州的文章有一二十篇。

回头看看，30年，苏、温关系，有这样三个阶段：一曰明争暗斗，二曰相互学习，三曰各行其道，大致各占十年。也非决然分开，为主而已，相互学习，三个阶段都有。秋末观之，苏、温关系的发展、变化，一定程度上代表了中国地方、尤其东南地区30年改革开放的历史。能这样代表的，不说绝无仅有，也是很少的。

第一个阶段，明争暗斗，在所有制上，是公是私。

20世纪80年代，尤其是前五年，秋末与苏州主流观念相一致，都认苏南模式优于温州模式，苏州强于温州，苏南模式更有发展前途，苏州人或多或少有股傲气。这不仅在苏州有这样的认识，在其他地方和上层亦然。一个标志，这个时候来苏州参观学习的，多于去温州的，向苏州学习的声音更响。

秋末第一次去温州参观，大约在1986年。看了市场、企业、乡镇和城市建设，一个感觉，论发展规模、档次上温州不及苏州，尤其是乡镇企业与城市建设差一大截。秋末对中央政策研究室来苏州调查的领导直白了自己的观点，认为苏州乡镇企业的集体所有制是一种公有制，与温州的私有制相比，更具优势，一是在能更大范围内集中生产要素，二是在能集中力量办大事，温州的一家一户办不到。还有，早就有的本本观念，公有制可防两极分化，更能体现按劳分配。应该说，整个20世纪80年代，坚持苏南模式的集体所有，是相当坚定的，尽管也认为苏南模式有缺陷，那是完善的问题。

也认为，苏南与温州两个模式异中有同。苏州的乡镇企业不是原来计划经济的产物，与温州的专业市场、家庭工业一样，同属市场经济，在农民争夺、获取参与和发展经济的自主权上，都是创举。秋末写了篇题为《异曲同工，殊途同归》的文章，既说苏南模式与温州模式本质是一致的，与计划经济区分开来，又说苏南乡镇企业与温州私营经济都需要继续改革、发展、提高，会同归于现代企业制度。在20世纪80年代后期，还没有苏南乡镇企业需要改制的想法。现代企业制度是对集体所有制的完善。

还认为，苏南与温州两个模式并非水火不相容，是相互包容的。秋末搞过两个专题研究，一个是苏州农村的专业市场，一个是苏州农村的家庭工业，这两个调查都是说苏南模式中有温州模式，苏州并非只有一种经济形式。时间在1985年前后。应该说，苏州农村办市场，几乎与温州同时同行的，相反，乡镇企业则早于温州办市场，这也是苏南乡镇企业为什么奉行集体所有的一个主要原因，20世纪六七十年代还谈不上私营经济。秋末调查了一批专业市场，选了十个有代表性的，写了个调查报告，提出像温州那样，大力发展专业市场，通过家门口的市场，把乡镇企业的供销网络撒向全国。后来，又专门调查了常熟招商场，特别提出，招商场内有三分之一的温州人、浙江人。

秋末写过一篇短论，叫《混合天堂》。文中说：有个说法，叫混合经济，混合天堂，就是从这儿化出来长出来的。所谓混合经济，就是经济是公的私的内生的外来的许多方面合起来的，有的地方这种混合成了当家经济，还有说法，混合经济最有前途，要唱主角儿。反映了秋末当时对经济格局的看法，已不限于苏南与温州两种形式。

第二阶段，相互学习，苏州人学温州人的闯劲。

秋末所见，苏州、温州模式之争，的确有所有制形式和观念之争，但都植根于市场经济，又各有所长，相互间的学习是诚恳的。温州学习苏州乡镇企业上规模上质量上管理上水平，苏州学习温州办市场、走出去和创业精神，进入20世纪90年代，苏州放下架子，上门向温州学习发展私营经济，改制乡镇企业，在所有制的解放上接受了一次温州洗礼。

苏州一直坚持向温州学习办市场，认为市场、流通是苏州的一条短腿，一个时候，作为发展和改革的主攻方向。秋末参观了义乌小商品市场和温州专业市场，写过多篇文章鼓吹，苏州要大力发展各种类型的市场。苏州的专业市场，进入20世纪90年代，有了一个大发展，由乡入城，由县区入苏州城区，规模迅速扩大。如：乌鹊桥弄的电脑市场，横塘的装饰建材市场，东中市的五金市场，十全街的书画旅游品市场，还有多处小商品市场，苏州城区几乎被专业市场分割了。这当然是苏州自身发展的需要和结果，不能都归之于向温州学习的成果，但也不能抹杀温州所起的先导作用。

走出去，这也是秋末极力鼓吹的。这同样是苏州的一条短腿。苏州习惯吸引外地人来苏州经商办企业，这个传统既要发扬，也要改变，要两条腿走路，引进来与走出去并举，要向温州人学习，向自己的先人洞庭商帮学习，大踏步走出去。秋末组织过两次活动，一次采访在苏州市区经商的温州人，宣扬温州人外出经商的事迹；一次专程到温州采访，了解温商到世界各地经商的情况，发过两篇专题报告。有一篇报道在南斯拉夫战事之后，温州、青田商人踩着弹坑去经商的动人事迹，在苏州产生强烈反响。还同《温州晚报》（同于《苏州日报》）建立联系，由他们供稿，在《苏州日报》新闻特稿版上报道温州人走出去的情况。

在宣扬学习之中，对温州人的经商观念和理财手段也作了区分，哪些可学，哪些不能学。从最早对商品粗制滥造，到投机炒房，到开矿挖煤掠夺式经营，明确提出，温州人创业精神可学，一切向钱看的思想、观念，不正当的竞争手段不可学。也指出，不可学之处，正是中国市场经济体制不完备之处，需要完善。秋末曾编过一篇资料《听听对温州的声音》，摘取了对温州的多种议论，作为苏州之鉴。

第三阶段，各行其道，重上改革路。

20 世纪 90 年代前后，苏州乡镇企业全面改制，苏南模式、温州模式在所有制上的区别不复存在，两个模式之间的争议也随之销声匿迹，各行其道，各走各的路。

秋末在《模式之争》中说道，近十多年间，苏南、温州两个模式各自的经济特征，有了更为特出的增强，有些到了登峰造极的地步。温州输出资本输出经营，从小市场到大市场，堪称有市场就有温州人，占领了半个中国，并延伸至欧美市场，号称世界市场小商品价格看温州（义乌）。温州的市场化程度发展到了极致，温州人成为中国最大最有影响的炒家，炒房、炒地、炒煤、炒太阳能，中国市场最会兴风作浪的炒手。以苏州、江阴为代表的苏南，则以产品、技术为载体，上规模上档次，发展外向型经济，成为中国制造的高地，一些企业跻身世界五百强。当年两个模式已分道扬镳，各走各的道。只是当温州出现金融风波，网上有言提及，仅一句话，苏南模式比温州模式稳当。“稳当”之中，也隐喻温州人的风险意识、闯荡意识、逐利意识超过温文尔雅的苏州人。

浙江吴英案出，常熟顾春芳案出，温州、苏州又拉在一起了。再次说明，苏州与温州各有自己不同的特征，但经济的本质和主要方面是一致的。浙江出了牵动全国的吴英案，秋末曾庆幸苏州没出吴英案，推测苏州民营经济不如浙江、温州那么发达，民间借贷也没有温州那么活跃，也或许苏州法制比较健全，吴英案苗头一出就打掉了。庆幸文上网没几天，如出一辙的常熟顾春芳金融案曝了出来。随之而出的案情和民间借贷情况表明，苏州城里有温州，与温州相同的问题，民间借贷活跃，一部分人投机获利严重，融资缺乏监管，民间金融市场混乱，无可争辩地同样存在。有报料说："常熟民间借贷流行好几年了，这两年进入高峰，年利息40%或60%是很常见的，90%的也有。"

吴英案的影响大大超出了案件本身，一个成果，推动了农村金融改革。秋末在《从吴英案到顾春芳案》中说，一个经济案件上了总理一年一次的中外记者招待会，应当说，这是罕见的，说明这个案件非同小可。也表明，这个案件所关联的事，非同小可。吴英案促金融上了改革路，促改革上了继续改革路。尽管温州的改革还在"积极考虑"之中，但态势和认识已经形成，可以期待，民间资本会堂堂正正进入金融领域，得以规范化、公开化，既得鼓励发展，又得加强监管。也可以期待，温州模式开出新花，中国改革的"麦加"，以更富有创新的姿态，像三十年前那样出现在世人面前。由吴英想到常熟的顾春芳，顾春芳案究竟怎么判，由法律去处理（已判死缓），我们更需要关心的，金融改革的推进，怎样使民间融资做到合法、正当、有序，民营企业怎样既敢闯敢干，又依法经营。

30年过去了，两个模式的争论已无关紧要，今天也很少有人再从模式的角度去看苏州与温州，重要的是，苏州与温州都面临着新的改革，改革无有穷期。

不知大家有没有注意，十八大召开的时候，中央电视台放了一部电视剧《温州一家人》，在回顾改革开放的专题节目中报道了苏州一个村的城乡一体化，这个刻意安排，是不是在30年后对苏南、温州两个模式做总结：各有所长，各有所成？

“只长骨头不长肉”的大争论

发展模式，在近30年中，有过三次大的争论，其中两次与苏州相关，一次是苏南模式与温州模式谁优谁劣，一次是苏州模式是不是只长骨头不长肉。苏南模式与温州模式的争论，实质争的是所有制，以苏南乡镇企业全面改制而结束。苏州模式只长骨头不长肉的争论，似乎有始无终，烈火烹油一阵之后，自生自灭，自由讨论，自己思量，自作结论。这两次争论，都是全国性的，不仅有许多学者参与，更有面广量大的实际工作者参与。

秋末是两次争论的参与者。对只长骨头不长肉，写过二文，一文叫《苏州的骨头与苏州的肉》，一文叫《谁来为十万网言作结》。前一文受到时任苏州市委书记、今日深圳市委书记王荣的表扬，说这篇文章写得好，是到报社，当着记者编辑的面说的。秋末心里有数，书记表扬，秋末在为苏州说话，在解苏州之围，效果比书记、市长上中央电视台自己表白来得好。顺便说一句，秋末不少言论，受到地方父母官注意，有说法的，一半是萝卜，一半是大棒。不以物喜，不以己悲，秋末还是我行我素，工作之外，我的嘴巴我做主。

挑起“只长骨头不长肉”大争论的，是时任重庆市常务副市长的黄奇帆。他在中欧国际工商学院的一次演讲中，公开质疑“苏州模式”。他说：“苏州人均GDP超过5000美元，但城市居民人均收入才1万多元人民币；而同等的人均GDP规模，上海人均收入2万多元；即使在人均GDP只有1000美元的重庆，城市人均收入也达到了8000元。这是典型的‘只长骨头不长肉’。”可能连黄市长自己也没有想到，此话一出，一石激起千重浪，“苏州模式只长骨头不长肉”红遍了网络，许多报刊也纷纷发表文章，引起了全国范围的大讨论。对“只长骨头不长肉”，有质疑，有注解，有不同看法，更多是赞同和批评，个别的说苏州外向型经济是买办、帮办经济，为外国资本家榨取中国人的血汗，对苏州以土地和牺牲环境换取阿拉伯数字也作了严厉批评，一句话，苏州模式不能学，苏州的路不能走。

这次讨论、争论，之所以能引起这么大的反响，引起全国关注，秋末以为，有这么几个因素：一在苏州自身，苏州名声在外，树大招风；二在提出的问题尖锐，有吸引力，苏州原来是这个样子，想问个究竟；三是改变增长方式，重视民生，提高国民收入，凸显了出来。应当说，“只长骨头不长肉”的讨论，与苏南、温州模式在所有制上的争论一样，是全国改革开放深化、经济向前发展的反映，是时世所需，有着深刻广泛的社会原因，改变增长方式、发展民营经济、提高国民收入，是这次讨论的主旨，是有积极意义的。

但是，由于问题的提出，用了“只长骨头不长肉”的俗语，“只与不”绝对，有一无二，而造成长骨头不长肉的原因又未作具体分析，“不长肉”的账都算在外向经济上，而“打工经济”作为中国制造的一个阶段还不能少，扩大内需并不意味外向型经济掉向，苏州上交财政负担重，苏州有口难辩，多作了贡献还要挨批，需要作点解析，发出点“苏州声音”。在这样的背景下，秋末写了《苏州的骨头与苏州的肉》，时间 2006 年 1 月。文摘如下：

> 一个城市的骨头是什么，一个城市的肉是什么，离不开这个城市的经济与老百姓的口袋。
>
> 要论苏州的骨头与苏州的肉，有三种说法：一种叫人间一等繁华之地，大约这是曹雪芹先生说的；一种叫典型的消费城市，这是 20 世纪五六十年代戴在苏州头上的一顶帽子；一种叫只长骨头不长肉，这是近年流传在媒体上的新说法。
>
> 这三种说法，应当说都有一定道理。历史上，苏州既盛产丝绸又盛产稻米，既长骨头又长膘，明清时期的税赋很大一部分来自苏州地区，这时苏州的骨头苏州的肉还是全国的骨头全国的肉，那嘉靖皇帝乾隆皇帝身上起码有三十斤的肉半根脊梁骨，满身绫罗绸缎，是苏州的料子做成的，如不是这样，怎会有“苏湖熟，天下足”的说法，怎么会有“日出万绸，衣被天下”的美称，怎么会有“上有天堂，下有苏杭”的顶级赞誉。当然，一等繁华与普通老老百姓有什么关系就很难说了。
>
> 说现在苏州的经济只长骨头不长肉，那也过于极端了点，但此话苏州人还是要听，非但要听还要多琢磨琢磨。事实上，苏州一大批人富了起来，一大标志，苏州城里大街小巷车满为患，车满满的是私家车，而一般老百姓的生活水准，不要说在全中国就是在东南沿海也是排得上位置的，这一切都是从苏州经济这根骨头上长出来的。而肉还不止这么多，还有更多的肉贡献给了国家贡献给了省里。拿去年为例，苏州上交国家的财政收入有

五百多个亿，还有银行海关等部门直接上交的二百多个亿，苏州自己还有二三百个亿，这在全国是少有的。所以，苏州经济的骨头与这根骨头长出的肉是相称的协调的。所谓不长肉，说白了，就是老百姓口袋里的钱不是很多，口袋里的钱与经济总量不太相称，与苏州的发达程度不太相称，与周边一些比苏州名声矮半截的城市相比不太相称。

不相称的原因，不是一个两个，有经济结构的原因，有经济成份、产业结构的原因，是不是还有财政上交比例是否合理的问题，税收政策执行松严程度有差距的原因。苏州历来是税赋的富源之地，历代皇帝都是一个口径，江南不出税赋苏州不出税赋，难道要叫穷山沟里的穷百姓去出？苏州对国家税赋也历来是不含糊的，从国家税赋上动脑筋不是出路，还是要从经济结构、经济成份以及与此相关的因素上动脑筋找对策。

有三种说法值得关注，一种叫苏州经济本质上是打工经济，一种叫苏州的民营经济与浙江有很大差距，一种叫苏州的服务业还不发达。第一种说法是说苏州人外地人给外资企业打工赚不了几个钱，哪有打工仔发大财的；第二种说法是说苏州人直接经商办企业当老板的比例不高，大老板也不多，把手伸到天南海北伸到东欧西欧南美北美的人更少，从国内外大口袋里掏的钱不多；第三种说法是说苏州的现代服务业还是条短腿，还没有真正成为就业最广人数最多赚钱最多的支柱产业。这三种说法说出了苏州经济的短处，苏州老百姓口袋里的钱还不多的原因，身上长的肉还不很丰满的缘故。

其实，这三种说法并不是刚从水里捞出来的活蹦鲜跳的新鲜货，这三个问题苏州从上到下都已认识到了，从要形成三足鼎立的经济格局和大力发展现代服务业的大政方针上就可见端倪。形成三足鼎立的经济格局、大力发展现代服务业，无疑是对头的，苏州还是要发展外向型经济，不要忌讳打工经济，苏州需要打工经济，五十年一百年还需要。全球经济一体化，总有人当老板总有人打工，苏州不能拒外资于门之外。要花大力气的是把短腿拉长，把民营经济、把有自主知识产权的规模型经济做大做强，做壮做硬苏州自己的骨头。

开创新的格局落实大政方针，关键在人，在于形成以千万计的有创业精神有创新思想的人。短处也罢短腿也罢，归根结蒂，短的是精神，短的是思想，拿“四千四万”来说，四个字是一样的，但每个地方发挥的程度创新的程度就很不一样，开的花结的果也很不一样，浙江至今

> “四千四万”还是个宝，还走出了国门，是不是现在苏州不大讲了，看不起当年的“土八路”了，值得问问，值得想想，值得反思一下。要从经济结构上摆脱打工经济，打工经济不占主导地位，就得要有自主知识产权的技术、产品，要有在国际上打得响的品牌。我们现在出去的商品很大一部分还是人家的品牌，许多高科技产品的核心技术是人家的技术，大头人家赚去了。这种状况不可能一朝一夕就改变，但要锲而不舍去追求去一点一滴改变。总而言之，要靠创新靠技术靠品牌去解决只长骨头不长肉的问题。
>
> 从只长骨头不长肉少长肉，到既长骨头又长肉多长肉，这是一个过程，犹如商品经济不能逾越一样，是必不可少的过程。这个过程不仅苏州要过，中国每一个城市都要过。这个过程的实质是发展的过程，改革的过程，创新的过程，科技进步的过程，这个过程是长是短，完全取决于这个地方的努力。

热心的朋友将此文上了网，加了个标题，听听“苏州人是怎么看只长骨头不长肉的”，广为传播。10个月后，秋末自作多情，出来为这场讨论作个小结，题目是呼吁为十万网言作结，却是自己作结。讲了三句话，都是重复以前讲过的话，一句：苏州没有苏州模式，自己也不承认，何来新苏州模式；二句：发展思路要改变，富民优先的旗帜要举起来；三句：外向、内向并重，外向型经济不能丢，民营经济要大发展。

应该说，这场讨论、争论对苏州影响还是相当大的，是有积极意义的。最为明显的，推进了增长方式的转变，富民的思想强烈了，既调整发展思路，又采取了许多具体措施，加快提高市民收入。大约两三年、三四年，苏州市民平均收入很快超过浙江多数城市，在江苏名列前茅。另一个变化，由于工资成本和其他商业成本上升，不少外资企业内迁，苏州的民营企业也纷纷过江北上或向东南亚国家发展。去年夏天，秋末去成都，见到原在苏州昆山的富士康，成了成都富士康，阿迪达斯在华的唯一加工厂也从苏州迁走了。工资成本上升不可抗拒，苏州发展面临新的挑战。

近日从网上看到，黄奇帆市长多次对重庆干部说，不能只长骨头不长肉。可见，处理好经济增长与富民的关系，并非只是苏州存在。

苏州与温州的输出

每个地方、每个城市都在发生影响，都在向外输出，尤其是改革开放的年代。中国改革开放史，少不了两个影响、两个输出，一个是小岗村的影响和输出，一个是深圳的影响和输出，一在农村，一在城市。此外呢，应该还有苏州和温州。

苏州与温州的输出，在两个层面上，一在思想观念精神，二在模式路子做法。可以称之一虚一实。共同之处，本质与实质，在以破冰精神，冲破僵死的计划经济体制，获取经济自主权，发展市场经济，温州更多以农民个体出现，苏州更多由基层组织带领农民投入；温州更多由建设市场推动工业，由流通促进实体经济，苏州更多则由工业促流通，推动市场建设；苏州拥有地位之便以吸收外资发展外向型经济，温州则以前店后坊向外输出经营和商品。一句话，无论精神和路子，苏州和温州对外的影响和输出是巨大的，展现了改革开放下在市场经济中朝气勃发、奋发有为的中国农民的新形象新风貌。

在输出中，有两类或两种输出，特别扎人眼球，广受关注，广为认同：一在温州的资金与经营，影响所及半个中国乃至西欧，有称世界小商品价格看温州；二在苏州的干部与人才，尤其是领导干部，二三十年间，苏州出省级领导数十名，江苏各市几乎都有苏州干部去任书记和市长，人称苏州是“省长摇篮”。

尽管本质相同，由于苏州、温州各自走的具体路子不尽相同，所产生的影响和输出也就各有千秋。而接受什么影响，接纳、欢迎什么样的输出，还决定于吸收“被”的一方。不能回避的，在20世纪80年代，苏南与温州有个体与集体之争，这个“之争”包含了喜好、轻重和取舍，也就影响了输出。在20世纪80～90年代的10～15年间，接受输出有重苏南、苏州到重温州的变化。

随着改革开放的推进和形势的变化，苏州、温州各自发展的路子也在不断发展、变化，两地的输出出现了新情况，面临新局面，出现了一次又一次讨论和争议。其中，有对苏州“只长骨头不长肉”的争论，有对温州炒房炒地炒煤炒太阳能的批评，有吴英案引发的对民间借贷、金融市场改革的呼吁，两地的输出由赞扬、接纳向有肯定有批评有选择过度，从一个侧面反映了改革的深化与复杂，发展面临的问题和探索。两地的输出成了“多棱镜”。

2006年11月，秋末作了《苏州与温州的输出》一文：

现在，老子所说的鸡犬之声相闻老死不相往来的地方，很难找到了，绝大多数的城市输出与输进，已如高速公路上的车辆来来往往不舍昼夜。要问的只是输出输进什么、量的大小、入超还是出超，从商品和物资的进出，就可以看出这个地方经济发达的程度。

对苏州对温州网上有句堪称经典之语，说苏州和温州是中国改革开放以来最大的输出地，温州输出资本和商人，苏州输出模式和干部。说最大的输出地，肯定有片面，深圳呢上海呢，但在中等城市就资本和商人、模式和干部而言，也不无道理，起码是一种值得关注和看一看、思索一下的现象。

历史的现象常常惊人相似。商人和资本总是一起输出，晋商和徽商都曾各领风骚一百年。电视片里的《徽商》和电视剧里的《乔家大院》成了安徽人山西人送客的礼品，言下之意我们的祖宗也曾飞黄腾达过，别老唱孔雀东南飞。今天步他们后尘的，又独领风骚的只能是温州商人。所谓温州模式，现在可以这样讲了，就是商人和资本一起输出的模式，就是晋商和徽商做行商的模式，不同的是商人和资本的规模、商品的内容，是盐巴丝绸还是皮鞋打火机，还有商人有没有走出长城走出有多远。应当加一句，青出于蓝远胜于蓝。

苏州和温州同样有模式，为何只说苏州输出模式？其实，很长一段时间内无论舆论还是各地领导看重的是以集体经济为主和标榜实现共同富裕的苏南模式，而后又看中搞开发区吸引外商外资的所谓苏州模式。另一面，社会舆论对温州商人炒房炒煤掠夺式经营的做法不无意见，也是一个原因。输出模式功耶过耶？学习苏南农民办工业，历史会记上苏南模式一功，而各地大搞开发区成效如何，就一言难尽了。模式的输出常常是有功有过，不同的是功多还是功过居半。

历史上，苏州以输出人才文才著称，现在苏州输出干部也在情理之中。这个情理有两大构成，一是苏州成了改革开放的前沿，二是苏州经济发展确有成效，是出干部锻炼人才的好地方，能吸改革开放之先气，能纳三千年吴文化之传承，有可以干一番事业的环境，有善处国家地方百姓利益关系的传统，苏州出干部输出干部天经地义。网上对苏州出干部另有一说，苏州干部重国家税赋轻百姓口袋。此说有无道理？此说是否是个冤案？苏州人作了贡献还担了个不是，道长理短放在一边；可以而且应该明白的是，重应该重，轻不应该轻，两重如何都重，苏州干部今天明天务必要做好民生这篇大文章。这个口舌苏州领导担不得，苏州务必要把富民搞上去。

一二十年来，苏州和温州究竟输出了什么？又得到了点什么？输出资本，温州得到实利，输出商人，得到形象；苏州无论是输出干部还是输出模式，得到的是名声和贡献。其实，最有价值的，苏州和温州都在输出精神，创业精神，这在中国改革开放史上同样会书上一笔。

需要对输出再辨一辨的是，温州输出资本和商人，是从经济学讲的，苏州输出模式和干部，讲的是政治学，同一学科，苏州无时无刻不在输出资本和商品，还有苏州制造，也在得实利，区别在于，温州的输出是温州商人的输出，苏州的输出大都是客商的输出。

2006年、2012年，苏州和温州各发生了一次波及、影响全国的大讨论大争议，前对苏州模式是不是“只长骨头不长肉”，后对温州金融风波该不该救市怎样对待民间融资，对苏州、温州的输出发出了不同声音，有探讨有质疑，也不无匡正和补益。秋末在《谁来为十万网页作小结》中，对所谓苏州输出“苏州模式”发表了看法：

一家知名网站上有篇文章，说近两三年来有关苏州模式之争有十万网页之多，洋洋乎叹为观止。秋末在百度搜了一下，那相关网页确是二万五千里不知尽头在何处，可见这场模式之争关注度是多么高。

应该问一问什么是苏州模式？归纳一看，秋末不禁笑了起来，真如一千个演员就有一千个林妹妹一样，有喝辣汤的林妹妹、有吃大葱夹煎饼的林妹妹、有弱不禁风一吹就倒的林妹妹、有十字坡做人肉馒头孙二娘式的林妹妹，苏州模式版本五花八门。争论的题目叫苏州模式之争，题目也不清楚，模式各说各的，难免东说洋场西说海南辕北辙。既有把苏州模式光彩化，也有把苏州模式妖魔化。有种说法，所谓苏州经济奇迹苏州神话，就是以牺牲环境换取乡镇工业，以扼杀民营经济换取外向型经济，以消失鱼米之乡换取外资外商。这个说法如果成立，苏州该滚到臭水沟里去了。苏州人自己清楚，有这方面的问题，并非就是如此。

又有了新苏州模式？理论界学术界真是神通广大，孙猴子拔根汗毛吹口气，老苏州模式还没有说完，新苏州模式又出来了，苏州人实在有点眼花缭乱。新在何处？以前的模式有缺陷现在的模式完整了，原来只要外向型现在外向内向都要民营经济重视起来了，原来只要外资不管百姓的腰包现在富民的大旗举起来了，原来只管发展不管环境现在发展环境都要了。怎么会有新苏州模式？说是被外界批出来的，被“只长骨头不长肉”敲出来的。先生们女士们，你们应该来苏州待上一年半载，做个县长助理也可以，你们就会懂得一个道理，实践并不是捏面团要怎么捏就怎么捏，所谓摸着石头过河就是从来就没有现存的模式存在，没有丝毫不差的模式供运转，谁能说昆山和张家港和常熟是一个模子里倒出来的？一切都在摸索探索之中，路不在脚的前面在脚的后面。

这场争论一无是处？非也，尽管只长骨头不长肉有点刺耳，苏州也并非皮包骨头，苏州可以夸口，中国每个城市都像苏州中国就小康了，但GDP与百姓的腰包不相称是客观存在，苏州人既要重视这场争论还要感谢这场争论，从中得到有益的东西，得到有助于长肉的东西。相信苏州的决策层对富民会有更强烈的感受，强国富民才是最光彩的，富民优先的旗帜要举起来；对外资经济打工经济的两面会有更清醒的认识，外企外资还是要欢迎，民营经济才是富民的根基；对自主创新的迫切性会有切肤之痛，智慧苏州才是苏州最迫切最聪明的选择。

而对苏州老百姓，有一点应该清清楚楚明明白白，再多的外资若是打工，只能解决温饱，商务成本不可能让打工者的收入一夜之间窜上去，只有知识技术能力经营有产有业进入社会“橄榄”的中间才能使腰包鼓起来，政府的钱再多，也只能用在公共事业上，用在建设和发展上，用在救困济难上，营造一个能致富的环境是政府的责任，能不能富还要靠自己的脑袋和两只手。

为什么骨头论一出就激起千重浪？有说挑起争论的是有身份的人又是经济学家，还有一个可能，苏州的名声太大了，树大招风，所以，我们得学乖一点，搞点韬光养晦。

苏州无须过多或刻意注重对外输出。

城镇化战略起步，苏州城乡一体化与当年乡镇工业一样，成了香饽饽，成了苏州向外输出的最大的“大宗商品”。秋末在这儿进言，苏州城乡一体化的确可学，但也有不可学的地方，输入输出应该更科学一些了。

2013年11月14日，秋末作《回良玉的一序二题》，摘于下：

回良玉为《城乡一体化的苏州实践与创新》一书作了序。媒体发布时自加了题，出现了一序二题。《苏州日报》的题为：《苏州城乡一体化走在全国前列》；《中国经济时报》的题为：《苏州城乡一体化具体做法不可能照抄》。

“苏州城乡一体化走在全国前列”，不是《苏州日报》自己说的，是回良玉说的。回良玉的序千余字，分两部分，一部分说全国，说背景，解决好“三农”问题，事关党和国家事业发展全局，也是一项长期艰巨的历史任务，全国在推动“三农”工作中出现了城乡一体化的新趋势大趋势；另一部分说苏州城乡一体化的实践，取得了突破，积累了经验，是排头兵，走在全国前列，发挥了“带头、先导、示范”作用。

“苏州的具体做法不可能照抄”，也不是《中国经济时报》自己说的，同样是回良玉说的。原话是：“这本著作系统总结了苏州城乡发展一体化的历程，概括了主要经验和做法，在此基础上进行了比较深入的理论分析，提炼了一些规律性的认识。全国各地情况各不相同，苏州的具体做法不可能照抄照搬。”既强调了苏州经验有普遍意义，有理论分析，有规律性认识，又强调各地情况千差万别，精神可学，规律可摸，具体做法不能照抄照搬。强调几近千叮万嘱，谆谆是也。

苏州积三十余年的努力，创城乡一体化的经验，可称真金白银。也确实，苏州的情况中国绝大部分的地方不能相比，就所处的位置、城乡经济同样发达，既能内化又有外化，就没有这样好的条件。具体做法为“三集中”，即工业可以集中、土地经营规模可以适度集中和居住集中就值得考虑，而大量耕地城镇化则完全应该避免。耕地的减少可以承受十个百个苏州，绝对承受不了千个万个苏州。

04

干将路、太湖水、吴山点点愁

姑苏城“内”寒山寺

苏州城区多大为好，说了好多年了，没有一个定论。有呼声，苏州人口不能再增加了，城区不能再扩大了。实际是，人口年年在增加，城区月月在扩大，常住人口大市已超一千万，市、县建成区三十年翻了几番。该不该给人口给建城区设条红线？理儿上怕是应该的，可是实际难办到。但是，不管一时办得到办不到，设置底线是迟早要做的。好像听到中央也这样说了，不能无限制地摊大饼。

《人民日报》在《生态文明的中国觉醒》一文中说：有两张地球的老照片，曾经深深刺痛中国人的心。一张是夜景。从北美大陆到东亚西欧，万家灯火，流光溢彩。相形之下，中国大陆的灯光寥若晨星，一派农耕社会“江枫渔火对愁眠”的清冷……30年过去，快速生长的城市灯火，照亮了神州大地。“江枫渔火对愁眠”来自苏州，“万家灯火，流光溢彩”同样是今日苏州的写照。

苏州由小变大，包含了思想观念的转变。苏州舍弃了小里小气、目光短浅的“小”字文化，这对苏州的发展，无异是一场思想革命。秋末1995年作《别太牵挂“小桥流水”》，反映了苏州大发展时的思想跃动，对“小”字传统文化的批判：

> “小桥流水”，既是苏州的一个特色，又是一种文化积淀，二者紧密结合在一起。这是大自然和我们的祖先留下来的一笔丰富的文化遗产。这里不乏苏州的个性和骄傲，全国四大名园两个在苏州，无出其右。有人说苏州没有了园林，没有了小桥流水、没有了幽静的小巷，就不称为苏州了，可见小桥流水的分量。“小桥流水”作为一种文化遗产，需要继承。
>
> 但是，与这种文化遗产紧密相连，其中一部分的思想观念，就不能笼而统之说继承了。记得前几年，现任《人民日报》总编辑范敬宜回苏州写了篇文章，说苏州人的观念、苏州人的精神面貌，起了很大变化，不再小里小气，软绵绵的了。言外之意，苏州的“小”字文化观念不值得继承的。

无可否认，苏州的“小桥流水”文化有天地狭小的一面，有“金粉福地”养育出来的“白相文化”，阴柔特浓，阳刚不足，这都与我们今天所处的时代不相协调。现代化可以与“小桥流水”相融洽，但“小桥流水”文化是难以成为现代化的思想基石的。

就一二十年吧，姑苏城外寒山寺，成了姑苏城“内”寒山寺。苏州由小变大，苏州人的感受、反映怎么样？怕是挺矛盾的。一句话，对“大”自豪，对“小”留恋。大是发展，苏州走在全国大中城市的前列，跟在上海、北京的后面；小是生态，小桥流水、“家家尽枕河”少了，没有了。繁华包括喧闹，清冷包含宁静。苏州人想两个都要，既要繁华又要宁静，可是，难办到、办不到，鱼和熊掌，可以得兼是局部，不可得兼是大部，小巷、雨伞、丁香，留一点，也只是点缀。矛盾心情由此而生。

1994 年秋末作《涛声岁岁不依旧》，支持新区的发展，文章说：

毛宁一曲《涛声依旧》唱遍了大江南北。“涛声”植根于《枫桥夜泊》。近来有朋友作文，批评苏州“涛声还能依旧么”？说由于新区的发展，“姑苏城外寒山寺”没有了，变成姑苏城内寒山寺了。说是，为了保留寒山寺永在姑苏城外，为了涛声依旧，苏州不该开辟新区。寒山寺名气很大，全国重点文物，应该好好保护。事实上，苏州采取了许多保护措施并整修寒山寺，开辟寒山寺风景区，新年、除夕听钟声，吸引了国内外大批游人。难道仅仅为了保留“姑苏城外”，不发展新区，让七八十万苏州人挤在古城内，苏州人能喘得过气来么？苏州还能发展么？好心的朋友，应该到实地来看一看，问问苏州老百姓。姑苏城外寒山寺变成姑苏城内寒山寺，这是必然的，挡不住的。

1995 年，秋末作《往哪里长大?》，又说了“小”字文化，并提出不能一味贪大求大，对建成区的扩大要有约束：

在人们的印象里，苏州是小小的，所以，有个“小苏州”的雅称。小巷深处，小桥流水，姑娘也小巧玲珑，苏州的园林、工艺美术也与小结缘，北方园林与江南园林最大的差别，给人的直觉就是大与小之别。

多少年来，苏州人对头上顶个“小”字，并没有感到什么不舒服，并没有自惭形小，“小苏州”有江南韵味，够可以的。改革开放以后，情况发生了变化，苏州人对“小苏州”感到不舒服、不顺眼，骨子里、头脑里变大了。于是，苏州人开展了一场革命，革起了“小”的命。经过一二十年的努力，苏州变大了，街巷变宽了，经济发展了，苏州走出了小巷深处，走出了古城墙，苏州人走出了“小”的樊篱，走出了“小”的历史积淀，苏州“长”大了，苏州人“长”大了。

但是，苏州长大，不能一概而论，不能什么都要长大，都要无限制地长大下去。比如规模，苏州多大最适宜，多大就不能再长大了。比如人口，不能说苏州以前人口太少，苏州小就小在人口上。前些天，有篇报道说苏州长大了，标志就在苏州市区人口突破一百万。一个城市的大小当然与人口密切有关，人口的多少是城市大小的一个重要指标，也是一个城市是不是有活力、能否繁荣的一个基本因素。但以人口论，以苏州是中等城市或较大城市论，以苏州目前的道路、环境、住房等基础设施论，苏州人口并不是少，而是够多了，人口“长”得够大，实在有点膨胀了。中外专家都有科学的结论，中等到城市人口五六十万为宜，基础设施最为经济，发挥的效益最佳。所以，在人口问题上，我们还要坚持控制的方针，别盲目在城市规划、在城市人口上一味攀大求多，而要走出一条人口适度、素质较高、经济发达、环境优良的城市发展道路来。

一个地方、一个城市，经济与人口都有承载极限，要与资源、环境容量相匹配，相宜则宜居，相左则劣居。长三角本来就是人口密集地区，苏州更为密集，四五百万耕地，四五百万人口，人均一亩地，论粮食只能自给。现在人口增加了一倍，耕地减少了四分之三，苏州已是粮食、蔬菜进口大市。“苏湖熟，天下足”已不复存在。

2012年吧，或再早一二年，在紧要关头，苏州发出了刹车令，对耕地、果林、湿地、水面作了规划，划出了“四个一百万亩”的红线，即：百万亩优质水稻、百万亩特色水产、百万亩高效园艺、百万亩生态林地，既为保护生态资源和生态安全设置了防线，又为城市扩大设置了底线，城市扩大到此为止。“四个一百万亩”，保护了江南，保护了“上有天堂，下有苏杭”，对苏州具有里程碑意义。在此之前，1994年，秋末作《保护饭碗》：

一个时候以来，不少有识之士，面对耕地面积日趋减少的局面，不断呼吁：保护耕地！国务院审议通过了《基本农田保护条例》，从而标志着我国耕地保护工作步入法制轨道，保护耕地有法可依了。

我国人口多，出生率高，耕地偏少。目前中国耕地总面积为9733公顷，人均0.09公顷，仅为世界人均数的四分之一。随着国民经济的发展，乡镇工业的发展，以及“开发区热”“房地产热”的升温，耕地减少的问题越来越突出。我市的耕地形势也同样不可乐观，耕地每年在减少，而人口每年在增多，粮食单产又没有新的突破，人均实际占有粮食在减少。严峻的现实告诉我们，无论是“放眼未来”对得起子孙后代，还是“立足当前”稳定社会，还是“国际战略”不受制于人，都要保护现有耕地！

10月1日开始，《基本农田保护条例》在全国实施，我们应该不折不扣地执行。上上下下都要形成一个共识，不只是国务院要我们去执行去实施《条例》，我们自己为了保护耕地也要实施《条例》。属于保护的耕地，要以立法的形式保护起来，不管是谁打招呼，都“风雨不动安如山”。因重点建设需要征用的，必须严格手续，精打细算，不浪费一寸土地。有些人习惯于搞“上有政策下有对策”，为了一区一地私利阳奉阴违，奉劝这些同志，不要再搞什么对策了。天大地大吃饭问题最大。耕地问题就是吃饭问题，保护好耕地也就是保护好饭碗。保护耕地再也不能等闲视之了。

现在，城市的发展到了一个关节点。近年来，有所谓“造城运动”一说，有些城市不顾实际需求，盲目发展房地产，一时高楼林立，转眼成了空城、“鬼城”。近来，连杭州也有“鬼城”的传说。杭州有一毗连小镇，开发了可住十万人的新城，实际入住不足万人，白天几无人影。另一因素也得注意，近年来，因工资、商务成本的上升，不少外资企业内迁，加上内地自身发展，来东南沿海城市打工的人数在下降。

城市的发展，既在外更在内。苏州城市扩展到如此规模，应该把着力点放到素质的提高、功能的完善，尤其是环境和生态的保护和优化、人的素质的提高上。

鱼与熊掌：干将路上的得与失

大概是2011年吧，苏州吴文化研究会征求对苏州古城申遗的意见，秋末写了一句话，前半句两个字：赞成；后半句两个字：很难。苏州古城有申遗基础，但古城风貌破坏相当大。有基础，有希望；有破坏，有难度。

20世纪80年代初，国务院批复苏州全城保护，保护古城的旗帜树了起来。但经济发展、市民生活与古城保护，一直处于鱼与熊掌不可兼得的状态中。常常是此消彼长，要鱼就不要熊掌，要熊掌就不要鱼。60年，有保护有破坏，可一分为三，前20年破、保相当，中20年破多保少，后20保多破少，也并非绝对如此。一个基本结论，古城格局未变，古城风貌消失不少。一个基本道理，一个时代造成一个时代城市的面貌。

苏州古城区14平方公里，生活着三四十万人口，有丝绸、纺织、轻工等主要工业，传统的四大丝织厂（东吴、振亚、光明、新苏），新兴的“四大名旦”（电视、冰箱、电扇、吸尘器），大多在古城区内。后来开辟了新区，古城区有所松动，但拥挤、设施落后依旧。周一至周六早晨，古城去新区的路拥挤不堪。南来北往的车辆也经过市区，增添了拥堵。已拓宽的南北主干道人民路也常常堵塞，赶火车得提前两小时出门，常怕误时。留下的印记，“文革”后的市委常委会，常议两个题目，一个是蔬菜供应，多了少了，少了多了；另一个就是交通问题，有陆路堵，还有水路塞，记得有一次，运河船只卡住数天未动。

20世纪80年代，市委市政府采取了三大措施：工厂陆续迁出古城区，第一批名单有上百家；建居民住宅区，最大的有劳动新村和彩香新村；拓宽古城区主干道，继续拓宽人民路、人民桥，拓宽道前街、临顿路，90年代初，拓宽了干将路。此后，还有一批街巷陆续拓宽、改建，古城区内拆了民居，建了一批新村。

拓宽人民路没有争议，被看作是改造古城、推进城市建设的主要标志。人民路原称卧龙街，因南端有文庙为龙头，北端有塔为龙尾，街为龙身而得名。街宽仅3米，石板路面。1928至1932年，从香花桥（北寺塔前）至三元坊，分三次拓宽，宽度达到9～12米，煤屑路面。1951年，拓宽三元坊至人民桥，宽12米。此后，至1985年，人民路多次拓宽，宽至32米，路面也几经改变。2003年，秋末作《感悟人民路》：

人民路，苏州的南北通衢大道。通古，通今，通向现代化，承载了苏州的历史，是今天苏州城市化水平的一大标志。

人民路，以前称卧龙街，又称护龙街。“人民”是一个时代，“卧龙”是一个时代，50比2500，50年虽短，翻天覆地，2500年虽长，一条卧着的街。朝代变迁，苏州曾雄踞东南，卧龙街由短增长，由狭增宽，至新中国成立前，不过“仅容车马交会”。人行道宽不盈尺，常被马桶所占，民间戏称“马桶街”。而也因与“卧龙”有关，明初苏州大诗人高启在一篇“上梁文”中用了“龙蟠虎踞”，被朱元璋腰斩八段。卧龙街是昨天的见证。

人民路由狭变宽，翻翻建建，50年。从1950年拓宽三元坊开始，差不多一任市长拓宽、翻建一段，年积月累，改变了人民路的面貌。弹石路面，柏油路面，花岗石路面，曾同时存在，现在从人民桥到平门桥统一了。从狭到宽，从不统一到统一，人民路一砖一石记载了历任市长的政绩和辛劳，满载了全市人民的心血和期盼，刻上了苏州由一个消费性城市发展成现代化都市的历程。

五十年的建设，都是为了两个词：畅通和快速。经济在发展，人口在增多，车辆在增多，人民路跟不上人民的步伐。今天的建设，今天的理念，改掉了人、车和各种车辆混行的状况，人走人行道，公交车走公交道，自行车走自行车的道，小车走小车道，这一分整整用了五十年。堵车少了，车速快了，上火车站堵车误点的担心几乎没有了。

有两条道值得大书一下，一条公交道，一条人行路上的盲道。公交道体现的是公交先行的原则，公交先行也就是群众先行百姓先行，不是说其他车辆载的不是群众不是百姓，而是公交车是城市交通的主体，群众的多数百姓的多数乘的是公交车辆。单辟公交车道，既是城市交通的需要，也是公交先行的保证。而盲道体现的是人文关怀。盲人有行走的特殊需要，政府、社会在城市建设中体现了人文关怀，落实了特殊需要，苏州的温暖，人间的温暖，在人行道上也体现了出来。

城市建设都是由经济发展作支撑作后盾，人民路斥巨资进行建设，都是苏州经济快速发展的结果。人民路翻建五十年，十年一个水平，十年一个台阶，近几年加快了速度，都是与苏州经济不断上水平上台阶相一致的。苏州要建设得更美好，真正成为最适宜人居的地方，最主要还是要发展经济。经营城市，既可以城以市得资，又可以资建城建市，是现代城市管理的新理念，加快城市建设的新途径、新办法，也是人民路日臻完善日趋现代化的成功之道。

不可否认，在适应发展经济、改善城市交通、满足市民生活需求的同时，包括人为破坏等其他因素，古城风貌受到严重损害，可谓古城新了，味道却变了。有此五失：一是拆了城墙，古城之围消失了。二是城内河桥少了。据《苏州市志》记载，清代、民国、新中国成立初填塞河道 77 条，新中国成立后至 1985 年填 23 条。据宋《平江图》著录，时有桥 314 座，明代未减少，清代有废有建，有桥 311 座，民国 28 年有桥 261 座，新中国成立后至 1985 年存 161 座。三是“人家尽枕河”成了半枕河。道前街、临顿路改建，一半“枕河”成了路面。四是人民路、干将路拓宽致使古城袒露，衣襟敞开，“风水”尽失。五是庭园少了。许多新村，虽粉墙黛瓦，已不再是庭院深深。

不同于拓宽人民路，干将路的改造引起了很大争议。百度“苏州干将路”词条是这样说的：干将路东起东环路，全长 7.5 公里（其中穿越古城段为 3.5 公里）。干将路兴建近代马路，是在 1935 年，苏嘉铁路通车时，城东开辟相门，从相门内向西到宫巷的旧式街巷狮子口、旧学前、濂溪坊和松鹤板场被拓宽成马路，弹石路面，宽约 10 米。1993 年，随着苏州市东西两侧分别兴建工业园区和新区，于是将位于苏州古城中轴线上的干将路拓宽为苏州市的东西向交通干道。扩建的干将路中间，保留了宽 6～10 米的干将河，河岸设计了 3～5 米宽的绿化地带，两侧为 10 米左右宽的单行车道。词条没有说清，原干将路是今日干将路的一半，西段是在拆除通和坊等街巷新建而成的。持反对改建、拓宽干将路的，主要集中在苏州文史界，上海、北京的一些城建专家和学者也不赞成。秋末听说，市长章新胜也持反对意见，认为可以建环城公路解决古城拥堵，未证实，但章新胜的学识、出国背景，不赞成极有可能。有此评说，干将路开通，“全城保护”不复存在。

今日环城高架已经建成，地铁一号线也已使用，古城交通已有松动，能不能在干将河两侧恢复“人家尽枕河”？2011 年，南京打起梧桐保卫战，秋末一时兴起，写了《南京的梧桐与苏州临河的街》：

去南京不知其数，或车行或步行，都要向道旁的法桐致注目礼。春末，一团浓绿；夏日，层层阴凉；深秋，一地金黄；严冬，举枪列队的卫士。梧桐，南京的秦淮河，南京的夫子庙。梧桐，六朝古都近现代的新装，南京的骄傲。为什么南京人舍命反对，宁要地铁改道，也不让梧桐再移动半步，这可能就是原因。

从1990年起，随着城市化的进程，南京主城区2万多棵梧桐减少到3000多棵。地铁一号线和二号线的建设少了1000多棵树，地铁三号线又要移掉1000多棵树，其中不少是法桐。媒体调查，二号线移栽的法桐大部分死掉了。

鱼与熊掌不可兼得的难题，放在南京和许多城市的面前。题目的核心，要传统，还是要现代。一张白纸的城市，像深圳，像大庆，可以任意挥洒画最新最美的画，这样的城市并不多，中国的多数城市，都要破解既要现代又要保护传统这道题。城市改造，城市现代化，有个前提，有个“下”，必须在保护好传统的前提下进行。保护传统，保留历史，保存文脉，至今已成为不能更改的规则，必须遵循。谁不遵循，谁要践踏，就要犯历史性的错误，就要成历史罪人。南京的梧桐保卫战，就是保护南京的历史和文化。

从“梧桐识嘉树，蕙草留芳根”，自然就想到“君到姑苏见，人家尽枕河”，由南京的树，想到苏州临河的街。如果梧桐是南京的象征，临河的街当然是苏州的一大特征。秋末把杜荀鹤的千古名句改了，改成“君到姑苏见，人家半枕河”。苏州还有山塘街、平江路、十全街的“尽枕河”，不少是拆了一半留一半，道前街、临顿路成了“半枕河”。而干将路半枕河也不是了。保卫“人家尽枕河”，等同于保卫“梧桐识嘉树”。苏州人要向南京人学习，保护历史，保护文化，不能让“人家尽枕河”再少一点了。

半枕河、不枕河，能不能恢复尽枕河？拆了就拆了，恢复谈何容易！不过，可以考虑呀，做不了，想想总还是可以的。比如，干将路下造地铁了，干将路上能不能造街？把那条沟成为临街的河。如能恢复，苏州市中心又名符尽枕河了。

一日，秋末站在干将路与人民路交汇的桥上，举目东望，但见干将路上，两条车流，奔涌向前，地铁通了，未见松动，不由感叹一声，交通总还一个“挤”字。

从拆城墙到修城墙

之于城墙，60年，秋末入了“三派”：一派叫“拆派”，把城墙拆光，秦砖汉瓦搭猪圈；二派叫“维派”，拆也拆了，水泼地了，维持现状；三派叫“修派”，适当修一点，点缀点缀。相信，与秋末一样，入“三派”的朋友，不在少数。

秋末也是新苏州人，1968年才正式入籍。1959年第一次摇着船儿进苏州，陈焕生进城，一切都新鲜，就是东西贵，有不凭票的高价饼卖，咽咽口水买不起。对城墙，没注意，只对金门有印象，苏州还有城门洞。

到了苏州，成了户口本上的苏州人，好多年下来也没有光顾过城墙，脑子里没有城墙二字，更没有城墙与苏州历史文化的关系。去认真看一眼的，就是水陆城门和瓮域，着实惊叹了一番，苏州的老祖宗太有智慧了。记得清清楚楚，那瓮城成了堆废品的仓库，可能附近有废品收购站或有金属加工厂，堆着一捆捆金属边角料，锈迹斑斑，地上流着黄色水渍，呆了一刻钟，空无一人。不知哪一天兴致来了，沿着城墙走了小半圈，城墙上有民居，有厂房，还有断壁残垣，大约各占三分之一。民居极可能是外来户搭的房子，拣来的旧砖，有的是城砖，上盖水泥瓦；四五家厂在城墙上盖厂房，那个南门客运码头和修理厂就在城墙上；有些城墙老基还在，还可见到青褐色的城砖，夹在杂草丛生之间，在诉说我曾是伍子胥造的城墙。说实话，对苏州该不该拆城墙，脑子里没有问号。

秋末曾是“拆派”，且动手拆过，拆了江阴的城墙。在《水车上的江南》中说：

> 我们那个村与江阴城，相距不足十里。新中国成立时，江阴的城墙还相当完整，称不上巍峨，也算雄伟。四座城门，一围城河，黑白相间的城墙，长江奔腾于后，黄山峙立于东，同样是龙蟠虎踞。抗清81天，宁死不降，江阴城有英雄气。

江阴城墙，新中国成立后几年就拆了。我们村上许多人家屋里早就有城砖，我家里也有。城砖比普通墙砖大得多厚得多，一块抵几块，估计要五六斤重，有青灰色，有青褐色，上面还有字儿，给人一种厚重感。新中国成立前，城墙就开始拆了。不过是偷偷摸摸的，零零碎碎的，大都进城顺手牵羊，箩筐里放几块，还遮遮掩掩。

新中国成立之后一两年，无人拆城砖，听说城墙迟早要拆掉，城外十里八里的农民就堂而皇之去拆城砖了。两条理由，影响交通，城乡分割，这是政府说的。农民说，城墙是用来打仗的，现在不打仗了，用不到了。从心底里，农民是欢迎拆城墙的，农民对城市、对城里人有一种排斥感，潜意识里，认为城里人看不起乡下人，城墙就是城市城里人的标志，新中国成立了，农民翻身了，城墙就要拆掉它毁掉它。

新中国成立后一两年，我们村上刮了一股风，到城里拆城砖去。带一把洋镐，或旧的切菜刀，一根扁担，一副络索，大摇大摆上城去了。真的无人管，城里人只当没看见，或许城里人乡下人有了共识，城墙该拆，那是封建的东西。

多年风化，城砖还是那么坚硬，上面的粘合剂已是酥松，用刀一铲一敲就剥落下来。也有粘得很牢的，砖断了，还是粘合在一起，粉身碎骨不分离。据说，粘合剂是用糯米汤与石灰熬出来的，与水泥可以相媲美。一座城池，要用多少糯米。一次，最多挑一二十块，一两个小时就满载而归。一百多斤，七八里路，一个多小时，中午到家。满脸通红，满心喜欢，衬衣湿透，像挑了担金砖。

就几个月，一座几百上千年的城墙，就拆成了断垣残壁。好像城门没有拆，孤零零的，城里人，乡下人，还从那个圆洞门进进出出。具体那一年，记不得了，大约1958年，或之前，政府下令，把城门也拆了，城基也掘了。从此，江阴有城池（城河）无城墙了。千年古城，弹指一“毁”间。

农民拆了城砖干什么？农民是讲求实际的，大多用来修猪圈。村上多数人家屋后有披房（主房之外搭出来的小屋），堆放稻草和养猪养羊。城砖就在这儿派上了用场。替城砖想想，挺委屈的。古来争战地，今日成猪圈。多年之前，说起此事，世上的猪圈哪里最高级，我们那儿最高级，是秦砖汉瓦造起来的，可谓历史猪圈，养的该是文化猪了。

“文革”之后，秋末在苏州市委办公室做秘书，常参加各种各样的会议，在有关城建的会上，听到了对拆城墙的议论。苏州的城墙该不该拆，有过激烈的争论，上海的陈从周坚决反对，专家的话起不了作用，陈从周怒发冲冠，拂袖而去。有些领导说，拆城墙拆了历史，毁了文化，悔之晚矣。在苏州一次保护古城的会议上，听一位专家慷慨激昂的发言，说苏州的城墙被拆掉是无法弥补的损失，现在要全城保护，何处觅城墙？他两手一摊。我也看看双手，我不是也拆过城墙么。城墙是不该拆的，尤其是历史悠久的城墙，有历史价值的城墙，是不能拆的。一种负罪感缠了我好一阵子。

城墙该不该拆？我的思想反反复复。我写过一篇《又拆城墙》的短文，记述了这种想法。最初拆城墙是为了交通，便利进出，拆掉城乡之间的阻隔，是城乡之间的一种开放。乡下人一直为城里人看不起而耿耿于怀，拆了城墙盖猪圈看你城里人还神气个鸟。到昆明去看世博园，看了几十个国家的园林展出，再看苏州的、京派的、徽派的，一种雷同感不由冒了出来，外国的都是敞开的，中国的都是用墙围起来的，围墙、城墙是一种文化，一种思维方式。中国这种把自己包起来的文化，围起来的思维方式，是不是也该破一破、拆一拆了？我又到过西安，华灯初上，爬上了中国历史文化最具见证的西安城墙。站在可以并排开几辆汽车的城墙上，只觉得历史的深邃和沉重。城墙是见证，是历史，是文化，它原来的作用已大江东去。今天我们保护它，是保护历史，保护文化。城墙留下来的还不只是这些，城墙还是一种思维方式，一种圈式思维，防守思维。春秋以降，中国的圈式思维时间够长的了。对城墙，也许可以说两句话，城墙要保护，城墙思维应该拆掉。

对已拆掉的城墙、城基怎么办？近二三十年、尤其近十年，其实苏州一直没有停过动作。在维持现状中进行改造，让城基成为一景，为民服务。秋木在《城市之围》中记录了这个不变之变：

> 城河边，断垣下，可以得到城市最直观的解释，城市就是城墙围起来的市。这个围，像一潭池水的波纹，自中央向四周扩散，一围，二围，三围，四围，又多么像横断的树轮，一圈，二圈，三圈，四圈，组成和记载了城市的昨天和今天。
>
> 一围、二围是城墙和城河，三围、四围是一条环路和一条高架路，前二围是昨天，后二围是今天。伍子胥造的土城早就灰飞烟灭，之后造的砖城，断垣残壁也没有几处了，但城墙的基础还在，此围尚存。苏州的城河，半是城河，半是运河。京杭大运河到了苏州，借城河而过，城河也就成了运河。

城河之外，或沿岸，或穿街，这几年打通了一条环路；一环路之外，二环路也形成了，二环之上架起了高架路，昂起的长龙把苏州从数米的空中紧紧围了起来。

昨天的城市之围，无论城墙和城河，都是城防，都是为了卫护城市的安全。中国，乃至世界一部战争史，很多就是城市的攻防史。冷兵器时代如此，火炮年代的二次世界大战亦是如此。城墙、城河，凭汝而攻，籍汝而守，数不清的战争，记在城砖里，刻在城河中。城市之围也把城市和农村分隔开来，一分就是几千年。城里人和乡下人成了两种人。毁掉两千五百年的城墙，无法弥补的损失，错已铸，补犹可。城墙上的工厂折了，民居迁了，栽树种草，城墙成了一道绿篱。几处整修过的断墙残壁，城角新建的敌楼，楼下银波闪闪的城河，河旁一条小道贯穿绿篱之间，给人一种苍茫与惬意的混合之感。说城墙之围是昨日之围，已是不确切了，基是昨天的，有伍子胥和他的士兵填的土，绿却是今日栽的，古土新绿。京杭运河改道，城河航运的功能消失。古城四围，前二围，白天也静悄悄；后二围，两条白带，千万辆车子在上面涌动。静的，古典园林之外的新景观，旅游休闲的新去处，敞开的带状公园；动的，古城的动脉，通向四面八方的纽带。动与静，历史留存和今日创造的结合。

很多年了，苏州许多文化人在据理力争，苏州要恢复古城墙，功夫不负有心人，虽全部恢复未成“决议”，有代表性的部分恢复，成了现实。2011 年 4 月 14 日，秋末作《城墙上农民起义的终结》，记录这一历史事件：

苏州向世人宣布，将拆掉的古城墙作试点性的修复。先行修复的，有相门段、阊门北码头段、平门段。修复还将进行。从拆除到修复，几近六十年。作何感想？一次农民起义的终结。

中国几千年，城墙建了拆，拆了建，是谁拆的？农民拆的。一次次农民起义，攻城毁池，城墙遭难，千年未经炮火，几乎没有。城墙是政权的掩体，夺取政权，难免要破城毁池。这叫玉石俱毁。可以说一声理解，再说一声谅解。话得说清楚，农民起义破坏了城墙。拿王冠当尿壶，拿千年城砖砌猪圈，缺乏文化意识，农民起义的天然弱点。中国几千年劫后复存的城墙是谁拆的？也是农民拆的。这里的农民有两部分，一部分是手拿锄头的赤脚农民，带头的下令的是手握政权刚刚放下锄头的共产党人。在拆城墙上，都是农民。苏州的城墙也是这样拆掉的。同样是一次农民起义。

动手拆的，是农民意识。共产党人的领导，嘴上说的是城乡分割影响交通，骨子里同样想的是城墙无用碍手碍脚。共同点，城墙不是历史，不是文化，没有文化意识。

苏州与西安，保护城墙，一败一胜。苏州的农民起义成功了，西安的农民起义失败了。拆不拆城墙，苏州的党政领导与上海来的陈从周一场舌战，结果陈从周拂袖而去，今天应该说农民意识打败了文化知识。西安先是拆的占了上风，省委的共产党人，也是拆，叫做批复原则同意，幸好有文化意识的副总理习仲勋要文化部下令，保护了西安城墙。秋末曾两度登上西安城墙，看秦汉大地，抚唐宋砖石，感慨万千。苏州为何无人上告文化部？

无视文化历史的农民意识，根深蒂固，要觉醒并不易。拆城墙一时几日数月，城墙上农民起义，所谓建设性破坏，断断续续延续了五六十年。20 世纪五六十年代建工厂，搭民居，堆垃圾；近一二十年房地产大展身手，城墙上建新村造别墅，拿二三千年的文化当地基，拿二三千年的历史当票子。住在上面的，昨天是农民，今天是市民，是商人，还有官员。在西安，20 世纪 80 年代，还发生了一场城墙保卫战，拆工厂拆民居，千人把市长包围起来，求市长下停拆令，市长铁腕保护了城墙。今日西安市民都说铁市长好。

城墙上的农民起义，终于停止了，挂出了免战牌。应该说，觉醒了，进步了。试点恢复，部分恢复，全城恢复，从长计议。恢复二字，是个标志，停止破坏，崇尚文化。历史会记上这一笔：拆城墙的是共产党人，恢复城墙的也是共产党人。历史有曲折，总是向着光明。光明就是文化。

需要问一问的，我们这些进了城的农民之后，身上还有没有、还有多少无视文化的意识？一有机会，会不会春风吹又生？会不会在文化的名义下，破坏糟蹋文化？

现今，秋末每经相门，在城河对面，总要凝视那段复活的城墙，总有一阵兴奋，几分亲切，尽管没有在西安、南京城墙下生出的沧桑，还有几丝疑惑，城砖新得不是真的千年城墙？相信，随着时间的推移，会成会历史的延续。

水水水，水水水

水之于苏州的重要，已很难再有什么言词了。生活、经济、文化都活在筑在建在水上，灵魂、命根、文化，极端的都说了。千古绝唱，“家家尽枕河”，“夜半钟声到客船”，文人骚客不敢再吟苏州水了。拍《苏园六纪》的刘郎，在《苏州水》中说了一句，“若水干了，苏州的文化就干了”，有点味儿，在一个“干”字。水干了，文化干了，苏州就萎了。

秋末对苏州的地用了两个词，一是解放，一是惆怅；对苏州的水，也是两个词，一是惆怅，二是重建，水的惆怅与水观念的重建。

没有喜过苏州水？喜过的。秋末首进苏州城，是摇着船进来的，也就是淌着水进来的。1969 年夏，秋末在江阴读初中时的校长，随军调入苏州，一船家具，一位校工摇船，秋末做押运兼拉纤，咿咿呀呀摇着进苏州。所以，京杭运河纤路的石板上留有秋末的脚印。也是朝发夕至，船进苏州城，已是满天星斗。至今还刻在印象里，那水是清凌凌的，与秋末村子里的池塘水差不多，可洗菜，可洗河浴。那晚，船停在阊门一座桥下，秋末在河里用毛巾擦了个身子，挺舒服的。还领略了一个奇特，古城河上没有蚊子。

后来，读陆文夫的《老苏州》，一直不忘的，一提起，脑子里煞的就会跳出来的，也是苏州水，叫胥江水。有个细节：20 世纪 50 年代，苏州大街小巷都有老虎灶，许多人家，还有单位，都到老虎灶买水喝，有买生的有买熟的（开水），老虎灶门口有块广告似的牌儿，上书三个大字：胥江水。胥江，伍子胥给苏州人造的福，离古城不远，也可以讲是苏州的内城河，从太湖而来，与京杭运河相交，至古城胥城门下。可见，那时，也就四五十年前，胥江水是清的，是可以喝的，还是个广告词儿，像北京城里的冰糖葫芦。

五六十年过去了，城河里还可洗澡洗菜吗？胥江水还可以喝吗？都不可以了，若水是浑的，不黑没有臭味，就阿弥陀佛了。城里城外几乎没有一条河水、一方池水是清澈的，可直接饮用。太湖水几乎没有一类水，大多是三、四类水，还有不少是劣质水，连庄稼也不能喝。地失，水脏，是苏州，也可讲是苏南，

60年的二失，30年发展的巨大付出。

没治水吗？那是冤枉。三四十年来，一直在治水。“文革”结束不久，南大校长匡亚民和北京的吴亮平向中央上书保护苏州古城，其中就有保护“家家尽枕河”，保护河系、改善水质的内容。三十年来，苏州历届政府都把治水作为施政的一个重要内容，做了大量实事，取得了成效。首在还河还湖，太湖被“垦”的湖面还了，古城区被填的河重新开挖了，秋末作为市民一份子也去挖土铲泥，今日苏州园区的金鸡湖底里，也有秋末落下的汗滴；城区雨水污水管道分开了，生活用水不再进河道；河道清障清淤，不停地轮流在清，秋末家门口的沧浪河，清过了三四次，水上保洁员天天驾船捞飘浮的垃圾；由国家水利部门组织，江浙两省、数市联动，开展了声势浩大的治理太湖的“零点行动”，投入于水的票子以百亿计……就在眼前，苏州市长周乃翔，上任不久，就察看古城河，抓的第一件事就是清治胥江。

可以下个结论，三十年治水，有成效，不是很大。苏州水、太湖水，没变清。苏州治水用得上这句话，任重而道远。水脏，没变清，这里有许多原因，污了要清有个过程，人口翻了一番还多，一个最重要的原因，水观念污了。秋末与刘郎说过，水干了，文化就干了；水脏了呢，文化也就脏了。苏州水污染了，苏州的水观念也污染了，治水得治水观念。三十多年来，秋末水文写了一大篓，同一个词、同一件事儿、同一个内容，水文写得最多。苏州、苏南的人们需要重建水观念。

苏州人有缺水的概念吗？没有。中国是水资源贫乏的国家，人均水量相当低，缺水那是大西北人的事，苏州人缺少水的大局观。江南水乡，开门见水，苏州人枕也枕在河头上，现在的缺水，主要是缺干净的水，可饮用的水少了，缺优质水。深井采水，地也下沉了。苏州人爱水不惜水，用水太大手大脚。苏州人要有水的危机观。

河水污染，以前责怪工厂，工厂向河道排污，一二十年，古城区里的工厂几乎都搬出去了，很有名的东吴、光明四大绸厂也都腾笼换鸟了，见不到一根冒烟的烟囱了，河道的污染主要来自生活用水和沿河居民把河道当垃圾筒。水抽干了，清理河道，河底里什么东西都有，大的有破沙发、藤椅，小的有易拉罐、塑料瓶，还有女人的用品。清理河道的农民工，一面清理，一面咕噜，城里人缺德，政府出钱清河道，市民还在骂政府吃饭不做事，岂有此理。秋末曾立在巴黎塞纳河畔，细看一景：岸上游人如织，河上船来船往，河面上没有一点飘浮物，不由生出一个想法，爱护环境也是一种发达。人人爱护河道，河道不是垃圾箱，这个幼儿园的观念，苏州人还没有都确立。

早在20世纪90年代中，苏州就发生一起群体性事件，不算小，有点紧张，公安也出动了，在苏州西北角的城乡结合部，起因是整治环境。可能是多年积起来的，以外地人为主，也有当地人参与，那里形成了一个规模相当大的废旧塑料收集、加工的集散地。两大污染，污染河水，河道发黑发臭，有毒气体，污染空气。市政府决定，清除这个污染源。可能估计不足，工作上也粗了点，清理遇到了抵制，发生了对抗，一些外来人员以生计为号，用阻断交通相要挟，迫使政府让步。后经细致工作，加上其他措施，端掉了那个污染源。可是，这只是解决了一个点，在城乡结合部，包括乡镇，外来人员破坏环境的问题，还是普遍严重存在。这也可以讲，是城市化、城镇化中没有解决好的一个问题。秋末有时到乡镇去逛逛，河水污黑、污物遍地，每镇都有。灵岩山、上方山名胜之地，山背处也有污水横流。

人们的印象，太湖是无锡的，其实，太湖三分之二属苏州，更确切一点，属太湖流域，属江浙两省，苏州、无锡、常州、嘉兴、湖州五市共有。这里有一个概念叫流域，就是太湖不只是一个湖，还包括太湖的发源地、上游、下游、支流、河网，人口数千万、方圆同苏南。用在治水上，治理太湖，是整个流域的事，整个流域的责任。对每一个城市来讲，流域的概念、流域的责任，并没有很好确立，尤其是乡镇和企业，自扫门前雪也没有做到，边治边污染相当普遍。震惊全国的太湖“蓝藻事件”就是一个“标的”。那一年，秋末带了摄影记者，从苏州拍到无锡，一路上，腥臭扑鼻，蓝得揪心。苏州盛泽印染企业污水危害浙江王家泾打起了官司，也是一个“标的”。秋末写了三篇言论，一篇叫《断面的怒吼》，断面就是河面、湖面，水上的省、市交界处，那里污染最严重，共有共不管；一篇叫《淮河故伎》，借淮河企业治时做表面文章过后又大肆排污的故伎，说苏南乡镇企业也在故伎重演，常州的企业上了《焦点访谈》；一篇叫《别一种上游精神》，秋末发了一下诗兴，勾起了那首千年传唱的民谣，“君住长江头，妾住长江尾，日日思君不见君，共饮一江水”。太湖流域的城市、人们、企业，要有“共饮一江水”的概念，上游要为下游着想。

秋末做水文说水话，说多了，也感到无趣，道理就这么多，不知怎么念念有词，想到了知耻而后勇，就写了一篇叫《治水于耻水》的耻文，里面有这样的话：

水是全民之水。治水要全民治水。全民要知水。知水才能治水。其实，苏州人不大知水。只知哗啦啦用水，不大珍水惜水；只知唱家家尽枕河，却不说枕的是黑河臭水；明明捧了就能喝的甜水只剩几滴了，还在美呀美在太湖水。知耻而后勇，水是苏州之骄之魂，也是苏州之丑之耻，要知耻而后万众一心去治水。

网上有篇奇文，数落江苏十三城市，秋末将说苏州、无锡的录了下来：

“苏州：江苏最拽的城市。GDP 吓人。自诩上海后花园。把上海苏州以外的地方一律看作贫困地区。市民以到外资企业当流水线工人为荣，产品连中文标志都不加。为了经济指标疯狂抽取地下水，地表沉降严重。严重缺水，还好意思说自己是水乡。”“无锡：得过‘小上海’的封号。凭借 GDP 张牙舞爪。工业城市，旅游资源靠人工现造。喜欢跟苏州飙经济，和南京比大小。一边唱太湖美，一边放着太湖水发臭。”

治水与民生孰轻孰重？不好比，都是民生，天长地久来讲，治水是更长远的民生。治水与民生，于政府，也是政府实事，实际之中，相比成效，实事明而显，治水则长而隐，难免就有急与缓、重与轻之分。苏州民生有个千年传统加古董，就是马桶，既不卫生，也是一件劳烦事，女人的专利，苏州清早一景，落后之景。20 世纪 90 年代初，苏州吹起了现代化进军号，市委市政府铁心，决不提着马桶进现代化，花十年八年消灭马桶。后任书记、市长继续消灭马桶，现在消灭得差不多了。治水呢？相较有难易之分，是不是治水也真缺了点儿消灭马桶的持之以恒、不达目的誓不罢休的韧劲儿？秋末借治胥江之机，写了篇短文发在网上，给新任市长鼓鼓劲，题目叫《马桶诚可贵，胥江价更高》。

别让吴山点点愁

汴水流，泗水流，流到瓜洲古渡头，吴山点点愁。

思悠悠，恨悠悠，恨到归时方始休，月明人倚楼。

有此评说：这首《长相思》，写一位女子倚楼怀人。在朦胧的月色下，映入她眼帘的山容水态，都充满了哀愁。前三句用三个“流”字，写出水的蜿蜒曲折，也酿造成低回缠绵的情韵。下面用两个“悠悠”，更增添了愁思的绵长。全词以“恨”写“爱”，用浅易流畅的语言，和谐的音律，表现人物的复杂感情。特别是那一派流泻的月光，更烘托出哀怨忧伤的气氛，增强了艺术感染力，显示出这首小词言简意富、词浅味深的特点。

词里的吴山，应该不是苏州与太湖之间的山。可是，只因“吴山点点愁”那个“愁”字，太贴切太神韵了，一个愁字愁遍了吴山，也就包括了苏州的山。愁字何意？低眉？忧伤？哀思？水墨画上的点点？都似都不似。此山此愁只有江南有。

苏州的山，江南的山，不能与泰山、黄山相比，也有自己的特色。青山如黛，湖山相连，秀色可餐。有文曰：吴中山水莫佳于洞庭，而西山尤胜，他山之秀在岩壁，洞庭之奇在山根，水小耗则奇小露，水大耗则奇大露。……碧螺峰，峰高百余丈，自巅及趾，奇石错立，如百千猿猴连臂下饮，如万马群戏跳蹙奔腾，大抵一石各具一态。……西山峥泓绿缛，巍然尊高，而东山长圻一带插入湖心，如人褰裳欲渡者然。舟行两山中，应接不暇。……石公在西山东南隅，山尽矣，一支陇透入湖心，别耸一峰，如莲花，其茎北属，余三面并覆水。往时山根没于水，路在山腰，今水涸，可环麓而步。自右掖下穿岩窦行，为石梁，内倚削壁，外临奔涛，悬栈飞渡。……苏州西部诸山，不算高亦藏龙卧虎，传说孙武在山中助吴演兵。今人演绎出了孙武在穹窿山茅蓬坞隐居练兵修书的遐想。

可是，那个“愁”字，到了20世纪七八十年代，真的愁上了吴山。先是开山取石，再是开矿挖煤，还有掘树取桩、修坟筑墓。吴山遭殃了！

苏州西部山区开山、沿湖取石始于何时，确切年代，可能已难查考。苏州三石出名，一曰太湖石，二曰金山石，三曰澄泥石。太湖石是中国古典园林中常用的石料，或单独摆设，或叠为假山，原产苏州洞庭山太湖边。由于长年水浪冲击，产生许多窝孔、穿孔、道孔，形状奇特峻削，自古受造园家青睐。这千万年水击而成的奇石，至20世纪六七十年代，或更早，洞庭山已无太湖石可采，太湖与石两分离，空有太湖而已无石，有石是他石。秋末去太湖，常至湖边山脚低头张望，看有无太湖石，难觅踪影。听浪击空洞，似愤激长叹。

另一名石曰金山石，据记载：宋至元代初期用武康紫石建桥，在经历了元明时期使用青石（石灰岩）的阶段后，至明代中期以后已完全使用花岗岩建桥，一般多笼统地称作"金山石"，产地在苏州。花岗岩不易风化，颜色美观，外观色泽可保持百年以上，其硬度高、耐磨损，除了用作高级建筑装饰工程、大厅地面外，还是露天雕刻的首选之材。长期以来，金山石就被作为高档的建筑和石雕材料。至20世纪六七十年代，开山取石已成为许多乡镇的支柱产业，石料厂遍布苏州西部山区。一出苏州城，就可听到隆隆炮声，不绝于耳。

应该说，苏州西部山区花岗岩蕴藏丰富，但也经不起如此大规模开采，最严重的是毁灭性地破坏了山体山貌。秋末曾不止一次身临其境，但见植被削光，山体裸露，有的削掉半座山，有的半坡鳞伤，似白骨狰狰。大风起处，砂粒、尘土飞扬。堪称满目疮痍。

禁止开山取石可不容易。石料，既是吴县多个乡镇的一大产业、数万十来万人的生计，石雕也是一门艺术，还有很大的市场需求。开始有识之士提出、呼吁，进入"两会"提案，接着人大制订地方法规，政府执行制止，人大、政协委员就地察看，媒体暗访曝光，可谓一波三折，停停行行，行行停停，猫鼠斗智，既有转变产业结构，另辟生计，又有尚方宝剑，严行法规，不少于五年，差不多有十年，开山取石终于停了下来。先是风景区，再是沿路明显处，再是背山处，不能说炸山取石已全部绝迹，百分之九十是停止了，炮声听不到了。吴山之幸，子孙之幸，不再点点愁、点点泪了。此举可入青史。

大约也是20世纪七八十年代，根雕、大树移植风起，殊不知，此风对吴山也是严重破坏。根雕称之艺术，自有它的价值所在，可以存在乃至发展。但，根雕、盆栽是以树木为躯干为载体的，是以树木的挖掘、砍伐、弯曲为基础和条件的，对山而言，是破坏植被，一面是艺术，一面是伤害。大树移栽进城，需量极大，看似城乡两地得益，对山又是一大伤害。受朋友所约，十年前的一天，秋末去西山一农民园艺家做客，欣赏他的根雕与盆景。他弄石、栽盆、雕根、移（大）树“四位一体”，成了盆景、园艺界小有名气的一个“家”，得到了相当丰厚的回报。那园子一亩有余，大小上千盆栽，另有从山里移来的百株半围大树，待字闺中，准备嫁进城里。室内放根雕，千奇百怪，一大鹏展翅欲飞。农民园艺家向我们介绍了他的珍品，在说取树根之不易，说了一个情况，他说：偌大的东、西山和太湖里的72峰，数百里的湖岸、湖滩，已很难找到一棵像样的柏树椿了，太湖石早绝迹了。

秋末回来写了一篇短文，叫《城市的另类掠取》，文中有这样的话：我们常说，艺术来源于生活；其实，不少艺术也来源于掠取，来源于对另类生命的不敬和摧残。园林是一种艺术，也是一种人工之美，但扭曲之于树木，无异于给女人缠脚。有文说孤树，村旁、田头、山冈、大漠之中，孤零零地站着一棵大树，就是这棵独树给了孩子大树下的欢乐，给了田头山冈守望，给了大漠生气和勇敢，大树还是村庄历史的见证，那一圈一圈的年轮就是“史轮”。可是，要是我们把这样的一棵孤树也移到城里来了，岂非夺取了农村孩子的欢乐，剥夺了田头山冈的守望，割断了村庄的历史。

苏州西部山区有矿，有铜有煤，不算丰富，有名的是白泥矿。“文革”年代，西山挖煤，没有多久就停止了，对山貌影响不算大。产量稍大一点是铜矿，秋末曾下矿体验过。那是一家中小型铜矿，乘矿车下去，一二百米，主矿井有两至三米高。矿体似岩石，硬度很高，有点闪闪发亮。矿井底有水，湿漉漉的，我们穿了靴子。一个感觉，采矿挺辛苦的。陪同的负责人告诉我们，已停止开采，效益不高。事实上，这座山已差不多打空了。随去的记者抓拍了一张我们下矿井的照片，秋末还留着，俨然下基层改作风，放到今天可派用场。

2002年10月的一天，《苏州日报》总编找秋末，说有一事相烦，让写篇评论。说是市委一位领导交代，对风景区采矿要坚决制止，不能再延续下去，在采取行政措施的同时，要加强舆论宣传，报社要发言论。请你老人家出马。总编为何这样客气，下令就是，那时，秋末已退休，虽退后留用，毕竟不是现职。秋末一口应承。仔细看了记者调查，原来吴县市有家采矿单位，记得也是铜矿，位置就在著名风景区光福香雪海附近，矿井和采矿的附属建筑、废弃物，已影响香雪海。秋末依据调查，写了篇千字文。主要说的，矿可不采，香雪海非保不可，毁掉香雪海千古罪人。在苏州，采矿事小，保护环境事大，苏州处处是风景，沿湖、风景区采矿要坚决停止。文章很快见报。

出于意料，情况出现了反弹。那家采矿单位不服，一大理由是，他们五六百号人要吃饭，政府不能不顾农民死活，并抓住文章一处技术性差错，说报纸闭门造车胡说八道，要上访，要到报社讨说法。信还上了网。一个预感，可能要出事。秋末仔细看了他们的信，又把发了的文章“反刍”了一遍，保护风景名胜不错，道理也不错，但过于居高临下，缺少设身处地，农民要生计要吃饭，政府要主动帮助转业转产，要尽快落实相关政策，用语有技术性差错，说明自己没好好学习，又没有去实地调查，应虚心认错。当然不是反悔，采矿要停止，农民生计要着落，出路在改变思路，走新的“靠山吃山”的路子。

隔了一周，秋末又写了一文，名：《改改“靠山吃山”的路子》，文中说：

> 山是资源，靠山是得吃山。苏州吃山吃水吃了几千年。问题在于怎么吃法，归纳起来，不外乎两种：一是种山吃山，二是开山吃山。前一种吃法，种果栽树，既绿山又得实，青山依旧，杨梅、枇杷、桔子、板栗四时果鲜不断，这种吃法，拿现在的话来说是可持续发展的吃法。后一种吃法，开山开矿筑墓，或植被破坏，或树木被砍光，或整座山体消失，或墓碑林立，这种吃法把山吃掉，既吃今天又吃儿孙。对这种吃法，历史上有见识的官员就反对，曾勒碑刻石不准开山吃山。也正是限制了后一种吃法，苏州还有青山伴绿水。提倡种山吃山，限制、反对开山吃山，不只是苏州要这样做，还是我们国家一项战略决策，是大势所趋。
>
> 丢掉开山吃山的老路，停止开山开矿，并不意味政府不管农民的生活。在引导转变思路，转变就业行当的同时，当地政府和有关部门应积极帮助转产企业解决面临的困难，认真落实有关政策，尽快缩短转业时间。老家难离，老业难舍，这也是人之常情，应该多一分理解，多一分关心，要让转户企业的职工人人明白，没有发展前途的老路不能再走了，唯有新的发展才有希望。

道理说了，工作跟上了，农民的气消了，开山、开矿停止了。不过，环境与经济，与靠山吃山，在苏州，矛盾依然存在。

从 PM2.5 到燃油助动车

PM2.5，现在应该说不算陌生了。它标记的是，空气的质量、洁净程度。空气与水，与粮食，都是人类的必需品。什么叫须臾不离，就是一刻也不能离开，空气最有资格。水可以三天不喝，断气十分钟要命。也应该算舶来货，引进来的。

2011 年年初吧，秋末开了一个词解专栏，并非真的咬文嚼字，做词语解释，而是拿一个字、一个词来说事，有时也说人，称作热词别解。当然要从网上报上口头上搜索词儿，PM2.5 就进入了秋末的眼眶，PM2.5 得说说，大家对它还挺陌生的，它对我们的生存环境，现在叫的生态文明，至关重要。秋末不是空气专家，也不怎么懂 PM2.5，不懂就拜网络为师，搜了不少资料，加了自己的一个看法，检测 PM2.5，不能纸上谈兵，要升帐做大将。缩了的文如下：

> PM2.5，你是个词吗？看看不像，好像又是。你是 GDP、CPI 的兄弟姐妹。
>
> 叫 PM 的，一长条，“拍马”也在内。这儿的 PM，正规的说法，叫悬状颗粒物，飘在空中的微小物儿。PM2.5 是指大气中直径小于或等于 2.5 微米的颗粒物，也称为可入肺颗粒物，就是能吸进肺里去的。看不见摸不着，却实实在在存在。虽然 PM2.5 在地球中含量很少，但它对空气质量和能见度影响很大。与较粗的大气颗粒物相比，PM2.5 粒径小，富含大量的有毒、有害物质，而且在大气中的停留时间长、输送距离远，对人体健康和大气环境质量的影响也大。
>
> 明净如洗，这样的天空还有吗？上海没有，北京没有，苏州也难有，不是灰蒙蒙，就是天上罩了一块大纱布。霾，雾蒙蒙，雨蒙蒙，电视里经常见。怎为霾？有雾有汽，还有 PM2.5。朋友从西藏来，从檀香山来，拍了好多照片，都是风景，炫耀的，竟是蓝天白云。为何蓝？少有 PM2.5。因患肺癌而去世的，在死因中不是状元，也是老二老三。一份来自联合国

环境规划署的报告称，PM2.5每立方米的浓度上升20毫克，中国和印度每年会有34万人死亡。PM2.5从哪里来？风刮起来的，地有尘土；是烟囱送上去的，烟囱里有烟，有重金属；大烟囱少了，又多了千千万万个小烟囱，一辆车子，一个烟囱。

GDP，一个时代的标志，产值与发展的标志。今日淡了，不论英雄了，还是少不了GDP。CPI，就是物价，坐上了二把交椅，在GDP之后。称老二，一在通胀猛如虎，二在百姓会叫喊，从总理到县长，天天两眼盯着它，不让它上窜下跳。CPI不等同于民生，起码是半个民生，有理称老二。PM2.5该称老三了，与生存相关，与幸福相关，与现代化相关，应该排在GDP与CPI之后，坐上第三把交椅。PM2.5是个代表，代表的，不只是空中的颗粒物，还代表水和土壤，整个环境。

中国与美国在监测PM2.5上差距如何？中国还没有测。中央电视台专题节目说，美国测PM2.5的仪器到中国不能用，不是水土不服，而是他们最高值在中国不适用，若美国最高值是100，在北京市区要150，只有到香山才能用。资中筠说，老大比老二什么都强。我们别被几个债遮了眼睛，得清楚一点儿。PM2.5，就有距离。

中国很快要强制监测PM2.5。苏州实现现代化，应该包括PM2.5。

没有多久，两三个月吧，PM2.5升帐了，苏州宣布检测PM2.5进入地方法规。PM2.5与GDP、CPI并起并坐了。能不说，这是生态文明的一个进步。

时间向前推十七八年，20世纪90代中期，那时小车有了，还不多，有车有房的时代刚冒了个尖儿，那时是助动车的时代。助力车也叫助动车，是自行车的发展，用上了动力，是机动车，又不算机动车，更不是汽车，是自行车与汽车之间的过渡物，有动力连着汽车，没有脱胎换骨，还是自行车。它可了不起，直到现在，助力车还是半数市民的交通工具，苏州全市以百万辆计，也是一大产业。有些城市出于安全想禁止，喊了多年没有禁掉，民意难违，民用难禁。那时，报社总编没有专车，秋末配有一辆专用助动车，还是进口的，名字叫“霸伏”，陪了秋末五六年，秋末视之为“小三”。

助动车价廉实用，走街串巷还有优势，很受欢迎。一开始的几年都是烧油的，所以叫燃油助动车。可是，对空气的污染很大，一辆助动车比一辆汽车排出的废气还多，污染还大，成了一大污染源。于是，市区开始控制，不上新的牌照；但是，没用，吴县、吴江不控制，就到县里上牌照或不上照，助动车还是往上窜。秋末那时已在日报周末版开“秋末茶座”，就把这个问题提了出来，时间1999年7月2日，称之《助动车上的糊涂》：

友人兴冲冲地对我说，他添了辆坐骑：助动车。我说，助动车不是“刹”了，一律不准上证吗？他说到县里去上的。拿县里的牌照，在市区行驶。据说，不拿牌照大摇大摆在市区行驶的助动车，不是一辆两辆的，助动车又在膨胀起来了。友人一脸笑容，我却笑不起来，从他的笑容中只看到两个字：糊涂。

无疑，助动车、轻摩已成为市民一大交通工具，很适合中小城市，也适合一般市民的消费水平。也同样无疑，助动车是环境污染的一大推手，对空气污染的程度远远超过了汽车，已成为苏州空气质量下降的一大元凶。上下班十字路口弥漫的汽油味使人难以呼吸，若在十字路口呆上半天要昏倒，这样的事例已不是一例两例。要清新的空气，要良好的环境，还是要交通便捷之利？市政府作了规定，搞了个过渡时期，燃油助动车行驶一定时间便自动淘汰。实际上已是牺牲了相应的环境质量。应该十分明确的是，助动车不能再增加了，应该是个死命令。下了命令，助动车的增加有没有“死定”呢？县里来的，无证行驶的，都在表明，明的不流，暗的还在流。

市政府规定不能再卖助动车，规定明明白白的，是硬的，但执行起来不那么硬，为什么会这样？可能多多少少有点糊涂。糊涂有两种，一种是假糊涂，一种是真糊涂。商店能不能卖助动车，县里牌照能不能在市里使用，不大清楚市政府有此规定，这样的糊涂是十足的装傻卖假。明明是市区的人，拿了县里的证件去办照，还同意办照，是真糊涂还是假糊涂？听着，人们在说，县里收费，市区吃污，这就很难听了。

而真糊涂呢？“市政府是有规定，执行总得有个过程”。此说，表面上是从实际出发，但也糊涂得很。有规定不严格执行，县里来的、无牌照的，一天十辆，十天就是一百辆，再来一个“既成事实”，无照的成有照的，县里的成市区的，何年何月才能治理这一大污染？“事关群众切身利益，不能执行得很厉害”。此说同样糊涂得要命。什么是群众的切身利益？空气、水、环境都是群众的切身利益，吸气连张口都难，身体健康难以保障，还谈什么群众利益。几辆车是一些人的利益，空气是否洁净是包括所有人在内的利益，既是现在的利益还是长远的利益，这还用多说吗？“人家能开助动车我为什么不能开助动车？”是的，一碗水要端平，但要明白，“能开助动车”也有一个时限，开了若干时候就不能开了。保护环境，减少污染，人人有责，以“人家在污染我也能污染”作为理由，是没有道理的。为什么不做爱护环境的先知先觉者呢？

有文章说，我国全民的环境意识还处在启蒙阶段，这听起来有点让人脸红。果真如此，就大力进行启蒙吧，在启蒙中去掉种种糊涂认识。

接着，秋末又写了一篇，说《助动车还有文章》：助动车向我们提了个很严肃很实际的课题，就是政府作了明确规定，明令禁止，而禁止的又与部分群众切身利益有矛盾，应该怎么办？禁止开山采石，同样有这个问题，创建中也有这样的内容，“马路经济”既影响交通又涉及不少下岗工人的生活来源，同样是把双刃剑。禁的目标不能放，实施步骤有个过程，但不能只放不禁，放是实的，禁是虚的，承认有个过程，但总量只能逐步缩小，不能继续扩大。苏州助动车禁买之前有六万辆，此后两年内，冒出了三四万辆无牌照的，这就不正常了。部分群众利益要考虑，但不能替代总体目标的实现，山都被开采光了，马路都被摊位占掉了，还有什么环境保护、交通畅通可言呢？解决这个问题，政府要提高工作水平。

没有想到，两篇文章刚出，市政府发出通告，助动车暂时放开。市民认为，助动车很快会被禁掉，于是一夜之间把苏州所有的燃油助动车疯抢而光。但见一家家助动车商店门前排起了长龙，许多市民半夜就去排队，记得还下着雨。商家碰到了难得商机，拼命从附近城市大量调进货源，一些见利而不顾身份的机构也参与其间，用公务车去外地调车。据说，就两三天，苏州一下子净增燃油助动车十万辆。秋末要群工部调查，写了份内参报市委市政府领导。

应该说，秋末那两篇短文，无论对市民与政府，都是一番善意。当然，字里行间还是批评了政府，工作不力，说禁不禁。秋末并不知情，文章在市委、市府有什么反应，还是照常上班吃饭。隔了半月后，一位与秋末熟悉的市委副秘书长来报社，不知是私下关照，还是替领导打招呼，说你那两篇文章引起了麻烦，市政府领导认为，这是市委有意搞的，用文章和内参搞突然袭击，在常委会上发生了争执。要秋末少写不写与苏州相关的文章。秋末默然，没说一句话，也无动于衷，干嘛还是干嘛，相信自己出于公心，只是希望吸进市民肺里去的空气干净一点。大约一两个月后，市人大出了个地方法规，用几年时间坚决禁掉燃油助动车。

实施检测 PM2.5，走生态文明之路，是不容易的。

问君何处觅乡愁

乡愁，又一次进入人们的视线之中，又勾起人们的情感波澜。

三四十年前，勾起亿万人乡愁的是余光中的一首诗，诗名就叫《乡愁》。海峡那一边的乡愁，思的是大陆是故乡是亲人。那乡愁，撕心裂肺，割不断，理还乱。乡愁有寄托，一枚邮票，一张船票，一方坟墓，一弯海峡。

乡愁，常出现在诗词之中，是诗人的专用词汇。这一次，出现在中央有关城镇化的文件里。文件说，城镇建设，要依托现有山水脉络等独特风光，让城市融入大自然，让居民望得见山、看得见水、记得住乡愁；要融入现代元素，更要保护和弘扬传统优秀文化，延续城市历史文脉；要融入让群众生活更舒适的理念，体现在每一个细节中，注意保留村庄原始风貌，慎砍树、不填湖、少拆房，尽可能在原有村庄形态上改善居民生活条件。乡愁依托是山是水，是树是湖，是农民的房屋。砍树、填湖、拆房有三个限制字，一叫慎，砍树要慎重，少砍不砍多移；二叫不，湖泊不能填，一个不能少；三叫少，拆房在所难免，尽量少拆不拆。

在城镇化的进程中，我们记住了乡愁没有？值得问问啊！慎砍树做到没有？不填湖做到没有？少拆房做到没有？怕重视了，重视得不够；注意了，注意的不够。亡羊补牢，犹未为晚，毕竟大量的山水、文脉依然存在，可以做到尽可能多留一些可记可忆的乡愁。千万别执迷不悟，我行我素，做毁掉乡愁的千古罪人。

何谓城市化，无论是思想认识，还是实际做的，在过去的十多年里，对许多基层干部而言，还是相当模糊的。直白一点，就是把农村变成城市，化掉农村，吃掉农村。他们提出一个口号：“消灭农村”。“消灭农村”就是消灭文化，消灭几千年的文化传承，不知天高地厚，是一个极其错误的口号，是当年大跃进思维的一个延续。2004 年 3 月 9 日，秋末作《世纪妄言》，斥之为新世纪最大的胡说八道。收进集子改为《“消灭农村”?》，语气缓和一点。文如下：

听官场中人言，有的地方的父母官提出了一个口号，叫“消灭农村”，且有步骤、目标，时间就是近两三年。秋末听了，不禁倒抽一口凉气，这个口号能提么？

苏州、江南要是没有了农村将是一个什么景象？可以大胆遐想一下，从城里到城外，全是建筑，全是厂房，全是道路，到处都是汽车，到处喇叭声声，太湖成了拙政园，粮田成了大公园，菜园、果园成了盆景，农民成了工人，这就是消灭农村的辉煌前景？这就是农村城市化的目标？这不叫城市化，应该叫钢筋水泥化。

确实，城市、乡镇一天一天在蚕食农村、农田，粮田、河道一天一天在变少，城市、乡镇要发展要扩大，缩小农村有合情合理的一面。但缩小不等于消灭，缩小也要有限度，要有底线，有一个到此为止的极限。

什么叫农村城市化？这也是一个时髦的口号，大家都抓在手里，核心是什么，武断一句，各唱各的调，和尚吹和尚的调，道士吹道士的调，尼姑吹尼姑的调，歪嘴和尚吹歪嘴和尚的调，“消灭农村”就是歪嘴和尚吹的调。他们以为，县改成区，乡镇改成街道，村改成居民小组，农民称居民，就城市化了，要真是这样能城市化，中国农村几天就可以消灭了，农民问题，中国最大的问题就消灭了，全中国都应该开庆祝会。

所以，党政领导都得办个学习班，把城市化的含义，把科学发展与城市化的关系弄弄清楚。记得五六年前，有位苏州领导不让提农村城市化，至多提农村城镇化，有个担心，化者彻里彻外也，农村城市化了，还有农村吗？看来，那位领导担心不是多余的，是会有人把农村城市化与消灭农村画等号的。

几年之内消灭农村，一市一县之内不再有田野江河湖泊，那是不可能的，还没有这么多的钢筋水泥供他们拍胸脯。但是，加快缩小农村，缩小粮田菜园果圃，这是能办到的，现在的确在加快，势不可挡。加快之中，难以回复的“金不换”轻轻易易地扔掉了，卖掉了，不是一个两个地方。秋末上鱼肆买了一斤小黄鱼，两三块钱二三十条，一条二寸长半两不到，夫人干烧上桌，秋末迟迟不想举筷，心戚戚焉，这些小黄鱼不是儿子，是孙子、重孙，吃孙子、重孙的人，还是人吗？要是我们把二寸长的小黄鱼吃掉了，岂非等同于把儿孙的家园，儿孙的田，儿孙的河，儿孙的湖，也吃掉了？

什么叫江南，什么叫锦绣江南，仅是楼台亭阁、高楼大厦、连片住宅、宽阔的马路，是称不得锦绣江南的。日本称得上发达国家了，日本还有农村，他们那里的田野、森林并不少，坐在新干线上，满眼是田园风光。江南只有一个，有朝一日，如果我们的儿孙只能从诗词中，从发黄的典籍中，才能知道“锦绣”的含义，要靠注释才能懂得“青山隐隐水迢迢”的意境，不知“上有天堂下有苏杭”的真切含义，今天的努力，今天的城市化是功还是过呢？

“消灭农村”，这个口号可千万不能提。

城市化要懂得农民，就要懂得农民与住房的情感与血肉联系。尽量少拆房，不只是保住乡愁，也是尊重农民的体现。2011 年 2 月 21 日，秋末作《“楼上楼下”说你一声不容易》：

有些话刻着农民一生一世的梦想，其中有一句叫“楼上楼下”。完整一点，叫“楼上楼下，电灯电话”。

什么叫农民的口号，什么叫受农民欢迎的口号，摸得着的，看得见的，求得到的。什么是社会主义，楼上楼下，电灯电话。楼上楼下，农民的憧憬，农民的社会主义。楼上楼下是口号，也是旗帜，引着农民向前奔。楼上楼下也是信赖，相信共产党会让农民有楼上楼下。安得广厦千万间，杜甫想的是天下寒士，还是惺惺惜惺惺。分田分地、楼上楼下，记录了一代几代农民与一个政党的关系。

情为何物，与农民，谁能以身相许？“楼上楼下，电灯电话”，农民以身相许，追之一生的，是前半句。不是电灯电话与农民生活不相关，电灯也是孜孜以求的，扔掉煤油灯豆油灯，农民也是求呀盼呀，只是求也无用，是通电通来的。房子，楼上楼下，是农民自己造的，一木一钉，一砖一瓦，都是农民自己积的攒的垒的砌的，房子是农民的身家性命。农民的一生幸福，在楼上楼下；农民一世的成就，在楼上楼下。起码新中国的前三四十年，在江南，在苏南，在大半个中国，楼上楼下等于农民的一切。你懂得农民吗，懂得了楼上楼下之于农民，就知道了农民的一半。

《山海经》里有个美丽动人又让人心疼的故事，叫精卫填海。精卫是鸟，用嘴衔石，以石填海，泣血至死而不止。农民造房也是精卫填海。一木一钉一砖一瓦是用嘴衔来的，省吃俭用下来的。砖还易得，水泥钢筋难求。工农业产品交换价格有个差，叫“剪刀差”，农民造房就有“剪刀差”，一斤钢材比一斤米还要贵。房造好了，楼上楼下了，钱空了，财尽了，楼徒四壁，不是一家两家。今日农民住房也装修，满屋电器，那是近十多年的里程碑。

国土资源部说“别逼农民上楼”，同一个楼，此楼不是那楼。农民造的楼是一家一户的楼，要农民上楼的楼是大楼高楼，集体造的楼，百家千家住在一起的楼。集楼而居，省下土地，通电通水，现代化，还可称低碳，不谓不好。可是，农民旧家难舍呀，一生心血难舍呀，并不稀罕集楼而居集区而居。何谓“逼”？农民不愿意才逼，违背农民意愿才称逼。在苏南，在江南，在东南沿海，楼上楼下有两个有两种，一个是农民自己的楼上楼下，一个是不想进的楼上楼下。合作化时农民面前有六个字：识大体顾大局，四五十年之后又有了这六个字。何谓联产承包？四字不过是外壳，直白就是让农民自主种田。居住为什么不也这样呢？让农民自主而居。一个道理，也是一个真理，千好万好农民愿意才好。这也是识大体，这也是顾大局。

何谓江南？何谓农村？“日出江花红胜火，春来江水绿如蓝”，那说的是水，无水不是江南。“南朝四百八十寺，多少楼台烟雨中”，那说的是雨，多雨才是江南。“茅屋，阡陌，鸡飞，狗跳”，那说的是村景，散散落落才是农村。历史一天一天朝前走，江南、农村也在一天一天朝前走，总会多多少少、加加减减，一个时代有一个时代的江南、一个时代的农村，保留更多的记录着时代的模样，昨天与今天相结合相融合的模样，也可以称之为责任。不只是保护太湖边上东山西山那几处古村落。

应该下这样的结论：分田分地是尊重农民，联产承包是尊重农民，不逼农民上楼也是尊重农民。

在城市化、城镇化中，苏州有“三集中”的方针，即工业集中、土地集中、居住集中，已实施多年，颇有成效。工业集中、土地集中无异议，是现代化所必需的，唯居住集中分歧比较大。居住集中，若无适度限制，若无科学规划，没有很好保护山水脉络、保护原始风貌、保护村庄文脉，一律化形式化，会铸成大错，将是无法弥补的历史缺憾。2012 年 7 月 9 日，秋末作《并村还当三思而行》，里面“他们说的”也是秋末说的：

6 月 15 日的《城市商报》说，“全市城乡一体化改革发展暨村庄环境整治推进会上传出消息，我市 88.5%的工业企业进了工业园，44%的农民已经集中居住，81.7%的耕地实现了规模经营，城乡一体化进入到整体提升的阶段。”就是说，乡村工业进工业园，农民集中居住，耕地规模经营，是苏州城乡一体化的三个主要方面、三个主要指标。就是说，苏州农村已有近半农民集中居住，近半的村并村了。

所谓“集中居住”，所谓“并村”，就是把原本自然、散落而居的村民，集中到一起居住。并村、集中居住好不好？应该不应该成为城乡一体化的一个主要指标？

这个题目说了多年了，争论了好几年了。在苏州的实际是，政府态度坚决，并村的速度也很快，已作为农村城市化的一大指标。听听政府人士，他们说得也确有道理，到农村走走，去并村后的农民新村看看，村容村貌也确有改观，确是有利可图。一大理由，增加了耕地，消息说，今年一季度，全市开工新建农民集中居住安置房 495 万平方米，新增签约、搬迁进入集中居住区农户 7249 户，新增土地入股 3.55 万亩。苏州土地金贵，单凭这一点，就有理由并村。通信、供电、供水、还有宽带之类的现代化设施，当然是并村有利实施。照此速度，苏州农村全面并村指日可待。

反对的也有理由：农民赞成并村吗？农民有选择居住的自主权利吗？并村顾及农民的感受吗？怕很少。政府是在把现代化送给农民，是在城市化的口号和旗帜下推行城乡一律化。以前不让农民进城，现在请农民“上楼”，都是政府意志在行事。并村后还有农村自然风貌吗？江南还有多少江南风貌？家前屋后没有菜园没有果树没有池塘没有河水村头没有大树，这还是农村吗？并村意味着大量自然村名的消失，很大一部分村庄文化的中断。这些可不是能用钱用几块地来衡量来计算的。如果江南农村风貌就在我们手里消失了，我们是功臣还是罪人？并村又给农民增加了多少负担？不并村就不能城市化？就不能城乡一体化？并非如此。农村散落而居照样可以现代化。

他们说，应考虑这样一种思路：在保护农村自然、传统而居的前提下，充分尊重农民选择居住的自主权，以卫生、整洁为主整治村容村貌，普及现代生活设施，把提高农村环境质量，作为农村现代化的一个主要内容。即使少量并村，也切忌划一整齐，尽可能与当地自然风貌相融合，而不是简单把城市“火柴盒”搬下乡。

他们说，有个问题值得思考，为什么一些发达国家没有“并村”一说，而有“逆城市化”一说？应该去问问“逆城市化”说的是什么，有没有道理。

也有人说，今日苏州农村并村是在重蹈苏州古城区开通干将路的覆辙。

秋末见解如何？很矛盾。并村也是大势所趋。该留的尽量多留一些吧。

秋末的乡愁，在老家江阴城东的一个村庄，四五年前拆掉了。为了记住乡愁，秋末写了一本书，叫《水车上的江南》。字字句句都是乡愁。秋末在《大桥下面的那块土地》末尾说：

> 得知就要拆迁的确实消息，我回到了生我养我的那片土地。望着就要消失的村庄，依恋那地那塘那水那树的心情，油然而生。从此之后，童孩、少年时的梦，大半个世纪的快乐与忧伤，割不断扯不尽的思乡之情，回想回味再无依托，钢筋、水泥、石板不能再生一点乡思乡情乡恋了。巨龙般的长江大桥横卧在我家乡的身旁，给我一种感觉，城市化、现代化不容商量。几次车子经过江阴长江大桥，我透过车窗向东张望，心里总有一句话，大桥下面是我的家。还冒出一个祈求，在夷平村庄时，村头的树不要砍掉，村后的塘不要填掉。

近四十多年过去了，余光中魂牵梦萦的乡愁还在吗？可以见到，邮票在集邮册里，船票在《涛声依旧》里，海峡不再相隔，母亲的坟墓是否还在很难说了，坟墓是母亲的房屋，很可能拆迁了。

问君能有几多愁？怕只怕一腔乡愁无觅处。

05

文化立市、洞庭商帮、双面绣

从文化立市到文化自觉

苏州精神的根在哪里？

为何要说“文化向后，经济向前”？

洞庭商帮、康熙谕旨与文化缺失

园林的圆与双面绣的两面

路失横塘与秋香不点唐伯虎

周庄的发现与《双桥》的原型

还是“北方的气概，南方的心灵”吗？

出使南特、格勒诺布尔

从文化立市到文化自觉

大约在20世纪80年代中期，苏州就明确提出文化立市，以文兴市。

记得，1983年地市合并后没几天，市委秘书长孙源泉给秋末一项任务——收集有关苏州市区文化发展状况的资料送给他，他说原来地区的领导对苏州文化不太熟悉，要补一补。市委领导工作报告，都有一部分说文化的。市委政策研究室每年都有文化发展的课题，尤其是文化产业。

一道鲜明的印记，近三十多年来，苏州发展，前十五年突出经济，改革也以经济体制为主，后十五年，文化突了出来，仍以经济为主，文化的比重大大增加了，近五年更是提速了。《苏州日报》有个统计数据，2012年上半年苏州市文化产业实现营业收入1200亿元，比2011年同期增长37.8%，占全市GDP比重为5.42%。

在国内，苏州称经济大市乃至经济强市，称得了撑得起，无论经济总量还是综合竞争实力，都排在全国大中城市的前列。苏州能称文化大市文化强市吗?或许能称也不能称。说能称，苏州是全国知名的历史文化名城，文化底蕴深厚，昆曲、古典园林堪称中国文化瑰宝，现代文化产业排名也在全国大中城市前列；说不能称，总体来讲，苏州文化的发展落后于经济发展，文化产业占GDP的比重不算高，落后于北京、上海、广州、深圳等城市，苏州没有在全国可以振臂一呼的文化产品。

有两组数据可以一比，文化产业增加值占GDP的比重，2004年北京占6.8%，上海占6%，浙江占6%，广东占7%；苏州2009年占3.6%，2010年占4.14%，2011年占5.08%。苏州提速很快，但文化产品质和量都大大落后于北京、上海。苏州文化产业已成为一大支柱产业，但称不得壮和强，尤其文化产业中的新兴产业，苏州刚起步，与发达国家比，差距更大。在过去20年中，文化商品的国际贸易额呈几何级数增长，英国文化产业的平均发展速度是经济增长的两倍，日本与动漫有关的产品占据了世界市场的62%，韩国网络游戏已经占据了亚太市场的半壁江山，更是占据了中国内地市场75%的份额，而美国的电影占据全球60%、英国95%、法国60%的市场份额，目前世界上95%的娱乐市场和出版市场被全球最大的50家媒体娱乐公司占据，90%以上的新闻制作被美国和西方的文化集团所垄断。

以前说，随着经济建设高潮的到来，必然伴随文化建设高潮的到来，这个“必然”还在起作用，还是个规律，文化发展离不开经济发展；变化、不同了的是，文化不只是依赖于经济、附属于经济，文化本身是产业也是经济，还是新兴产业，文化、尤其精神的基础和导向作用、主体作用，突了出来。围绕文化立市，苏州文化发展突出在两个层面上，一是精神，思想、观念、道德、氛围，凝聚于苏州精神；二是产业，既致力继承刺绣、玉石、雕刻等传统文化产业，又大力开发创意、动漫、新闻、影视等新兴文化产业，精神与产业相得益彰。

为推进文化发展，苏州在舆论宣传上做了大量工作。秋末参与其间，也竭力鼓吹，把文化立市与文化自觉联系在一起，以文化自觉发展文化，秋末在《我们需要什么样的文化自觉》中提出，要把发展文化作为执政理念，成为执政的文化自觉。文章先后发表在2007年的《苏州日报》和《解放日报》上，新华社发了通稿。文章说：

在文化自觉各色各样的呼唤声中，是不是应该停下来问一问，我们真的在文化自觉吗？什么是当今社会发展所需要的文化自觉呢？

以亚当·斯密的《国富论》为例。我们常将市场视作“看不见的手”，意指供求规律、价格杠杆以及自我调节的市场力量。然而，这并非是斯密的原意，斯密并未如此说过，而是后人“加”进去、“丰富”出来的。在《国富论》和《道德情操论》中，“看不见的手”各提到一次：一处指富人不经意把他们的经营成果分给了穷人；另一处指在国内和国外贸易利润均等的情况下，商人追求自利才可能促进国内的社会利益。深究一下，其实“看不见的手”里蕴含着后“加”的深意，是斯密未说出来的。这是一个有趣的文化现象。费孝通的文化自觉论中，有没有这种“有趣”，另当别论。但丰富或另添新意，肯定是有的。

费孝通是在反思一生学术研究时，提出文化自觉论的。他说：“生活在一定文化中的人对其文化有‘自知之明’，明白它的来历、形成的过程，所具有的特色和它发展的趋向，自知之明是为了加强文化转型的自主能力，取得决定适应新环境、新时代文化选择的自主地位。”我们能不能这样理解：文化自觉是一种觉悟，首先在于觉悟到文化的作用；文化自觉是一种途径，是一个在对自己文化自知的基础上求得自明的过程；文化自觉的目的是为了取得文化转型的自主能力，进行正确、自主的文化选择、传播与创新。费孝通的文化自觉论，有极其明确的针对性。研究文化自觉，可以上下五千年，可以求诸先秦诸子百家，可以叩问康有为、谭嗣同，但不能忘了文化自觉的真髓，在于当今文化转型的自觉。文化自觉有两种相互联系的状态，一种可以称之为学术探讨状态，一种可以称之为实用实践状态。目前这两种状态，以前一种为主，后一种还在敲门。

在文化自觉的“众说”之中，有“四说”值得一说：

一说，文化自觉应该成为一种执政理念。明确政治经济，都是与文化密切相联系的。高度重视文化对政治与经济无可替代的基础性作用。使重视文化建设、发扬先进文化、保护文化遗产、发扬传统、传承文明，成为执政“本能”，成为理所当然。文化可以搭台，经济可以唱戏。但这里“搭台”，应是指真正的文化建设。那种唱几首歌、跳几个舞的即兴式、应酬式的“搭台”，不能称之为文化“搭台”。把文化当作经济伴娘伴郎的思维，应该彻底抛弃。

二说，文化自觉要为建设现代先进文化服务。文化自觉不是为自觉而自觉，转型不能漫无目标。一个主要目的，就是要为发展和建设先进文化服务。当前和今后一个时期，文化自觉要有助于在全社会确立中央提出的社会主义核心价值体系、强化以爱国主义为核心的民族精神、发扬以改革开放为核心的时代精神、确立以八荣八耻为核心的社会主义荣辱观，做好与优秀传统文化的联系工作。这是当前文化自觉的世纪大工程。

三说，文化自觉可以成为继承传统文化的一条通道。自知之明来自于自知。文化自觉也应来自于对传统文化的来历、形成的过程，所具有的特色和它发展的趋向的自知。研究传统文化，可以千姿百态，可以目的不同，可以在山阴道上各看各的风景，但是，对传统文化的自知是必然的通道。由对传统文化的自知之明求得文化自觉，求得文化的自主能力与自主地位，应是继承传统文化值得大力提倡的一个方面。

四说，文化自觉可以成为吸收世界先进文化的一座桥梁。在全球文化大交流的背景下，文化自觉不能囿于一国一地，吸收别国包括西方发达国家的先进文化，应是文化自觉的题中之义。尤其是属于全人类的文明成果，更应拿来为我所用。

文化自觉，还可以看作是一种境界，一种把握了文化规律进入文化自由的境界。在中华文化觉醒的时代，无论执政者、知识阶层，还是被称之为民的百姓，都应该朝着高度的文化自觉方向孜孜以求。

从网上可以看到，另有一篇同题的文章，发表在2011年11月的《中国社会科学报》上，作者系中国艺术研究院副院长王能宪。文章有一些秋末没说到的：中央高层的文化自觉，以胡锦涛总书记在十七大提出的“两大一新”为标志；政治高层对文化自觉的理解和学者对文化自觉的理解，既相通又有不同，学者的前瞻性很重要，会影响领导人的决策；全民的创造精神怎样发挥，这是文化自觉一个很重要的问题，这个问题不解决好，文化创新、文化繁荣的目标就难以达到；物质产品可以批量生产，无限重复，精神产品，如果重复别人就毫无意义，文化与创新几乎可以画等号；二战以来，文化问题逐渐受到各国政要和有识之士的重视，联合国也积极进行倡导，1995年教科文组织发表了《世界文化发展报告》，提出“把文化置于发展的中心位置”；学者有了文化自觉，高层有了文化自觉，全民有了文化自觉，中国的事情就好办了；文化自觉一个带有根本性的任务，就是努力提高国民素质。

可见，要发展文化，就要有文化自觉。文化自觉仍然是一个需要不断研究，不断加深认识，不断实践的课题。今日迫切性更强了。

苏州精神的根在哪里？

2009年，苏州提出以“崇文、融和、创新、致远”作为苏州城市精神。现在，在一些宣传栏和建筑物上仍可以看到。近日秋末参加一个活动，装资料的袋上也印着这八个字。2013年，苏州又提出以“崇文睿智，开放包容，争先创优，和谐致远”作为苏州精神。二者怎么理解，有何区别？秋末理解，从8字到16字，从苏州城市精神到苏州精神，并无本质区别，更明确更完整，涵盖面更宽。

每个城市都有精气神。苏州精神有着三种状态，一种是传统的，已经过去的；一种是现在的，今日存在的；一种是追求的，在建设和形成中的。三种状态的苏州精神，既相互联系，互为因果，又有区别，在新陈代谢中。苏州精神的根是什么？

值得注意，有位苏州学者在近日《苏州日报》上提出，苏州精神有两个根，一在苏州传统文化，二在今日改革开放，提出了“二根说”。苏州精神既来自昨天，又植根于现实，既有老根，又有新枝，新枝亦是根，是新根。秋末以为，这个“二根说”是符合实际的，是对以前“苏州城市精神植根吴文化”的一个发展，一个补充，一个完整。一根还是二根，实际上是不是承认改革开放赋以今日苏州精神以新的内容，今日苏州精神是不同于传统苏州精神单新了的新苏州精神。这是研究苏州精神的一个成果。

哪一条根为主？“二根说”没有说，可能难说，难分伯仲，有的可能传统多一些，有的可能现代多一些，有的是老根发新芽，有的是新根开新花。秋末以为，今日苏州城市精神，不能也不可能离开传统，今天是从昨天来的，但是，今天所倡导的苏州精神，还是以新建为主，是在改革开放基础上形成的新思想新观念新风尚，是以张家港精神、昆山之路、园区经验为基础为核心的；传统一分为二，有的可直接继承发扬，有的要改造弃粗取精，适合现代需要。2009年，秋末参加江苏省炎黄文化研究会举办的发扬传统文化共建精神家园的研究活动，写了一篇题为《让弘扬城市精神成为一种文化自觉》的文章，到省里参加交流。文中对苏州传统文化的一些“标的”与苏州城市精神的传承做了一点对应探讨：

研究传统文化，弘扬城市精神，需要长期不离不弃地做好两方面的工作：之一，要作为一种基础工作，多为城市精神作支撑；之二，对传统文化要作鉴别工作，区分精华与糟粕，取其精华，取精神，得精华。

“苏州状元甲天下”与“崇文”相关。苏州文化底蕴深厚，苏州人爱读书文化程度高，一个依据，“苏州状元甲天下”。苏州无论城镇还是农村，与其他许多地区相比，文化程度确是比较高。既在状元问鼎，又在甲天下之多，苏州多产状元，是与民众的文化水平较高与苏州人爱读书相关的，尤其是有由士大夫后备军和乡绅、富商、上中农子弟组成的一个庞大的读书人团队，人数在上万数万之多。没有这个基础，多产状元是不可能的。“苏州状元甲天下”，既是崇文的一个体现，也是崇文的一个结果。应该说，“苏州状元甲天下”代表了千年、数百年苏州的主流文化、苏州的上层文化，代表了那时的主流思潮。全社会崇文，读书人多，这是值得肯定的，反映了重视教育的社会价值取向。

但是，需要明确，状元文化不等于民众文化，也不能代表民众文化水平的高低，状元文化就是学而优则仕，不能全盘肯定。在漫长的封建社会，民众的文化水平，是分城乡的，农村文化水平明显低于城镇，苏州农村、农民的文化水平，并不比中西部地区的河南河北山西陕西高多少，妇女大都是文盲，男的初小小学文化。我的家乡江阴，我们那个村，就是如此。新中国成立前，江阴民众的文化水平，在苏州地区是比较高的一个县，我们那个村一二百户数百人口，文化相当于中学程度的，仅一户一两人。所以，不要高估新中国成立以前苏州地区占人口百分之九十的农村文化程度，不能以几个状元来代表百万农民和市民的文化水平。可以讲，所谓状元文化，还是占人口不多的士大夫文化、乡绅文化，一为学而优则仕，二为吟诗作文，与识几个字为了识数做买卖学手艺有一技之长的市民文化，与粗识文字会算账能书信的农民文化是不大搭界的，不能张冠李戴。苏州士大夫学为致仕，鄙薄农商，也是甲天下。写《项脊轩志》的散文大家归有光说，吴中士人读书求官之风烈于天下，其俗尽然。状元之中，确有学识高超为政有作为的；但状元大多平平，还有等而下之不值一提的，不能把状元作为学识、成就顶尖的代名词。所以，在说苏州有崇文传统的时候，不要把状元甲天下作为资本作为骄傲，不要高估民众的文化水平。

“苏州人一团和气”与“融和”相关。“一团和气”反映了苏州的人文精神，反映了苏州的民风民气。和气生财，和气渗透到社会的方方面面，这是和为贵的中华优良传统在苏州的传承。苏州人讲话文气，文气里有文明，是值得赞扬的。老子崇水，“上善若水”，以水为贵。和气源自苏州的水文化，与水相濡以沫而和而谐。“一团和气”接近“和谐”，更接近“融和”，“一团”可作动词解，团而融团而和。“一团和气”，是俚语，是群众语言，可以为“融和”直接所用。

以前批判过“一团和气”，有错也有对，批评不分是非什么都讲“一团和气”，有道理；把批评指向什么都讲阶级斗争，“一团和气”掩盖阶级斗争，就扩大化了。“一团和气”有它适用范围。“一团和气”与严重的阶级对立不相符，也不是缓和消灭阶级对立的途径和方法；否则，农民起义，共产党领导革命，就不能得到合理的解释。既要“一团和气”，又要坚持斗争，依法办事，是今天处理各种社会矛盾社会问题的基本准则。

“苏州人精细精致”与“创新”相关。可以讲，苏州人的创新精神，很大一部分体现在手工上、工艺上和农业上。苏州的手工、工艺和农业是以精细精致见长或为风骨的，苏州人雅是以精致而得，以精致而雅。农业精耕细作，堪称园艺农业，既有苏州农民高超的种田技术，又折射出苏州农民崇尚精细的人文风气。苏州工艺门类众多，雕刻、玉石、刺绣，包括园林建筑，包括丝织业，更体现苏州人讲究精细推崇精致的人文品格，要说苏州人的创新，是在精细精致上的创新。崇尚精细精致，今天仍可一脉相承，与现代科技相融合相配合，成为今天苏州人的新风尚新风骨，创出现代工艺的新天地。

但也要看到，过于精细精致，成为一种人文风气，成为一种孜孜追求，精致于形，精细于心，转化成视野、胸怀、胸襟，就会缺乏大气，计较一得一失，失之于精，失之于细，失之于微，就会陷入孟子所说的“明察秋毫之末而不见舆薪”的境地，秋毫可辨，整车的柴却看不到。苏州改革开放走在全国前列，能领跑全国的民营企业很少，这与苏州人过于精细的脾气和人文环境有关。精细可成家，不可为将帅。

“苏州客商云集”与“致远”相关。苏州商品经济发达，一大因素，就是客商云集。苏州不仅是商品生产的基地，丝绸、稻米、茶叶、工艺制品，都名闻遐迩，还是大宗商品贸易出口的基地。苏州曾是中国东南首府，一等风流繁华之地，客商云集，功不可没。今天苏州发展走在前面，客商云集，同样功不可没。在这里，“致远”也是一种胸怀胸襟，欢迎客商云集，容得下客商云集。如果把四海经商出外经商看作是一种“致远”，家门之外千里之外的经商，苏商有这样的传统，曾彪炳于世的洞庭商帮可为苏商翘首。有个说法，“天下所至，多有洞庭人”。翻翻近代上海、香港发迹史，不少巨商大贾正是从东西山走出去的。

但苏商总体上是坐商，不习惯于长途远航经商，不是行商，不是致远经商，不能不说是苏商的一大缺陷。这里，既有苏州形成的人文风气，苏州士大夫崇文鄙商，又有长期形成的习惯，善做坐商，毋需讳言，还有吃苦耐劳精神不如徽商晋商之短。今天苏州人少有外出经商，恋土恋乡，出国门者更少，与温州人浙江人形成鲜明对照，这也是传统使然。所以，对客商云集要看到两面，一面是苏州之长，一面是苏州之短。

“天下兴亡，匹夫有责”与整个苏州城市精神相关。顾炎武是中国的，也是苏州的。匹夫有责的思想，是苏州城市的灵魂。千百年来，苏州一直是国家的税赋之源，还是大源重源，明清时期占全国税赋有时几近半数。新中国成立以后，尤其改革开放之后，苏州敢为人先，大力发展经济，苏州给国家的财政收入，列全国中等城市之首，每年数百亿，且年年上升，按规定不少不扣，其中支撑的也是“天下兴亡，匹夫有责”。需要分清的是，不同时代的“天下兴亡，匹夫有责”，有一致有不一致，有相同有很不相同。有忠君爱国的匹夫有责，责在忠君，有为国为民的匹夫有责，责在为民，今日所需要的一脉相承的是为国为民。

从对传统文化的取舍中，可以得出这样一个基本看法，大量的传统文化是矿石、原矿，金与石处于共生之中，需要冶炼，做大量的鉴别和筛选工作。继承传统，可以归之于两类或两大方面，一类称之为术为艺，一类称之为思想为观念。术与艺，可以直接继承，依样画葫芦，再高一个层次，推陈出新；思想与观念，可直接继承，时代不同了，价值观念不同了，应该更多的是抽象继承，继其躯壳，承其有益的血肉，注入新的灵魂，看似旧的，实是新的。城市精神，属于思想，归于观念，在文化自觉中，需要多采取抽象继承的方法。

我们所讲的城市精神，应该是今日的城市精神，是现代的城市精神，今日与现代不能少。这就是说，苏州城市精神源于传统，成于现代。顾炎武的“天下兴亡，匹夫有责”、范仲淹的“先天下之忧而忧，后天下之乐而乐”、林则徐的“壁立千仞，无欲则刚”、苏商的“钻天洞庭，四海经商”，都只能作为苏州城市精神的元素而被吸收，不能替代以改革开放、科学发展、和谐富民、生态环境为价值取向的现代城市精神的核心。不能本末倒置，重源而失基而失本。所以，在发扬优秀传统文化为弘扬城市精神服务，要多做传统与现代与现实相结合的工作，多做从改革开放和科学发展中汲取养分的工作。

应该说，一个城市在全市人民酝酿、讨论的基础上，提出自己的城市精神并不难。难在要使城市精神成为全市人民的共识，真正成为全市人民的实践行动，成为一种文化自觉。难在人人自觉不易，难在需要一个相当长的认识和实践过程。

有个说法，培养一个纳粹只要五天，培养一个好公民要二十年。这个说法或许极端了点，但也可以说明，在一个原有人口和外来人口各有六百多万的苏州，无论老苏州人新苏州人，都把弘扬城市精神当成每一个人的自觉行动，并非易事。

提出苏州精神只是开头。

为何要说“文化向后，经济向前”?

2006年，秋末在《苏州日报》副刊《沧浪》上，开了个随笔专栏“门外文谈”，大约有十五六篇。说了些什么?有泛说文坛文化事的，主要说的还是苏州文化，文化与苏州发展的关系。接触了苏州实际，影响还是蛮大的，至今仍有话及。

为何要说“文化向后，经济向前”?

文化有两大层面，一是整个社会的支撑、血液、灵魂，二是文化自身，如经济、产业、企业。作为整个社会的支撑，一大问题放在苏州面前，苏州发展需要什么样的文化，现今支撑苏州发展的是什么文化，文化建设的重心是继承还是创新?

秋末观之，实际之中，有两种倾向，一种重在传统，为继承而继承；一种重在发展，割断历史，无视传承。主要在前一种。苏州上空有一面大旗在挥舞，苏州发展植根于吴文化。这个说法对不对?这就是“一根说”，有对的一面，是的，苏州的大发展植根于吴文化，苏州发展有吴文化的气息；但，主要不是，主要是改革开放形成的新思想、新观念、新精神而凝合的新文化，是对旧体制、旧观念的决裂。苏州现代化建设需要现代文化相匹配作支撑，需要大力发展现代文化，需要凝聚、培植、发扬以改革开放为核心的苏州城市精神，苏州文化建设的重心需要向前。

历两千五百年，苏州文化积淀深厚，有大量优秀文化、人文精神可以继承，但苏州总体上还是一个相当传统的城市，苏州需要振奋，需要创新，需要形成改革开放为核心的新的人文精神，这是老苏州所不能赋予的，应该是苏州文化建设最主要的任务。事实上，改革开放以来，苏州历届领导，都把解放思想、振奋精神绝无例外地放在工作首位，所有工作报告首先都是讲思想讲精神，若城乡一体化是苏州的一条真经，解放思想、振奋精神同样是一条真经。秋末写《文化向后，经济向前?》，既是对苏州成功实践的反映，又是对文化能否支撑经济、社会包括文化自身持续发展的思索和呼吁，苏州创新文化需要大步前行：

这是一个影响相当广泛的看法，苏州经济的发展植根于吴文化，传统文化支撑了苏州经济的发展。秋末以为，这个看法既不符合事实，宣扬这个看法弊多利少，甚至是有害的。这个看法提出了一个值得思考的问题，支撑苏州现代经济大发展的思想文化究竟是什么，如何适应现代经济的发展，文化建设的重心是向前还是向后。

一定的经济总是与一定的文化密切相连的，反之亦然；二者之间有前有后，有促进有制约，但都是形影不离难分难解的，这可称之为文经相同与相容。苏州传统文化深厚，必然会对苏州现代经济的发展产生影响，是正面多还是负面多，很难下断语做定量分析，但有一点是清楚的，苏州近一二十年来现代经济的迅猛发展，主要不是得益于吴文化和传统文化，也不是靠传统文化作支撑，作为支撑力的作为推进器的是以改革开放观念为核心的现代文化，而传统文化许多方面那是相左的，姑妄言之为文经相异与相斥。

这种文经相异的现象大都出现在社会经济大变革时期，一方面代表先进生产力的现代经济要寻找与之相适应的先进文化作支撑做开路先锋，一方面要摆脱不相适应的传统落后文化的羁绊，现代经济就会与传统文化相脱离，出现明显的断裂与断痕现象，尽管现代与传统之间有着千丝万缕说不清理还乱的联系，但传统文化与现代经济相异是明显的，相斥也势之成为一种必然。

众所周知，影响苏州现代经济大发展的思想和精神，始于乡镇企业，继而外向型经济，继而民营经济，以及与这三种经济发展相伴的开发区经济；可以看到，无论哪一种经济的发展都是以改革开放观念作基础作先导的，都经历了或长或短的与旧体制相联系的旧文化旧观念的斗争和决裂的过程，在这个过程中确立了与现代经济相一致的新思想新观念新文化，经济与文化之间经历了由明显相异到大体协同的过程。

在苏州，新思想新观念新文化，首先来之于实践，来之于农民对旧体制和旧观念的冲击。所谓草根经济就是农民的经济，农民成为经济主人的经济，尽管这个主人的地位还不很明确，但农民办工业农民走出田头则是前所未有的，所形成的新思想新观念则前所未有的。从“四千四万”到张家港精神，从亲商理念到昆山之路，都是近一二十年来苏州千百万群众实践结出的思想之花和精神之果，都是对排斥农民、画地为牢、安于现状、轻商鄙商的冲击和否定，如果把苏州现代经济大发展的思想根子装到吴文化和苏州传统文化的身上，那无异否定一二十年来苏州千百万群众的实践。

在改革开放的大背景下，思想观念文化处于大交流的状态，支撑苏州现代经济大发展的文化出现了多元化，文化之源出现了多来源多渠道。我们曾千军万马下深圳，考察调研学习，开了眼界换了思想；我们先不太愿意后心悦诚服向温州学习，在发展个私经济民营经济问题上，思想出现了飞跃；我们以上海为跳板，随着服装丝绸一起出国，什么是现代化有了直观有了比较；而大批外商带着不同的管理理念随着外资一起来到苏州，大量学成归来的海外学子在孵化器里产品与观念一起孵化一起推广，我国加入世贸组组织，全球经济出现一体化趋势，这一切对推动苏州经济大发展的新思想新观念新理念新文化的形成起了催化和促进作用，各具特色的企业文化也出现了前所未有的丰富，而丰富主要来自兼收并蓄。此消彼长，传统文化传统观念所占的比重越来越低。

今天我们可以清楚地认识到，改革开放是一场大变革，改革开放的思想观念是一种文化，是当今中国先进文化的集中体现，是经济大发展最主要的思想保证。张家港精神和昆山之路可以作证。

为推动经济发展，每一个地方都十分重视文化建设，尤其是思想观念的确立和转变。文化建设有两大方面，一是传承传统，二是新建现代，联系起来就是继往开来。继承传统有许多工作要做，也是发扬先进文化的一个重要内容，现代化需要传统文化作铺垫，但必须看到，传统与现代虽相互联系，但毕竟不在一个层面上，一定的经济文化又总是受制于一定的生产力发展水平，继承传统不能代替新建现代，与小生产相连的文化传统代替不了与全球经济一体化相连的现代文化。传承与新建也有孰主孰次的问题，尤其是经济处于大变革大发展时期，更需要建设现代先进文化作导向作支撑。所以，文化建设也有一个向前向后的问题，若文化建设的重心向后倾，只讲继承不讲创新，只讲传承不讲新建，把文化建设的视线向后拉，致使现代经济的发展、市场经济体制的完善、现代民主政治的建设、小康社会的建设，尤其是创新型国家的建设，缺乏强有力的思想和文化保障，经济就不能向前。

《文化向后，经济向前?》发表后，引起了关注，赞成和批评都有。《新华日报》驻苏州站长张功璞说，文章提出了一个重要问题。《苏州日报》副刊发表一篇关于“温故知新”的文章，带有纠错味道，文章是一位苏州理论、文史界的老前辈写的，文章讲了一通马克思主义理论的来源，对秋末文章的内容只字未提，文头给秋末戴了一顶帽子，说“他（秋末）对于研究吴文化以推进现代化的说法表示不能同意”，“表示”的话用了引号，是秋末原话。秋末向谁表示“不同意”了？子虚乌有。而研究吴文化，推进现代化，古为今用，这正是秋末所在做的。不同意、批评秋末都可以，但不能无中生有乱扣帽子呀，这位老先生在凭印象说话，过于自信自负了，老理论该增加新内容了。秋末在专栏“门外文谈”写了《温故知新与革故鼎新》一文，说：

故与新，有两句话，一句叫温故知新，一句叫革故鼎新，前一句话来自《论语》，后一句话来自《易经》。历史是延续的，是环环相扣的，前事不忘后事之师，温故知新有资格享受年年讲日日讲的待遇。南怀瑾先生在《论语别裁》中说，个人也好，国家也好，是如何成功的，又是如何失败的，历史上很明显地告诉了我们很多。为政者尤其要懂得温故而知新的道理。

但是，我们也要看到温故知新的局限和实际温故知新中的千差万别。温故温的是过去，历史在前进，社会在发展，尤其科技在创新，温故未必定能知新，知的新未必是真的新，或许还是老皇历。如果过度夸张温故知新的作用，把温故作为知新的唯一来源，岂非越古越有道理？今天的道理都在孔子孟子都在远古，那就要走上泥古不化的危险之路。所以，对温故知新还有一解，温故知道过去，知新知道现在，知古今中外可以为师焉。

温故知新也是一面旗帜，国内国外历朝历代都在打，打的情形却大相径庭。有为吸取教训者，《六国论》《过秦论》是也；有用来启示后生者，《出师表》《师说》是也；有用来为卖国作遮羞布的，汪精卫的亡国论里也说故论今；也有用来复辟做皇帝梦的，杨度们“劝进”袁大头就有子曰诗云古人怎么怎么说的，温故可以成为随意打扮的小姑娘，知新可以各取所需。我们不是曾有过评法批儒的壮举吗？我们的邻居有些人也在温故而知新，叫嚣那场战争不是侵略，东京审判是单方面的审判不算数。所以，对温故知新得睁大眼睛看一看。

温故知新和革故鼎新是一前一后的两句话，也是两件要连起来做的事。前是认识，后是实践，前是开花，后是结果。用到推陈出新上来，温故知新重在传承为的是延续，革故鼎新重在创新为的是发展。或许温故知新还圈在认识的范围里，还是动手动脚的前奏，就有坐而论道的可能或嫌疑，所以革故鼎新当仁不让就站了出来，站在认识的肩膀上。人类历史正是这样，温故知新和革故鼎新把历史不断推向前进，而其间漫长的趑趄不前和徘徊往复，或温故而不能知新，或温故知新成了坐而论道，或革故鼎新没有竖起帅旗，总体上看，还是革故鼎新没有坐上位置，动手比动嘴更艰巨更重要，所以我们更推崇实践的品格和创新的可贵。

归之于一，秋末想说一句话，要警惕改革停步不前的危险。

洞庭商帮、康熙谕旨与文化缺失

说到吴文化研究，说到传承优秀传统文化，秋末一直感到不解，苏州文史界对曾彪炳于世、可与浙商晋商徽商齐名的洞庭商帮，不很热情，甚至有点冷淡，与其他地方张扬本地商帮的热情，大相径庭，不知为什么。秋末问过有关知名人士，两个答案：一说，洞庭商帮后来到了上海，成了外国人的买办：二说，苏州万商云集，用不到走出去。前说洞庭商帮有媚外之嫌，后说苏州用不到发扬洞庭商帮走出去闯世界的精神。这两条理由能站得脚吗？秋末以为，苏州不能冷待洞庭商帮，要说苏州精神的源，洞庭商帮就是一条根，乡镇企业的“四千四万”精神（千山万水、千辛万苦、千言万语、千难万险）也通到了洞庭商帮。苏州为什么没有《温州一家人》，为什么写不出来，这不正是苏州之短？2006 年 3 月至 6 月，秋末在专栏“门外文谈”围绕苏商落后浙商的文化缺失，连发三文，呼吁苏州要重塑亲商重商文化。

之一，《为苏州走出去寻根寻脉》：

> 苏州走出去有根有脉乎？有。苏州重商的一条根在东西山。
>
> 明清期间，在江苏能与晋商徽商浙商匹敌，能坐在一条板凳上排位置的是洞庭商帮。那时，洞庭商帮浩浩荡荡驾船队出太湖，沿运河沿长江，近至苏松，北至淮扬齐鲁，西至湖广川蜀，贩丝绸运布匹，进米粮进原料，足迹遍及半个中国。有个说法，“天下所至，多有洞庭人”。翻翻近代上海、香港发迹史，不少巨商大贾是从东西山走出去的。有份资料叫《上海钱庄史料》，记载的是 1921 年至 1933 年上海银行的状况，与宁波帮绍兴帮上海帮并立的是洞庭商帮。东西山偏于苏州一隅，水路之外交通并不发达，明清以来洞庭商帮能呼风唤雨能在中国经济发展史上浓墨重彩写上一笔，不能不说是个奇迹。
>
> 洞庭商帮在东西山，但洞庭商帮的早期的主要成员并非土生土长的当地人。东西山地方不大，姓氏既多又杂，很不同于江南许多农村一村一落

以一姓为主的情况。宋元以后，东西山人口大增，之后形成的大姓成为商帮骨干的都有迁徙背景。明清时期成为东西山大姓的，如王、席、金、叶、翁、严、万、毛、蔡、徐等，从家谱中可以清晰地看出他们迁徙的路径，出了王鏊和好几个大商人的王姓，随宋朝自汴梁南迁到东山来的，其他如席姓严氏毛家则分别来自安定、天水、湖南。或避难或游历或做官，迁徙的直接原因各不相同，但不少有做官从商的经历，思想文化见识异于当地人。这是否说明，宋元以前的商业重心主要在中原，东南商业的活跃文化的开放与北方人口南迁有关；一个地方能成为商业中心，必须大开城门广纳客商，移民、多元文化是商业活跃的一个源头。

地狭民稠即田少人多是不少地方弃农经商的一个直接原因，洞庭商帮的出现也有这方面的因素，但也并非都是如此，明清时期江南许多地方同样人田矛盾突出，都没有形成类似洞庭商帮以行商为主的商业集团。洞庭商帮在江南可谓异军突起，这与东西山人在文化交流的背景下所形成的商仕观有着极其密切的关系，这种相当和谐的商仕观是洞庭商帮的思想支柱。克勤克俭、惟读惟耕，是当时中国占统治地位的家训家教，东西山人也秉承这一中华传统，不同的是他们改成了惟读惟商，能仕则仕，能商则商，以商为本。在中国，很长时期，士商是对立的，士为清高，商以谋利，水火不相容，东西山人却不是这样。许多读书人也想做官也以做官为贵为荣，小小一个地方出了状元探花会元出了几十名进士，全国独一无二；但这里并没有排斥经商，“居商强半”，多数人家读书是为了经商，大多粗通文墨，一试不中就去经商，东西山没有范进中举的故事，孔乙己年轻时就做买卖去了。归有光在一篇文章中特别提到，吴为人材渊薮，文字之盛甲天下，其人耻为他业，江南其俗尽然。东西山人而能反其俗而事之，确实难能可贵。

晋商徽商浙商身上都有一股跋山涉水奔波天南海北艰苦创业的行商精神，洞庭商帮同样有之。“钻天洞庭”是洞庭商帮的别称，“钻天”二字，一说天下所至无所不至，指商游范围极广；二说善于捕捉商机商情，指能及时调整经营内容；三说灵活多变，指经商技巧高超，实际之中三者兼而有之，更多的是一种勇往直前的精神。洞庭人以商贩为主，多行商，不远千里，风餐露宿，艰苦可想而知。

还值得称道的是，洞庭商帮识地利趋天时，不囿于传统能及时调整经营内容改变经营策略，近代移师上海涉足金融参与发展了中国最早的现代工商业，后又走出去，在香港在其他地方生根长脉开花结果。他们是苏商走出去的先行者。

之二，《三百年间一个“之”》：

康熙皇帝在一篇谕旨中曾说了一句很令人意外的话：“晋民富吴民贫”。他是说二三百年前，山西人比苏州人富。当时的苏州，中国一等繁华之地，这是有口皆碑的，康熙在胡说？非也，康熙不仅说得对，是“金口”，这句话今天还在起作用。

有个叫龚炜的人对康熙的这个谕旨作了注解。他在《巢林笔谈》中说，“吴中繁华气象迥胜于晋，其实多借外方生色。”就是说苏州的奢华繁盛，靠的都是外地客商。当时有“天下四聚”之说，苏州为一聚。所谓天下之“聚’，就是财富之聚。作为东南一大都会，苏州“璨若锦城，纷如海市”，四方商贾云集，名宦大族齐集，文人骚客赋咏其间，夸富斗侈，奢靡之风号称天下之最。但是，知道底里的苏州人说，此乃“行户商旅”所为，而“本群士民罕与也”。吴中钱财大都被前来行商的晋民、徽人赚去了，康熙所说“晋民富吴民贫”就是指的这个情形。可能明清时期的扬州也是这样。

康熙说的这种情形也不尽然，明清时期洞庭商帮在全国商业集团中也有相当高的地位。但在苏州市区还是以外商为主，外商支撑了苏州的繁华。最近，苏州市政协文史委编写了一本《苏州老字号》，这些老字号的老祖宗何方人氏？大都是外来户，拿今天的话来说，大都是新苏州人。居首的是宁波人慈溪人，宁远堂药店、沐泰山药店、黄天源糕团店、童葆春药铺、叶受和糖果店、馀昌钟表店、元大昌酒店、存心德中药堂都是浙商来开的。

令人感到吃惊的是，拿康熙的谕旨与今日苏州经济格局作对比，二百年走了一个“之”字形，似乎没有根本性的改变。一是苏州还是万商云集，仍然是中国财富一大聚集之地；二是万商以外商为主，所不同的是晋商徽商改成了台商外商浙商；三是苏州财富大多为外商所取，苏州财政收入大增，市民从打工经济房东经济中获益，相比之下收益不高。苏州走了二三百年还是这样的经济格局，康熙的口果真是“金口”？非也，康熙的谕旨不过是说了当时苏州的一种情形，起作用的是苏州在中国经济局中所处的位置和难以改变的传统力量。上海的崛起苏州已不再是中国“四聚”之一，但苏州有条件经商，仍然可以成为中国乃至世界财富一大聚集之地，苏州近一二十年发展恢复了强化了这个地位，这是万商云集的基础。苏州商品经济发达，但士大夫和市民崇尚的还是学而优则仕，经商意识相对薄弱。洞庭商帮崛起只是偏于太湖一隅，并没有在苏州成为主导力量，苏州人经商还是坐商为主。坐商为主，这就失去了参与中国、世界商品大流通的机会、能力和地位，不可能做大做强，苏州城里没有形成洞庭商帮，这就是坐商为主的必然结果。

当然，对这个"之"不能简单看作历史的回归和重复，昨天与今天其内涵不能同日而语，今天的苏州远不是昨天的苏州，但必须看到相似之处背后的原因，背后的传统文化。经济格局的形成经济发展的走势，市场是只手，其实，传统和传统文化也是一只手，市场叫你按需求按规律办，传统叫你按祖宗的规矩按老路办。

之三，《苏商落后浙商的文化缺失》：

一个不争的事实，经过一二十年明的暗的较量，包括苏州在内的苏商已明显落后于浙商。翻开"2004年福布斯大陆富豪榜"，前50位，浙商占了7席，而苏商仅占1席。近年来，浙商锐意进取，仅浙东一带就有350万人在海内外经商。浙商屡有惊人之笔，在自己家内组建浙商银行、参与宁波跨海大桥建设；出家门炒房炒煤炒艺术品，今天又手持3400亿巨资正把眼光盯上改制中的北京国企，近日传媒还报道温州财团今年将斥资100亿挺进中原，投向郑州等地商贸城的改扩建。一二十年前，苏商浙商应该是同时起步的，为何经过不算太长的时间，相距这么大？这里有多种主客观因素，苏商相应的文化缺失不能不说是一个重要原因。

一说到浙商苏商，人们就拿温州模式与苏南模式作比较，比的是个体与集体，比的是产权是不是明晰，还有与政府的关系，确实，这都是因素；但渗透在这些因素里面的思想文化因素精神因素，就说得比较少，说的面也相当窄，而外向型经济的迅猛发展外资大量进入也掩盖了这方面的问题，认清苏商的文化缺陷，重塑苏商的精神文化，是一件从根子上不得不做的基础工作。

精神是文化的灵魂。苏南、苏州讲"四千四万"，浙江、温州也讲"四千四万"，应当说都起了巨大的作用，或许由于苏南党政与企业合二为一，通过强有力的行政力量，在20世纪八九十年代所起的作用苏南超过了温州；但是，现在来看，"四千四万"的创业精神在苏南在苏州主要停留在领导、干部和供销人员这个层面上，今天苏南苏州民营经济的发展也主要是这个层面在唱主角，并没有像浙江温州那样更广泛地成为全民的精神财富，一旦政府与企业脱钩，精神的断裂现象就十分明显。“四千四万”越过了古城河古城墙从平门胥门阊门进了城区，城区的精神面貌为之大变，但同样没有成为全民尤其是企业职工的精神财富，一旦企业改制大量下岗职工就束手无策，同样情况温州人找市场苏州人找市长，就充分说明了这一点。现在苏州人的收入低于温州台州宁波，主要不在工资性收入而在经营性收入。

《现代快报》在对比苏商与浙商时用了这样一条标题，“守土害了苏商，离土富了浙商”，苏商落后落在后在本土情结上。其实，一二十年前苏南模式亭亭玉立时就种下了落后于浙商的思想根子，很不恰当地提出离土不离乡的方针，尽管没有把这五个字写到文件里，但却落实在了行动上，安营扎寨止于乡止于城，汉河楚界经济的行政区划性一清二楚。现在我们也可以清楚了，离土不离乡重在不离乡上，还是要农民在经商的同时固守在一亩三分地上。商品经济是流通的经济，离土不离乡实质上是自然经济、封建割据经济，在新的历史条件先退后进的一个翻版，在今天城市化潮流和全球经济一体化趋势面前，落后得叫人吐渣。现在这个思想这个情结还在起作用，有其浙江许多城市所不具备的客观条件，更是恋乡恋城情结与经济发达、商机众多、环境优越等客观条件相结合的产物。真是撼山易，撼苏州人撼苏商的恋土情结难哪，一个迹象，许多苏商对浙商占领了半个中国在佩服之后并不羡慕并不想跨出苏州，可见，要解开苏商的本土情结并非易事。

在苏州在苏南，企业与政府的关系一向密切，这并非是什么坏事，但也由此产生了依恋政府的情结，乡镇企业的发展离不开政策的支持，包括带有乡土色彩的土政策的滋润，这又怀上了依恋政策的情结，这两种情结在得益的同时也害了苏商自己。一大差距，苏商抗风浪的能力远不如浙商，可以看到，在南斯拉夫战事发生之后、在几个国家温州商品被烧之后、在打火机出口遭遇受阻之后、在炒房炒煤一片叫骂声中，浙商没有退却没有打起背包回老家，只是改变经营策略和提高自己经商的能力。另一个差距，苏商的视野也远不如浙商，对商机的捕捉敏锐程度和下手的速度，也都慢几拍迟几拍。所谓炒房炒煤，“炒”是外衣，实质是捕捉商机看准入口大胆投资。温州人从上海到昆山“炒房”，绝大多数苏州人都躺在苏州房价不会涨的梦里，一两年后梦醒发觉已是迟了。

有人说这样的话，温州人的两只眼睛看到的是商机，苏州人两只眼睛看到的是园林。温州人想创业，苏州人图安逸。这或许极端了点，也七不离八，至少是民风中的一风。民风是一种基础文化，自然会对经济发展起作用，苏商的文化缺失不难从民风中找到影子和根子。今天苏州人图安逸有传统文化作背景作传承，园林昆曲评弹小桥流水的一个侧面就是安逸、舒适生活的代名词，士大夫退而求其乐求其安的生活情趣也渗透到了民间，日积月累成了一种民风；外商外资大量进入，数百万外来打工者，为苏州经济和财政筑起了半壁江山，由土地和环境垒起的“房东经济”，为苏州人图安逸提供了一定的经济基础。

一个突出的问题放在苏商和苏州人面前，怎样既爱乡恋乡又奋发创业，怎样在提高生活水平小康之后还是奋发创业。这篇文章主要还得由苏商和苏州人自己来做。重商亲商是政府的态度，从苏商的文化缺失来看，更为重要更为艰巨的还要塑商，塑苏商之精神塑苏商之文化，塑新一代苏商。

现在，苏州人像温州人一样走出去，以世界为商为家了吗？应当说，有了变化，差距仍很大。看来，一个地方的精神、文化不是张扬几句话就能改变形成的，要几代人的实践和努力。

园林的圆与双面绣的两面

园林是艺术，是一种生活方式，也是一种思维方式。艺术与生活讲得多，思维方式讲得少，少有人讲。其实，思维方式也得讲讲。园林之圆，体现出来的思维方式，是一种圈式思维，在圆里圈里做文章。这种圈式思維，不仅是苏州的，还是中国的，统治了中国很长时间，一种典型的中国式思维。改革开放，这种圈式思维受到了很大冲击。苏州走出了园林之圆，思路、触角通向五湖四海。

今日苏州园林分两大块，一块是古典园林，一块是现代园林。古典园林在城内，还有一些在像同里、周庄那样的古镇里，都有圈，用围墙圈起来。现代园林城内有，大多在新的开发区，在城外，在太湖边，几乎都是敞开的。古典园林有圈，与家庭有关，是一家的，是私产，独享，外人莫入。现代园林，是公共产品，是全民的，公享。私是圈起来的，公是敞开的。古典园林是人文，现代园林是自然。古典园林代表过去，现代园林代表现在。

去年底，秋末到新西兰逛了一圈，所见园林都是敞开的，没有见到一处有围墙，很自然地与民居、街道、公共设施连在一起。有名的旅游小镇王市镇、法国小镇置身大自然之中。在中国，杭州是个例外，西湖没有围起来，一段时间设了围，没多久又拆了，秋末写过 篇文章，发在《钱江晚报》上，叫《西湖无门》。

近日，新加坡《联合早报》评说中国政治改革，有文这样说：中国“如果把地方社会制度创新，也纳入全国性制度体系，对国家的治理制度建设必然会产生巨大而积极的影响。现在一些官员仍然把社会视为政府的对立面，甚至荒唐地把‘公民社会’看成是政府的敌人。这种意识形态上的认知，使得这些官员把自己和社会隔离开来，形成了政府和人民之间的‘城堡政治’，即政府把自己关在城堡之内，把人民排除在城堡之外。这种局面不改变，政府最终必然会成为社会的对立面”。可见，“城堡政治”也是圈式思维的一种体现。破除圈式思维仍然是改革开放的一个重要内容。1999 年 11 月 26 日秋末在《苏州日报》作《世博园别话》：

去南方开会，顺道去昆明，特意去拜访世博园。

世博园融汇了几十个国家的园艺风格，可谓千姿百态，搬进世博园的京城、山水与江南园林就很不一样，荷兰的风车与伊斯兰的教堂也截然不同，但东西方园艺、文化的“分野”还是清清楚楚的。中国的园林几乎都有高高的围墙，大都是封闭的；西方的园林没有间隔没有围墙，草坪连着道路，大都是敞开的，一目了然。黄山搬进了徽园，本来黄山无遮无拦，徽园里的黄山围在围墙里，里面看黄山倒也秀丽雄伟，一看到周围的围墙，就想到笼中鸟，池中鱼了。荷兰高高的风车，远远就可以看到与山丘连在一起，俨然一幅宽广的风景画。

无论是东方还是西方，一定的园艺都是相应的文化产物。各国来展出园艺，也都是在展出这个国家的文化，展出这个国家的历史。所以，中国各个省市展出的园子，都是围墙里的园子，不同的是，京城的园子有皇家的气派，江南的园子粉墙黛瓦，那么小小巧巧，手掌可以托起来，口袋可以藏起来。这应该说没有什么错，历史就是如此，积淀的文化就是如此，要是反其道而行之，西方的园子关起来，东方的园子放开来，肯定要被人骂“胡作非为”了。又所以，千千万万的人参观世博园都感到很顺眼，事情本来就如此，本来就是天圆地方，就应该如此。

要想说的“别话”，参观世博园，在欣赏历史欣赏文化的同时，不妨东西方比较比较，看看有哪些不同，有哪些可以借鉴的，哪些可以丢弃的。不要以为西方的园子是开放的，东方的园子永远封闭下去，要强化本来就是如此，那与中国的现实是不相称的。现在，苏州有围起来的拙政园、留园、西园，有可以内外透光用栅栏围起来的半开放的大公园，也有没有围墙可以自由进出的广场式的“园林”。世博园里的“东吴小筑”得到了殊荣，那只是苏州园林的昨天。荷兰人在世博会上推销郁金香，推销室内种植蕃茄的技术，很有现代味儿市场味儿，看着中国一方方凝固的假石、一块块沉重的牌坊，别有滋味在心头：为什么中国的园林非要如此沉重，非要有高高的围墙。真想说，走进世博园还要走出世博园。

园林与城墙有相似之处，秋末在2001年5月9日的《又拆城墙》中说：

华灯初上，我爬上了中国历史文化最具见证的西安城墙。也许曾经沧海，眼前几十米高的城墙，并不觉得高，可以并排开几辆车的城墙上的城道，并不觉得宽，只觉得历史的深邃和沉重。城墙是见证，是历史，是文化，它原来的作用已大江东去。今天我们保护它，是保护历史，保护文化。城墙留下来的还不只是这些，城墙还是一种思维方式。一种圈式思维，防守思维。春秋以降，中国的圈式思维时间够长的了。一位朋友对我说，他一生想的都是防范，从不考虑出击，碌碌无为，在城墙里过了一辈子。现在，对城墙，也许可以说两句话，城墙要保护，城墙思维该拆掉。

人人都说园林好，园林对作家未必好。苏州作家几无惊世大作，与园林有关。最具代表的莫过于《浮生六记》。他们的生活是园林式的生活，他们的作品曲径通幽而已，多的是鸳鸯蝴蝶、花花草草。陆文夫的长篇《人之窝》缘何失败，从园林可以找找原因。秋末翻了半部，一个感觉，正如他说的，写小说就像造园林那样摆布，他是在造园林，可是啊，造法可以借来，生活是借不来的，视角是搬不来的。2004 年 6 月 16 日秋末在《才气尽了进园林》中说：

对作家而言，园林是什么？园林是坟墓。园林虽美，总还是人工之美，矫揉造作之美。在九寨沟面前，在黄山、泰山面前，乃病态之美，林黛玉之美。园林最适宜的还是达官贵人，金屋藏娇，呼朋唤友，清风吟诗，明月作文，再来点退而思之。园林除建筑艺术之外，园林的思想，不过是借山借水怡性怡情安乐生活而已，士大夫的逍遥而已，园林没有了思想，再美，也不过是一石一木。更何况，园林外面有个“圆”，与世隔绝。园林天天人山人海，但他们都是“游人”，从他们身上写不出“人学”来。百花文艺出版社出版了“散文 2003 年精品集”，里面写苏州的有四篇，高居榜首，有慈姑、鸡头米和老茶馆，还有仓米巷和桃花坞，其他就是阳澄湖大闸蟹。把所有精品翻了一遍，又把“头版头条”《1978 之恋》看了两遍，不由悲从心起，思想不属于苏州。

多年来，“双面绣”这个词儿，常出现于领导、文化人的口头、报告和文章之中，乃至央视对苏州的得奖词中，大多用来形容苏州传统与现代、农村与城市、这面与那面都美，儿成了苏州的一张名片。这是一种比喻，以双面绣来比喻两面一样美。这个比喻好不好、确切不确切？秋末想想，有可比的，可喻的，但总的不大对劲，双面绣一针两面，这面与那面是一面，是翻版，现代与传统、今天与昨天有联系，绝不是翻版。看似仅是一个比喻，比喻不够确切，但也反映其中含有守旧、不思进取、不想改革的“守望心态”。2010 年 02 月 01 日秋末作《双面绣的两面》：

文章，书籍，口头，讲话，都在说：苏州的昨天与今天、苏州的传统与现代、苏州的经济与文化，就像苏州的双面绣。这面那面，一面另一面，正面反面，都美不胜收。有没有道理？的确，苏州的传统与现代、苏州的经济与文化，两面两个方面都很美，这面值得看，那面也值得看。双面绣尽管宋代就出现了，还是苏州的一大特产，一大骄傲。大家若感到以双面绣比苏州，挺光彩的，这个比喻尽可比下去喻下去。

但是，细想想不大对劲呀，这个比喻浅了点，过于表面化了点，缺乏深层的内涵，还有根子上的不恰当之处。所谓双面绣也叫两面绣，就是在同一块底料上，在同一绣制过程中，绣出正反两面图像，轮廓完全一样，图案同样精美，都可供人仔细欣赏的绣品。秋末到苏州刺绣研究所实物、现场都参观过，不至一次两次，有单独慕名去，大多陪客人去，确是赞叹不已。二十年前，好像没听说用双面绣来比喻苏州，出这个比喻是近十年的事。尽管双面绣又有了发展，出了双面异色绣、双面三异绣。双面绣一个最基本的“底色”，两面是同一个图案，同是一个人，同是一条龙，同是一只虎，同是一株牡丹；异色绣有变化，色彩的变化。双面绣完全一个样，看了一面，就等于看了另一面。放在桌子上，这面可以欣赏，那面也可欣赏，欣赏得到的是一，不是二不是三。双面绣，两面是形，实质本质只有一面。

苏州的昨天与今天，今天是从昨天走过来的，今天有昨天的影子，文化里骨子里都有唐伯虎都有“家家尽枕河”。但毕竟不是复制，不是同一根针同一支线绣出来的，绣出来的不是同一绣品。徐扬的《姑苏繁华图》，是那个时代的姑苏繁华图，今日有今日的姑苏繁华图，这用不到多说。传统与现代也是一样，现代里有传统，是在传统的基础上发新声开新花，但现代绝不是克隆传统。而经济与文化，更不可比了，更不是一回事了。经济的灵魂是文化，文化溶在经济里，文化也可以是经济，也可以一手交钱一手交货，但经济不能等同文化，经济是经济，文化是文化，不能相互取代，所以才有经济的巨人文化的沙漠的说法。

比喻有取其形，更要取其质。长江后浪推前浪，喻人事更替，发展规律，取其形亦取其质，世世代代说下去。拿双面绣比苏州，缺了内质，缺了点文化。别把现代与传统当一回事，千万别躺在传统上。当我们拿双面绣来比喻苏州的时候，是不是应该加一句话：当然，不是说今天与昨天一个样，现代复制传统，文化等同经济。

还拿双面绣作比喻吗？似乎少多了。

路失横塘与秋香不点唐伯虎

古诗词中有许多横塘，有实有虚，苏州城外的横塘是最有名的横塘之一。有贺铸“梅子黄时雨”的词，有苏州才子唐寅的墓，有唯一保留下来的古驿亭，但苏州的横塘没有兴旺起来，苏州旅游名册上没有横塘，地名虽在，作为名镇名渡口却是消失了。这里面的原因值得探究。横塘是消失的古镇古村落的一个代表。

2003年秋末作了点探讨，作《路失横塘》，意思说，陆路的开通，横塘已不成为水路要津，失去了原有的地位和作用，横塘衰落了：

> 在人们印象里，苏州西郊的横塘，不是旅游去处。苏州周边许多古镇，借旅游的东风，一个一个兴盛起来，唯独没有横塘。
>
> 横塘，可是诗人骚客常吟唱的呀，读了点苏州诗词又谁人不识君。
>
> 范成大有专门吟唱横塘的：“南浦春来一绿川，石桥朱塔两依然。年年送客横塘路，细雨垂杨系画船。”一幅江南烟雨送客图。“阵阵轻寒细马桥，竹林茅店小帘招。东风已绿南溪水，更染溪南万柳条。”一派田园风光。
>
> 清代诗人吴宽也以《过横塘》为题，“夏半横塘风日多，画船载酒压晴波”，把过横塘作为“登山第一歌”；唐寅在《江南四季歌》中，说“吴山穿绕横塘过，虎丘灵岩复元墓”，把横塘与虎丘、灵岩、吴中诸山连了起来；厉鹗在《自石湖至横塘二首》中，“为爱横塘名字好，梦肠他日绕吴门”，化用《吴书》孙坚“母怀妊坚，梦肠出绕吴昌门”的典故，把爱横塘推到了极致。
>
> 横塘更出了名的，还在贺铸的《青玉案》，“试问闲愁都几许？一川烟草，满城风絮，梅子黄时雨”，把江南黄梅时的烟雨、满城飞絮，比作一腔闲愁。“问君你有几多愁？恰似一江春水向东流。”两种不同的愁，异曲同工，到了绝处。也因“梅子黄时雨”，贺铸得了贺梅子的雅称。词的开头，“凌波不过横塘路”，横塘也出了名。

张中行老先生二十年前来苏州，在《姑苏半月》中就因贺铸的《青玉案》而专写了一节过横塘的思绪：坐汽车西行三次，往返过那个地方六次，每次过，看江水，看路旁的房屋，心里都泛起“河汉清且浅，相去复几许”的思绪。这是由贺铸的一首《青玉案》词引起的，词的开头是“凌波不过横塘路，但目送芳尘去”。我读，同人闲谈，常常接触这首词，以为与“大江东去，浪淘尽，千古风流人物”之类所谓豪放的相比，这写得才是词境，值得用心灵去吟味。

横塘还在，可是，这么烟雨，这么尽绿，让人寻芳，引起诗人骚客万般怜爱的横塘，已经远去，只能像张中行先生一样，车过横塘，想想罢了。横塘，你是怎么远去，怎么消失的？

横塘的消失，可能已有一二百年了，我猜想，横塘的功能变了，横塘已不是苏州水陆交通的津口和要冲了。或许就是，公路的开通，路失横塘。

“凌波不过横塘路”，女士去石湖、太湖，去灵岩、洞庭，到了横塘就要改乘水路，男士也是如此。沈复在《浮生六记》中浪游记快，说：“吾父稼夫公唤女伶演剧，宴客吾家。余患其扰，先一日约鸿干赴寒山登高，藉访他日结庐之地。芸为整理小酒盒。越日天将晓，鸿干已登门相邀，遂携盒出胥门，入面肆，各饱食。渡胥江，步至横塘枣市桥，雇一叶扁舟，到山日犹未午……”横塘是游石湖、太湖、灵岩的第一站。横塘，通胥口，通越溪，连太湖，连京杭大运河，苏州水路交通的要冲，西行、北进的渡口，水路造就了横塘。“年年送客横塘路，细雨垂杨系画船”，尽管今天横塘仍是苏州西部水路交通的必经之地，但作为石湖、太湖诸多名胜的起始，作为折柳送客的站头，陆路的兴盛，公路的畅通，这样的作用减少了，降低了，乃至可有可无了。横塘因水路而名，也因水路而失。

2003 年的夏天，秋末特意去了一次横塘，录下了那时的印记：或许横塘的小街比不得周庄、同里的老街，或许横塘不想走古镇新区的路，原来一条临河而建的街，已是荡然无存，展现在面前的是江南千镇一面的新镇，一条水泥路的两边，林立着四五层高的楼房，底层开着商铺。穿过一条小路，来到大运河岸边，但见亭子桥卧龙似的横亘在运河上，与彩云桥、古驿亭，组成一个直角，运输船只川流而过，多少给人一点今古奇观。而瞅瞅运河两岸，一边在装卸红砖，另一边在下载金属废件；一边碎砖满地，另一边满地油污。彩云桥卧在胥江与运河的交接处，与驿亭相连，不知为何，刻有“彩云桥”的花岗石栏，被弃在一旁。还能使人唤起横塘古镇思绪的，古驿亭静静地蹲在河边。在遥远的过去，这儿灯悬待月、客到烹茶、远映胥江，冷清之中还是相当有热气的。而今，无论白天夜晚都没有客到烹茶了，唯有月照胥江。古驿亭，还能吸引些慕名而来的游客，河东边杂乱的民居，家家门前屋后的铁栅栏，一条墨黑似的小河，发着阵阵臭味，游兴绝对不会再有了。

传媒介绍，苏州将花大力开发石湖，苏州发展又在西进，石湖离不开横塘，横塘又是西进的门户，西进的起点，北边苏州新区又在合围过来，横塘应该兴盛起来。

唐寅墓边造了个园子，供市民休闲，本与唐寅无涉，好事者却取名“秋香园”，秋香又与唐寅连了起来。不过，唐寅墓与秋香园隔开，中间有堵墙，他们是邻居，秋香与唐伯虎平起平坐了。隔墙说说话，谈情说爱也可以，就是不能点秋香。点菜可以，点人不可以，秋香不做“小姐”。秋末作了《秋香不点唐伯虎》：

说来惭愧，秋末也算是个读书人，到苏州 30 多年了，却没有去拜谒过唐寅。前几天友人相告，唐寅墓西边造了个秋香园，围墙上开了扇门，让秋香与唐寅天天相会。朋友愤愤然，以假乱真，不伦不类。

唐寅呀，你真是自找麻烦，谁叫你刻那“江南第一风流才子”的闲章，才子也罢，还要风流，风流得第一。风流与韵事不能划等号，可是，好事文人并不理会你的风流，在韵事上大做文章，先是《唐解元一笑姻缘》，进而《三笑姻缘》，又来个《九美图》，八妻加秋香，风流成了孽债。给唐伯虎平反，让此类“风流”不再背在唐寅身上，还唐寅风流真面目，也是一件善事，起码不要再在妻妾成群上多做文章。朋友愤愤然不是没有道理。

午后两点，正是骄阳似火。一进唐寅纪念室，就感到一股凉意。唐寅半身塑像，风流倜傥，与沧浪亭五百名贤祠中正襟危坐的唐解元，不是一个手笔。纪念室的匾上和进门的一方石刻上都刻有《桃花庵歌》，那是唐寅的真迹。唐寅偏爱桃花，有《桃花坞》，还有百多首《落花诗》。有专家考证，《红楼梦》里的黛玉葬花，源于唐寅的落花诗作。是耶非耶，不去辨识，唐寅的高傲与黛玉的孤高或许是相通的。展出的字画，虽都是仿作，还是让人凝眉细看。一副楹联，半联云：“问唐衢痛哭何为？纵使青云无望，却赢得才子高名，在将相王侯以上”，引人深思，人间何须太重仕途，笔墨也能留青名。

苏轼笔下的“明月夜，短松岗，无语话凄凉”，唐寅墓一点也没有这样的感觉。唐寅死后二十年，亲人才将唐寅葬于横塘这个叫王家村的地方。

虽在西郊，也不是人迹稀少的清冷之地。想当年的横塘，通越溪，通胥江，进太湖，赏石湖，水路交通要冲，朋友折柳相送的津口，唐寅不会感到寂寞。重新修过的大墓，没有皇家气魄，却有人间对这位才子的敬仰。半圆形近百棵笔直的水杉耸立在墓边，冬御寒风，夏遮烈日，与墓碑两旁楹联上的秋风、明月、桃花相伴。墓的北边已成一片空地，东、西两边居民住宅成了合围之势，若空地造的是住房，唐寅真是生活在人间了。

问管理人员，唐寅墓可通秋香园？他笑笑，不通。出唐寅墓，贴隔壁就是秋香园。举目一望，是个小巧的园林，东面靠唐寅墓，另三面用低短的绿篱和栅栏护着。树木扶疏，几条曲径小道，与遍地草坪相连，中间有打磨出来的大石，亭亭玉立，不像园林更像街间小筑，但比小筑大得多，又似园林。没有楼台亭阁，没有曲径通幽，坦荡着，一览无余，不由问：秋香何在？何处藏秋香？正在浇水的民工说：没有秋香，园名秋香，与唐寅墓不搭界，那里卖票，这里不卖票，都可以进来，早上老百姓可以来锻炼身体。“不是说，要在围墙上开扇门，让唐寅进来？”“那是说说的。”秋末也不禁跟着两位民工笑了起来。“秋香园”，多好的一个园名，让我们苏州的大才子多一点温暖多一点关爱，让进园的人多一点才子佳人的联想，又有什么不好。我那位朋友多虑了。不过，那只是一种臆想，实实在在的是，秋香园与唐寅墓隔着一堵墙，秋香是秋香，唐寅是唐寅，他们平起平坐了，秋香不点唐伯虎，秋香把温馨给了苏州市民。相信，今日唐寅也不会点秋香了。

十年之后，2013年，秋末去了石湖，又进了唐寅墓园。石湖成了名副其实的风景区，如诗如画，游人如织。车过横塘，分明感到，横塘多了几分热气。2008年唐寅墓园整修，一年后又对外开放。整修一新的唐寅墓园分三进：“桃花仙馆”“梦墨堂”“六如堂”，陈列了有关唐伯虎的正史和野史资料，布置唐寅故居沙盘，增加了苏州评弹等演艺表演，向参观者讲述民间传说的“唐伯虎点秋香”故事。秋末边听边笑，唐伯虎还是离不开秋香。为什么离不开？是民间所愿，苏州老百姓希望他们的大文人不冷清，日里进秋香园，夜里写文章有秋香做伴。有游客如是说。秋末点头，民意难违。

周庄的发现与《双桥》的原型

苏州有不少历史文化名镇，秋末与它们关系深的有三个，依次是周庄、同里与角直。去了多少次，记不清了。三个镇都留点文字和故事。角直有个故事，1980年前后，陪知名报告文学作家理由采访“文革”中的宝圣寺，理由写了《弹丸之地》，还记得请他在角直临河小店吃中饭，有盆红烧鲫鱼，他吃得有滋有味。同里也有个故事，同里编了本杂志，请徐伟荣和秋末写“编前语”，写了两期，这个差使不好弄，后来他们自己写了。周庄呢，故事更多，删去陪领导陪同学陪亲戚参观之外，秋末有三探三说。

第一探，说周庄是怎么发现的。

有个说法，广为流传，藏在深闺人未识，周庄是苏州画家杨明义发现的。秋末觉得，用“发现周庄第一人”，这个说法不够确切。在杨明义去周庄之前，昆山有个周庄，广为人知，秋末也专程去拜访过，也并非完全封闭人未识，把周庄画出来，从画家的视角看周庄，不同于一般人，艺术、价值有新发现，较为确切。使更多的人知道周庄，使周庄成为旅游热点，杨明义是有功劳的。为此，2004年秋末作了《谁发现了周庄》：

> 苏州世遗会期间中央电视台有档节目，说是苏州画家杨明义是发现周庄第一人。周庄是被发现出来的吗？杨明义是发现周庄第一人？
>
> 好像在我们许多苏州人的脑子里，周庄不存在发现不发现的问题。周庄不是秦始皇地宫里的兵马俑，一年365天露在光天化日之下，与发现不大搭界。在周庄名声大振，游客如织之前，虽交通不便藏在深闺，但知道的人还是不少，年年春夏秋冬去拜访的人也不是一个两个。秋末去一睹芳容的时候，沈万三的沈厅还开了爿袜厂，我们按出厂价买了几双袜子，乐了一阵子。那时去周庄的人脑子里谁也没有蹦出自己在发现类似发现兵马俑的想法。
>
> 而说杨明义发现了周庄也不是一点没有道理。杨明义酷爱江南山水，

情有独钟江南古镇。20世纪70年代末，他从一幅照片知道了周庄，在神游周庄之后，如获至宝，又把周庄介绍给在美画家陈逸飞。陈逸飞的笔下周庄又成了不同寻常的礼品。周庄走出了江南水乡走出了中国。杨明义的发现，不只是发现昆之南沪之西四水相拥的周庄，是发现周庄的内在之美，发现周庄非同寻常的价值。杨明义对周庄的发现，是美的发现，应属第二种发现。打个不恰当的比喻，前为存在的发现，后为精神的发现。

这两种类型的发现，有类似于秦皇兵马俑的发现。前两年是谁发现了兵马俑打了一场官司，无意间发现兵马俑的农民说他们发现兵马俑，专家说不是，是一位研究兵马俑的专家发现了兵马俑。争论的焦点，从地下挖出来算不算发现，不知道那些碎陶块是兵马俑，不知道兵马俑的价值，这样的发现算不算发现。后来“统一”了看法，从地下挖出来是一种发现，弄清楚是兵马俑、弄清楚兵马俑的价值也是发现。官司息了，说明了一个道理，发现是分层次的，分层的发现又是相互联系的。兵马俑如此，周庄亦是如此。

中央电视台的片子说杨明义是发现周庄第一人，似乎有点歧义，似乎杨明义之前谁也没有发现周庄。这就需要加点限制，画个框框，在美学范畴，在“文革”之中，在古镇可能遭毁之时，杨明义发现了周庄。无可否认，杨明义、陈逸飞对周庄的发现、推介，进入世界遗产名录，成为一大旅游景点，繁荣了周庄，是有功劳的。但是，我们也不应把一切都归之于杨明义的发现，其实，与此相关的因素还有不少。大而言之，中央明确苏州城市性质，苏州走保护古城发展新区之路，对同里、周庄等一批古镇都起了示范作用，若没有这一条，周庄也同样会在发展经济中毁掉。中而言之，上海的陈从周、阮仪三等一批专家对保护名胜、园林、古镇、古村落大声疾呼，乃至力所能及的干预，相识相知的基础上的出智出力，周庄能逃避一劫，同样功不可没。次而言之，周庄的领导能及早觉悟，及时抓住旅游大潮，推出周庄，也是少不得的。

现实中的发现挺丰富多彩的。

第二探，说周庄该不该发展商业。

周庄出名了，周庄成了旅游热点，可谓人山人海，路为之塞。展出的不仅是小桥流水、田园风光、古迹文化，还有商品土特产。人们有意见了，浓厚的商业气息，满眼油光发亮的猪肘子，满耳叫卖的吆喝声，使人受不了。是在保护古镇还是在糟蹋古镇，周庄受到了批评。古镇需要保护，古镇也需要发展旅游经济，没有收入古镇保护不了，能二者得兼双赢么？秋末在《苏州日报》作了时评《周庄需要双赢》：

浓厚的商业气息与保护古镇风貌发生了矛盾，尖锐的言语见诸报端，周庄还配不配进入世界文化遗产名录？周庄镇的镇长和同济大学阮仪三教授进入中央电视台的“时空链接”，就世界文化遗产的保护，探讨如何处理好与经商的关系。

鱼我所欲，熊掌亦我所欲，两难之中要有两得，保护古镇风貌和发展商业经济谁也不可或缺，拿今日流行的话来说，要双赢。

相依才能相存。今日周庄的繁荣，是古镇风貌与商业经济互为条件的结果，有了原汁原味的古镇风貌，触发了古镇旅游，才有了繁荣的商业经济；有了经济收益，有了充裕的财力，古镇风貌才得以保护。想当初，古镇虽然风貌依旧，但经济凋敝，人气衰微，若衰败至今，就很难风貌依旧了。双赢，就要互为支撑，我支撑你，你支撑我，互为条件，把双方的生存、发展紧紧连在一起。双赢观就是共生共荣观，让对方得到你想得到的，才能双赢。双赢总是以承认对方合理的利益为基本条件的，若只想自己的利益，只想自己的生存，就生存不下去，让古镇风貌依旧下去，就为商业生存发展提供了条件。

有失才有得。双赢并非只赢不亏，只得不失，事实上往往先有失才有得，失与亏是双赢的前提和条件。现在周庄商业经济过火，到处都是店铺，满眼都是油晃晃的“万三蹄”，饭店一家接着一家，加上游客过多，一段时间又过于集中，游客不是来欣赏宁静的古镇，而是游庙会，仿佛到苏州阊门“轧神仙”。这样貌似繁荣的商业经济既损害了古镇风貌，也潜伏着商业衰败的危机。还古镇风貌，过火的商业就要退，就先要失，一时要受损，而后再得，先失后得。

寻求恰当。商业行为降火，不是灭火而是退火，降到退到什么时候才是恰当，才与古镇风貌相协调，是值得研究的一个问题。恰当了协调了，也就双赢了。与周庄面临同样问题的山西平遥，准备将一半人口迁出古城。如果周庄的商店全部撤出古镇，商气是没有了，这还算不算镇？古镇内看不到生活着的周庄人，成了一座空镇，还有没有人气？城市是市，古镇也是市，关键是“市”到什么样的程度，市在局部还是市在全镇，这不可能有半斤八两的定规，要在实践探求。

开辟新路。现在周庄的旅游产品单一，古镇的商业要退，就意味着要失，这就要开辟新路，在古镇内尤其古镇外寻求商业新的增长点，使游客愿意在周庄掏腰包自觉消费。保护好了古镇风貌，就为发展古镇旅游和商业经济提供了新的条件，商业如何在保护古镇风貌的同时扩大赢面，在于商业自身努力，双赢既相依相存，还要看一方的主观能动。

周庄的问题，是我国一些名胜古迹进入世界文化遗产名录之后，面临的共性问题，解决这种问题没有现成的路可走。在旅游经济已经发展起来的情况下，单一的路不能走，唯一能走的路只有既保护好文化遗产，又发展旅游经济。人们期待周庄走出一条双赢的路。

第三探，说陈逸飞《双桥》的原型。

全世界都知道，有幅画中国周庄一座桥的油画上了联合国邮局发行的首日封。背景是美国石油大王收购了那幅画送给邓小平的。陈逸飞出名了，油画《故乡的回忆》出名了，画中的周庄双桥出名了。应该说，没有《双桥》之画，只有《故乡的回忆》，《双桥》是《故乡的回忆》的别称。一次极偶然的机会，在网上看到了昆山作家陈益写的一篇文章，题目很抓人眼球，《陈逸飞的“冤假错案”：画的是哪里的桥?》。文章说，画中的双桥不是双桥原型，原型是另一名镇锦溪的一座桥，原委是这样的：

1983年春，自费留美的陈逸飞回到上海，去古镇写生，每次都是由文管会的程振旅陪同。当时昆山至锦溪、周庄的公路尚未筑通，程振旅向昆山航道管理站商借了一条小轮船，在六七天时间里，陪着陈逸飞一路经甪直、锦溪，到达周庄。陈逸飞没有采用画家们常用的在画板上写生的办法，而是把感兴趣的景物拍摄下来，带回画室，再进行创作。1984年10月29日晚上，在灯火辉煌的纽约哈默画廊，五百多位来宾欢聚一堂，祝贺38岁的青年画家第二次在哈默画廊举办画展，大家对陈逸飞的作品做出了极高的评价。陈益在1985年元旦听了程振旅提供的情况后，第二天向省市新闻单位发了消息，《新华日报》没几天就见报了。不久，陈逸飞又从美国寄来了一张16吋的彩色照片，那是由一位美国记者拍摄的，角度选择得很好，邓小平和哈默面对面交谈，装在油画框里的《故乡的回忆》就在他们身旁，几乎占了照片的三分之一。1990年11月，陈逸飞回到上海，参加其大型画册的首发式。16日，陈逸飞又一次去周庄。那时，陈益刚刚调到昆山市文化局工作，也参与了接待。为了报答周庄的盛情，陈逸飞特意带来了一枚首日封，在沈厅赠送给周庄镇镇长庄春地，还挥笔题词“我爱周庄”。这时候，陈益见到了那枚首日封。他惊异地发现，画面上并非周庄双桥，竟是另一座桥——古镇锦溪的南塘桥！南塘桥，又称里和桥，是锦溪镇古桥的代表，始建于南宋，明清时期做过维修，武康岩和青石的构件至今仍很完整。陈益萌生一个念头，要认真写一篇文章，以澄清事实。然而考虑到五年前写的消息已尽人皆知，《故乡的回忆》即周庄双桥，一旦纠错，或许会对古镇周庄产生负面影响，便把事情搁置了，一搁就是 24 年。在这期间，陈逸飞每年都去周庄参加各种活动。关于首日封上的油画，他有这样一个解释：“我画的是江南古桥。你可以说它像什么桥，也可以说它不像什么桥。”陈益说，是的，作为一件艺术品，其价值并不在于它的原型在哪里，但作为新闻，指明是周庄双桥，那是差错，我是当事人之一，还是应该把事情说清楚。

秋末在《文坛拾趣》中作了这样的评说：陈益是诚实的认真的，敢在盛名之下说陈逸飞错点鸳鸯用错了原型，他对自己新闻纠错也有道理。但又陷入了混乱，既把《故乡的回忆》当艺术品，又把它当照片，既承认首日封上的画是油画，又以照片作对照相要求。要知道，拍的照片是素材，画是创作，取哪座双桥之材都无不可，不能这样对号入座，你无法否定陈逸飞创作时没有注入周庄的灵魂和影子。可以这样说，《故乡的回忆》并非只取材于某一座桥，也不是某座桥的复制。《双桥》可以是周庄双桥，可以是锦溪双桥，也可以是同里、角直双桥，是艺术的双桥。美丽的“冤假错案”。不过，有一点倒值得美术界思考，依样画葫芦，摄影的翻版，这样的画画是不是创作？现在有这股风。

秋末对周庄三探产生了什么影响？未加调查。认同“三说”的朋友不少。

还是“北方的气概，南方的心灵”吗？

有句千百年传下的话，“北方的气概，南方的心灵”，是说北方有气概，南方得心灵，北方孔武，南方灵巧，把“心灵”送给了江南，送给了苏州。心灵手巧，说的是南方姑娘，以此来说苏州、说苏州文化，也完全可以。灵巧、灵动的苏州。

燕赵多慷慨，江南多妩媚。由此说，北方得气概，南方得心灵，有一定道理。气概与心灵二者不可得兼？也不一定。说江南说苏州有心灵缺气概，无非说江南人苏州人小里小气。一方水土养一方人，水土不能移，气概可以变。苏州要做大，气概也要做大。

需要问一下的，现在“北方的气概，南方的心灵”有没有变化？现在的江南，现在的苏州，还是只得心灵吗？可以讲的是，苏州大了，气概也大了，苏州骨子里大了。2002年11月23日，秋末在《苏州日报》作《北方的气概，南方的心灵》：

> 一种得到广泛认同的说法，常常是历史、文化积淀的结果。
>
> 有此一说，北方的气概，南方的心灵。照字面上看，那个“的”字是说，北方得气概，南方得心灵；或者说，各有所长，北方长于气概，南方长于心灵。北方、南方，既指地域又指长期生活在那里的人。
>
> 不能说北方没有心灵，南方没有气概，相比而言，每个地方、每个地方的人都有气概都有心灵。北方有“气吞万里如虎”，南方也曾有“力拔山兮气盖世”；“蒹葭苍苍，白露为霜。所谓伊人，在水一方”，这样的心灵北方有南方也有。
>
> 说北方得气概、长于气概，很大程度与我国的政治、经济、文化中心在北方有关，中心向四周辐射各种影响，中心得气概，势之必然。而组成历史主脉的朝代更替、风云人物、战争、经济、文化、科技，很长时期演绎的主要舞台也在北方，北方得气概乃时势造成的。南方虽有楚汉之争、魏吴之争、吴越之争，毕竟不是“正剧”，插曲而已。还有一说，南方总是败于北方，北方打败了逃到南方来，南宋、南朝更与气概无缘。

说南方得心灵、长于心灵，或许与南方的地理山川有很大关系，偏于一方，山河阻隔，钟灵毓秀，深得青山绿山、江河湖泊的灵气，而手工业发达、农业精耕细作、种桑织绸，既得心灵之巧，又反哺心灵，向着明净、细致、深邃、灵巧发展，尤其弃武崇文、重视教育，偏软、偏细、偏文、偏内的心灵特征逐渐明显。吴侬软语、小桥流水、园林深巷、评弹昆曲、种粮织绸，既是苏州人心灵的标识，又是苏州人心灵的造化。

得气概好，还是得心灵好？或许各有长短、各有得失，但一个国家、一个地区不能没有气度没有气概，气度、气概既反映胸襟，又表示力量、刚强，没有大气的心灵近于萎，没有灵气的气概近于粗，既得气概又得心灵难。《左传·襄公十八年》里有句话，叫“南风不竞”，说南方的乐调低沉，多死声，用来比喻楚国出师无功。李白也说，“南风昔不竞，豪圣思经纶”，也用南风不竞来比喻赛事失败。“南”，指的是楚；南风不竞，低沉，缺乏刚强，不限于楚，这或许就是南方心灵的一个方面。昆曲低缓，京剧刚扬，京剧源于昆曲，南方北方水土不同？看来，在一两千年前就对“南风”的低沉，就有“别议”。南昆到了北方，就有了改造，去掉的就是过于低缓。

南方、北方，气概、心灵，历史上经常发生碰撞，往往是心灵屈服于气概。一次一次攻城略地不说，文化上的南北竞争，也大致如此。这不能简单归之于气概与心灵的不同，但多少有点影子。文学主张基本相同的明“前七子”和“吴中四杰”，曾出现过旗鼓相当的局面；但在文学上的影响，“吴中四杰”远逊于“前七子”，这固然有多方面的原因，复旦大学出版社出版的《中国文学史》认为，“吴中四杰”的文学主张不像“前七子”那样激烈而鲜明，对国家政治秩序的关怀不像“前七子”那样热切，而对于个人在社会中遭到的压抑的感受却特别敏锐，就是说在气概上吴中诸子不及李梦阳、何景明为中心的北方文学群体，过强的个人得失的心灵感受限制了他们的视野。沈复的《浮生六纪》既是心灵文学巅峰，也是心灵文学狭窄的反映。

无论是气概和心灵，渗进了历史和文化的积淀，都是一笔文化遗产。鲁迅所说“北方人爽直，失之于粗；南方人文雅，失之于伪”，大约也是北方得气概、南方得心灵在历史长河中繁衍和发展一种结果的表述。繁衍和发展虽有种种不同，但万变不离其“种”，还是北方的气概，南方的心灵，只是“近粗”和“近伪”罢了，总是在顽强地表现自己，延年益寿。苏州在相当长时间里曾是东南的政治、经济、文化中心，雄踞东南，也算是有气概的地方，但在世人的眼里还是心灵见长，小苏州和小心灵连在一起的。

气概也罢，心灵也罢，都是现实对一个城市和生活在那里的人内在和外在的反映，气概在外，心灵在内。现实变了，气概会变，心灵也会变。当时还担任《人民日报》总编辑的范敬宜，20世纪80年代中期回家乡苏州，就感受到了苏州和苏州人的气概、性格在发生变化，发生了很大变化。苏州不再是小苏州了，苏州人也不是小里小气的了。今天完全可以说，苏州既得气概又得心灵，经济、城市的发展，GDP和财政收入就是气概，古城东有园区西有新区，直指太湖，也是气概。心灵扩大了，容量扩大了，反映到目光里，则远了。

但是，我们仍然感受到，我们还是生活在“北方得气概，南方得心灵”的影响之中。有时还感到，这种影响相当强烈。不能否认，小苏州小心灵的历史留存还是存在，一二十年不可能都消除掉，不少人还生活在小巷深处。而过多的怀旧，过多追寻苏州旧梦和旧的生活方式、生产方式，加之缺少批评和分析的溢美，让人们更多的目光停留在小桥、深巷、庭院深深，或多或少强化了、挽留了小而狭、狭而窄的心灵。北方得气概，南方得心灵，苏州得小桥流水，全国承认，全世界认同，文化界、乃至新闻界，他们自觉不自觉以此来“宣传”苏州，以此来选取、发表作品，供人们欣赏，把苏州的心灵往后拉。那些散文、随笔栏里的冠以“苏州”的作品，大都是小桥流水、古典园林、周庄的桥、同里的河，常年如此，经久不衰，总是离不开小巷文化。有篇文章叫《远去的周庄》，字里行间，深深怀念的是昔日宁静、冷清、人烟稀少的周庄。

苏州的发展得气概了，应当改写北方得气概，南方也得气概了，尽管气概有大有小，得还是得了。得心灵，似乎还落后于得气概。心灵可狭可窄，可宽可阔，可以藏得进五湖四海，藏得进五洲四洋、一个国家一个民族。心灵由小变大，由狭到宽，有赖于经济、城市的发展和开放，也有赖于先进文化、开放文化的浇注。

说吴文化、说苏州文化，少不了一个字：软。苏州软，苏州人软，是出了名的。软在哪里？软在吴侬软语。又是怎么形成的？苏州是水做的。其实，软的一个内含是崇文。崇文滋养了苏州，文化了苏州人。是“南蛮”的一大进化一大进步。由此，园林甲天下，教育甲天下，状元甲天下。另一面，软又缺少强悍，文弱，文又与弱相连。2001年4月2日《苏州日报》作《苏州怎么软起来的》：

苏州的软似乎是举世公认的，一说到苏州就要说到吴侬软语。如果说这个“软”，不仅是指语言的音调、发声，还与文化素质、文化积淀有着密切的关系，这个“软”倒是值得探讨探讨的。

苏州软软在哪里？在语言，在民风，在性格，在文风，在文化素质？似乎都有牵连，无论从哪个方面都可以找到例证。

苏州的软，内核是什么？熟透的柿子，没有骨架？流动的水，没有准星？春末的风，太熏人醉人？都不能这么说。苏州的软，是不是可以从两个方面说，一个方面是文明，“软”只是文明的外表；一方面是纤弱，缺少雄性与强悍。软是人类的进化，所谓文质彬彬，就是软的体现。软又与弱结缘，失去了强悍。

余秋雨著文《白发苏州》，说苏州背负种种罪名，很不公允，“吴侬软语”也是一种，其实2000多年前一场吴越争霸，苏州就够硬气的；明朝织造工人造反，震动了遥远的京城。不过，余秋雨还是说苏州人“柔婉”，“苏州人心肠软”，吴越战争以降，直到明代，“苏州突然变得坚挺起来”，说苏州整整一千年不那么硬朗。这就是说，苏州从来没有失掉硬气，有时还特别硬气，令国人刮目相看，彪炳史册；但苏州也确有软、纤、弱的一面，有先硬后软的过程。

苏州怎么软起来的？《红楼梦》里说，女人是水做出来的。苏州浮在水上，也是水做出来的，水巷人家，也是水巷姑苏。太湖水与长江水不同，太湖水是女人水，长江水是男人水。太湖水柔，软，甜，尽管也有浪卷千堆雪，柳眉倒竖之时，一年360天，300天是静静的软软的。江阴人、张家港人性格比吴县、吴江、市区里的苏州人硬气，骂人也孔武得多，可能就是喝水喝出来的不同？

吴越争霸至明代，除了项羽和孙吴还有点英雄气概，力拔山兮气盖世，生子当如孙仲谋，此后的苏州就渐渐软了下来，一千多年，历史上没有几句硬朗的话。是不是与建都在金陵的南唐二主的词风有关？他们的词太凄太婉太凉，“胭脂泪，留人醉，几时重？自是人生长恨水长东”，“问君能有几多愁，恰似一江春水向东流”，西风东渐，影响了苏州？又是不是与逃到杭州偏安一隅的南宋小朝廷有关？赵构也是“此地乐不思蜀”，“暖风吹得游人醉”，“隔江犹唱后庭花”，南风北吹，苏州也是夜夜笙歌，“商女不知亡国恨”？

水也罢，皇帝老儿不争气也罢，这与苏州的软有没有关系，说说罢了，有根有据的说法，苏州是从隋唐开始软起来的。主要是运河一开，苏州成为商埠，经济发展起来，风气就变了。顾颉刚据《吴郡志》《郡国志》说，“唐以前吴中尚武，唐以后则日趋懦弱。”“至于趋文弱，则运河通后，成为商业都会，风俗侵以奢侈，习于享受，流连家室所致也。”此说，并非顾颉刚一人。翻阅有关吴文化研究的论丛，不少文章也有类似的说法。“懦弱”也罢，“文弱”也罢，一软可以替代。

苏州趋软，“懦弱”“文弱”指的是什么？是不是可以三指：一指文，二指礼，三指弱。吴人原本尚武，说“吴俗好用剑，轻死”，“六朝时多斗将战士”，项羽手下的江东子弟，想来不少就是吴地人。隋唐以降，苏州文气抬头，兴办教育，出了这么多状元就与此有密切关系。文风劲吹，吴地风气也跟着变化，所谓“率渐于礼”，就是证明。这个“礼”字可以指封建道德规范，也有社会文明的含义。一文二礼，这个软，可以说成苏州文明程度的提高，此软是否可以认为是吴文化的一个主要内涵。由文趋弱，软和弱成了同义语，就不是由文礼组成的软了。偏安一方，习于享受，胆小怕事，钻进园林，吟诗作词，南士风气怯懦成习。此软，形成一种心态，丢掉了孔武，失掉了张扬，成为吴文化的另一个侧面。

苏州软起来、软下来是社会发展的一个过程，也是社会发展的一个产物。历史就是如此，用不着修妆打扮。这里提出了一个问题，运河的开通，商业的发达，经济的繁荣，怎么使苏州“文弱”“懦弱”起来？一个时代的社会风气，不都是经济的原因，但总有相关因素。还是顾颉刚说得好，商业的繁荣可以促使奢华、习于享受，有条件安逸。这说明，商业的发展，可以促进经济的发展，也可以促使社会风气的奢侈，乃至敝弱。秦汉以降，苏州一两千年可能都没有跳出这个“窠臼”。

文化是不能割断的。昨天苏州的软给今天的苏州人以什么影响？当我们在建设现代化的时候，回首历史，从历史、从一本本老苏州中挑拣些什么丢弃些什么呢？还想说顾颉刚的一句话，苏州的“文弱”“懦弱”，还有“留连家室”的原因。留连即留恋，“家室”乃天堂。今天的“留恋”与昨天的“留恋”，在文化观念上是一脉相承的。苏州出了个沈万三，就没有沈万三第二，大批徽商进了苏州，好像没有听说苏商进了安徽。苏州要做大做强，就要丢掉昔日的小和往日的软，文弱的软。

苏州得心灵也得气概了。小苏州成了大苏州。今天，可能需要思考的是，苏州需要什么样的大，大气又不失灵秀？

出使南特、格勒诺布尔

1980 年之后，苏州打开城门，向世界伸出双臂，国际友好城市工作逐步展开。经过三十年的努力发展，至 2012 年，苏州大市范围已有国际友好城市 41 个，其中市区有 17 个，县市区 24 个，友好城市遍及 5 大洲。

与秋末相关的、访问过的有两个市，一个是法国的格勒诺布尔市，一个是日本的金泽市。去格勒诺布尔时尚未结为友好城市，是趁参加里昂国际博览会受市长之托送信去的，促结对去的，是信使。《苏州日报》社与北国新闻社结为友好报社，秋末曾带团访问金泽市，拜会了金泽市长。里昂国际博览会开展之时，法国南部大市南特同时举办博览会，实际是商品交易会，苏州也派团参加，秋末受托从里昂去参加南特交易会的中国日活动，剪彩并接受法国电视台访谈。南特很想和苏州结为友好城市，管外事的副市长专门来展览金看望苏州代表团，要秋末转达他们的心愿，并向秋末赠送代表友情的南特城门钥匙，以示南特向苏州敞开大门。不知何故未建成，据说两国已定格勒诺布尔市，不宜再增。2010 年秋末作文回顾出使南特、格勒诺布尔的经过：

> 南特，格勒诺布尔，是法国南部的两个重要城市。一在西南，一在东南。格勒诺布尔是苏州友好城市。
>
> 秋末去法国参加里昂国际博览会，还有两个任务。一是作为市长的信使，去还未结为友好城市的格勒诺布尔市，送章新胜市长的信：二是去南特市，参加同时召开的南特国际博览会中国苏州日活动。有三天时间离开里昂。
>
> 那时，苏州与格勒诺布尔有意向缔结友好城市。“六四”事件之后，法方不积极，格勒诺布尔也不冷不热。章新胜市长的信，就是想推进结为友好城市的进程。我们去法国之前，苏州外事部门已向中国驻法使馆提出并得到同意，到了里昂，中国驻马赛领事馆很快与苏州代表团联系上了，讲好去格勒诺布尔的日子和具体时间、地点。

乘火车，里昂去格勒诺布尔，一个半小时行程。车内乘客不多，一节车厢三三两两。格勒诺布尔是法国伊泽尔省首府。像今日昆山一个县城。第一印象：清静。格勒诺布尔是个山城，阿尔卑斯山脉横亘在北，远眺山顶，似有皑皑积雪，是世界著名的滑雪胜地。人口不算多，市区近16万人，加郊区56万人。古希腊、罗马时代已著名，是法国的科技城，被誉为“欧洲的硅谷”，原子能研究中心。有建于14世纪的大学，大学集团质量仅次于巴黎地区。写《红与黑》的司汤达，就诞生在这个城市。苏州想与格勒诺布尔结为友好城市，科技联姻，是一个主因。

讲好下午一点，在格勒诺布尔市对外友协的办公室见面。时间还早，我与翻译小朱逛街。吃了点快餐，已是十二点。真是佩服法国人，懂得生活，懂得休息，中国机关有午休，法国商店也有午休。开头，当是个别商店，走了几家都关门。小朱讲，噢，这儿实行午休。仅有一家书店开门，或许买书读书也是休息，我们在书店翻画报。小朱讲，法国实行双休日，到星期五下午，机关就难找到人，已是一辆拖车，全家出游了。

整一点，我们进友协所在地的大门，一位女秘书在等候我们了。她引我们在二楼一间不大的房间里落座。房间里仅一张桌子，像乒乓桌，最显眼的，桌子中间玻璃杯中，插着中法两国国旗。心想，信一交，不就得了，看来，还有送信仪式。尽管是国际邮差，也代表一个国家，一下子精神起来。我问小朱说点什么，他说，还要我教你，说点友好的话，希望早点结为友好城市。我说，听你的。女秘书给我们各上一杯咖啡，说市长很快就来。

市长进来了，一脸笑容，一面说欢迎，一面同我们握手。典型的法国男子，四十来岁，中等身材，不胖不瘦，有我们常说的儒雅风度。看了名片，方知他是副市长，分管教育和对外关系，果然，是一所大学的副校长。落座，市长先讲话。第一句话，对法国对格勒诺布尔印象如何？自然，我大大赞美一番，能到法国来向往已久。他说，中法友谊源远流长，与后来南特市副市长讲的同一句话，戴高乐将军很重视中法关系，法国是第一个与新中国建立外交关系的西方国家。他们都以此为骄傲。他要我向苏州市长致意。轮到我说了，奉我们市长之命，趁参加里昂博览会之便，特意前来送信，章新胜市长期待尽快与贵市结为友好城市，期待市长和阁下访问苏州。

把信送上，就握手道别。没有客套，没有说吃了晚饭再走。我们从展品中拿了两件作礼品，市长和秘书笑纳了，他们没有准备礼品。小朱说，这是计划外接待，要有开支，市长自己来。我说，我们要能这样该多好，能省多少钱，老百姓也不会对吃喝有这么多意见。吃喝刹不住，关键财务没有管住，无法开支，也就刹住了。隔年之后，副市长带团来苏州，秋末与他又见了一面。真有点朋友重逢之感。

在里昂博览会同时，在南特还有一个国际博览会，苏州外贸的工艺公司参加了。其间，有一天是中国苏州活动日，邀我代表苏州去参加。工艺公司的经理没有去，丝绸公司的经理去了，加翻译，一行三人。

出师不利，一进机场，得知法国航空全线罢工，去南特的飞机停飞。幸好，有一条支线小飞机可乘，在一小镇着陆，离南特有六七十公里。飞机小，十来个乘客，机场亦小，足球场那么大。南特告知，机场出口有约好的出租车候着。

一个意想不到的收获，沿途领略了法国农村的田园风光。一条不宽的柏油路，飘带似的嵌在绿色大地上，蜿蜒向前，路上少有车辆，几无行人。道旁没有见到工厂，大片大片的是牧场草地，牛群三三两两，悠闲自在，有的躺着，有的啃草。有庄稼地，半身高的玉米，一片青绿。没有见到一块裸露的荒地。公路穿过两三个村庄，房子都是一幢幢二三层的小楼房，我们从电影、画报里常看到的欧洲中世纪农村建筑，白色的墙，极陡的屋面。几无一幢连一幢，都是独立自主，散散落落。农村怎么现代化、城市化，留下了印记。

与格勒诺布尔不同，南特显得十分热情，南特市政府很想与苏州结为友好城市，不知什么原因至今未结连理。博览会的董事长早早就在博览会大门等候我们了。已是下午一点多，他没有吃中饭，到饭店设宴迎接我们。席间，南特市一位副市长前来看望我们，表示欢迎。饭后，在博览会办公室开了见面会，董事长讲了很热情的话，还送了一支笔，作礼品。副市长特意送我一把象征开启南特城门的钥匙，以示欢迎苏州去南特，大门对苏州敞开着。令人感动。晚上正好大剧院落成，英国一交响乐团首演，副市长陪同请我们看演出。

南特博览会带有专业性，好像以工艺产品为主，规模没有里昂大。展览场馆是长期建筑，内部摆设与里昂并无区别。苏州馆面积不比里昂的小，有好几个摊位。活动日，只是一种宣传，并无多少实际内容。最主要的，法国电视二台采访，介绍苏州馆。其中，有一个安排，要对我采访，并直播。我说，预先没有商定，也来不及作请示，想推掉算了。工艺公司参展的负责人告诉我，已同电视台讲好，只讲苏州产品，讲苏州，不讲有关两国和政治内容。我说，可以，免费宣传苏州。确实，电视台记者，问了七八个问题，大多是苏州和苏州产品。他先问，到了法国感想如何？我的回答，他眉飞色舞，一句法国是世界最艺术的国家，连点三个头。看来，他没有到过上海，也没来过苏州。他问苏州在中国的什么地方，离上海有多远。我说，到了上海就到了苏州，下飞机一个小时就到了。他说，噢，上海连着苏州。我说，去过威尼斯吗？他说去过。我说，苏州就是东方的威尼斯，苏州欢迎你去。说不讲政治还是讲了，他说冒昧问个问题，邓小平之后中国会不会改变改革开放？我说，我很愿意回答你的问题，不会的，绝不会改变。他说，你能说说为什么吗？我说，改革开放已成为趋势，趋势不可改变。中国人民已从改革开放中得到好处，只有改革开放才能国强民富。领导人的更替，不会影响改革开放。记者又连连点头，最后说，祝苏州展览成功。

隔天上午，我们乘从南特至巴黎至里昂的高速火车回程。没有多游览南特，伟岸的教堂和一条像苏州的小街，宁静而洁净的市容，留下了印记。翻译说，南特市是卢瓦尔河-大西洋省的省会。南临地中海，是有名的旅游城市。有仅次于法国卢浮宫的法国第二大绘画博物馆。

南特要我带回苏州的，是热诚。

06

陆文夫、刘郎、鸳鸯蝴蝶

陆文夫与小巷文学

杨守松与昆山之路

叶弥与苏州男人

刘郎与苏州园林

鸳鸯仍戏水　蝴蝶仍在飞

吴王墓与孙武隐居地“认定”之争

《牡丹亭》一字一曲不能动吗?

《浮生六记》中的钓鱼岛与琉球

陆文夫与小巷文学

文坛内外都这么说，近现代，要讲苏州的文学流派，要从文学看苏州的人文精神，前是“鸳鸯蝴蝶”，后是小巷文学。“鸳鸯蝴蝶”看周瘦鹃，小巷文学看陆文夫。

何谓小巷文学？不知是谁下了这样的定义：是指“文化大革命”结束到20世纪90年代初新时期文学的一类文学作品。代表人物陆文夫，其作品《美食家》堪称“小巷文学”的代表作。另著有《小巷深处》《小巷人物志》，以作品中诸多生动的小市民形象见誉于文坛并且深受读者喜爱。让读者在欣赏作品中人物的表演的同时细细品味人生的真谛。难道“文革”之前就没有小巷文学？90年代后小巷文学就绝迹了？存疑。

什么都有两面，得这面看看，那面也看看。陆文夫名重，几乎看的是一面。2006年3月，秋末在《苏州日报》《门外文坛》专栏作《陆文夫的两面与苏州文化》。“两面”指陆文夫文学生涯的两个方面，也有需要探讨的另一面之意，主要说的还是陆文夫与小巷文学。《雨花》全文转载了。《苏州日报》老总编、陆文夫的老朋友陆乃斌对秋末说，你与陆文夫并不熟悉，想不到你把陆文夫抓住了，抓得还相当准。秋末说：瞎说几句。

文章开头是这样说的：

> 一两年前就想说说陆文夫与苏州文化的关系，怕说得不准，几次提笔几次作罢，后来先生病重，就打消了写的念头。一个有很大影响的作家，总有人写评传，总有各种各样的看法，即使说得不对，说说也无妨，现在评说伟大领袖的文章不是天天有，还各说各的，这样一想，怕就烟消云散了，而先生在九天之上也可看看，先生上天后人间、苏州是怎样评说先生的。

秋末在文中说了与陆文夫的关系：

与陆文夫先生不太熟悉，大学里作为课外读物读过《二遇周泰》，后来又寻读《小巷深处》；“文革”后先生的小说大多读过；听过他北京开人代会的传达报告，他的传达不少是“自说自话”，别有情趣，与许多与会者一起哄堂大笑过；到了报社在老总编家里一张桌子上与先生喝过两次酒，以他酒间妙论写过两篇短文，有篇题目叫《陆文夫忌言成熟》，他说成熟有什么好，桃子苹果熟了掉在地上就会烂掉，少说为好；先生与杭州的刘郎拍《苏园六纪》和《苏州水》，又写过两篇读后感，从未面对面说文论道过，对先生的印象徜徉在小巷深处里。

有二文值得一提，一篇叫《食嫩》，发在《解放日报》《朝花》上，说陆文夫的茶道。陆文夫原不喝茶，在南京叶至诚家做客，喝上了茶，“文革”时口袋里没钱喝茶末“碧脚”（碧螺春下脚），后来有钱喝碧螺春，嫌过嫩不耐喝，专喝一级炒青，清明后天晴一两周摘的东山茶叶，味浓醇厚耐喝。陆文夫茶道蕴含一个道理，人类不宜提倡食嫩，护嫩不食嫩也是一种美德。陆文夫邀杭州刘郎拍《苏园六纪》，秋末作文《苏州没有刘郎?》，赞陆文夫荐举了刘郎，从此打开了苏州园林文化的新天地。

文章着重说了陆文夫与小巷文学在苏州文坛的位置：

陆文夫与苏州与苏州文化密切而又非同寻常的关系，从“陆苏州”的雅称，从《一个作家与一座城市》的电视片的标题，就可见一斑。历史上被以地名作名字作雅称的并不鲜见，大都是在那里当过官的缘故，因文章出名而以生活地而名之者就很少见到了。“陆苏州”的“苏州”是用“文夫”换来的，几篇文章可以换一个世上以文雅著称的苏州，可见“文夫”之文的价值了。是否相称，反正没有看到有苏州人投反对票。

窃以为，陆文夫的文学生涯与苏州文化的关系和对苏州文化的影响，有两大方面：一是以小说散文关注现实；二是以杂志电视弘扬传统。无论写小说写散文，无论办杂志拍电视，都以苏州作背景作舞台，小街小巷是苏州的，园林是苏州的，水是苏州的，一个个人物都姓苏，陆文夫的文学是当代苏州文化的一大组成部分，其影响正如巴金先生所说自周瘦鹃之后一个新的峰顶。当然，他的影响并非只在苏州。

陆文夫以《小巷深处》初露头角，《葛师傅》《二遇周泰》扩大影响，受到文坛瞩目，茅盾作文称陆文夫是“追求创造性的作家”，可谓一锤定音；不算春潮晚来急，也是午后斜阳喷薄而出，一批小说散文撒向文坛，

《献身》《小贩世家》《围墙》《美食家》屡获小说大奖，奠定了他在中国文坛的地位，尤以《美食家》成为陆文夫文学生涯的代表作，后以长篇《人之窝》作句号。陆文夫的小说散文对苏州文化的影响，近几十年来无人可以企及，不仅影响了昨天还正在影响今天和明天，要而言之有三：

苏州文坛有了新的领军人物。一盘散沙没有大将没有挂帅人物的文坛，不可能在中国文坛乃至世界文坛有任何地位可言，不可能产生多大影响。大风起兮云飞扬，安得猛士兮守四方？寂寞文坛谁来驰骋，“文革”之后，陆文夫应运而出。文坛的地位和影响由两块砖砌成，一块是作家一块是作品，又主要是作品。苏州文坛在中国文坛应该说有地位有影响，地位和影响不能都归之于陆文夫，但主要来自陆文夫，来自陆文夫的作品，是不应该有疑义的。如果说周瘦鹃、叶圣陶曾是近现代苏州文坛的领军人物，那么，陆文夫就是在周叶之后近二三十年苏州文坛的大将和挂帅人物。

苏州文坛形成了以小巷冠名的文学流派。苏州有没有形成犹如南宋的江西诗派、明时的“吴中四杰”，怕很难说，有没有形成类似河北孙犁挂帅的白洋淀文学流派、山西赵树理领军的山药蛋文学流派，或许也没有定论。何谓流派？流派者特色也，文学流派就是一批作家形成了相近相同的创作特色，再加一句话，有共同的文学主张。陆文夫的小说散文都以苏州的小街小巷作背景作舞台，小巷里的人小巷里的事，临街的河临街的窗，小巷里飘浮着白兰花香飘浮着新米叫卖声，用的语言叫“苏白”，小巷文学的特色极其鲜明，犹如苏州古典园林在中国园林中只有一没有二那样“排他”，要说古典园林就得说苏州，要说小巷文学就得说苏州说陆文夫。

苏州文坛有了在中国文坛叫得响乃至传世的精品。《美食家》无论作品的思想性和艺术性，在所有陆文夫的作品中都是无可比拟的，是他创作的峰顶。《美食家》以新中国成立初期苏州工商业改造为背景，说的是如何对待美食如何对待饮食文化如何对待资产阶级的生活方式，不同的观念发生的一场纠葛与斗争；美食是食，含义是美，人类共同创造的文明之美，作品实质上说的是共产党夺取政权农民进城成为社会主宰之后，如何对待包括资产阶级地主阶级在内创造的人类文明，要不要毁掉资产阶级造的铁路。作品写在“文革”之后，蕴含了一个时代对保护文化保护文明的反思，如果把《美食家》仅仅看作是保护美食上的一场斗争，那大大看低了《美食家》，抹掉了《美食家》蕴含的深刻而广泛的含义，把陆文夫称作美食家，那只是看了《美食家》的题目看了《美食家》的皮毛的缘故。无论从哪方面看，《美食家》完全可以与《多收了三五斗》《倪焕之》相媲美，堪称当代中国文学的精品。

陆文夫对苏州文坛的影响远不止于此，他不求数量著作等身只求质量求精品的创作态度，他那如清风明月的语言风格，他植根于中国传统文化遣词造句的能力，影响了苏州年轻一代的作家。陆文夫的精髓更值得学习和发扬的还在于，他孜孜不倦数十年深入生活学习了解生活，执著地热爱着苏州这块土地这个城市，始终关注现实关注人民，以探求者和战士的姿态以自己的笔推进社会的发展和进步。

陆文夫与中外许多作家一样，在创作顶峰过去之后，把精力倾之于生他养他或长期在那里工作和生活的地方的“乡土文化”，这就构成了陆文夫另一种的文学生涯。陆文夫办《苏州杂志》，以研究发掘宣扬苏州传统文化为主，十六个春秋一百期，倾注了他的心血记载了他对苏州传统文化的挚爱，一文一图千文千图苏州传统文化的宝贵资料，许多文章还是美文，又别于一般资料，堪称《史记》文风今日扬。陆文夫编书写书出书，同样研究发掘宣扬苏州传统文化，一本《老苏州》活现了苏州的街街巷巷风风雅雅，一套由他作序的《苏州文化丛书》展现了苏州文化的方方面面纵纵横横，成了研究苏州文化的两根标杆。陆文夫当“导演”拍电视，用荧屏研究发掘宣扬苏州传统文化，一部《苏园六纪》一部《苏州水》别开了生面。对苏州而言，陆文夫的“这一面”与“另一面”有着同等意义的重要。

陆文夫宣扬苏州传统文化，同样是领军人物。他能领军不是依靠行政的力量和权力，而是依靠他手中的笔，依靠一个知名作家所特有的魅力、智力和号召力，大旗举起千军云集，这是政府官员和一般作家所无法企及的。《苏州杂志》能办成以宣扬传统文化为主，又能“为主”十六七年，也只有陆文夫能办到。《苏园六纪》《苏州水》有这样浓的文化味，与陆文夫难解难分，虽然编导不是他，同气相求，从杭州三请刘郎的是陆文夫，作框框画线路定调子的是陆文夫，陆文夫是幕后编导。陆文夫对宣扬苏州传统文化的贡献，一方面在于他举起了旗帜，在苏州打开了研究宣扬传统文化的新局面；一方面在于他用手中的笔和作家的眼光，推出了一批文化产品，不少还是精品。

文章还说了陆文夫与小巷文学值得探讨的另一面：

小巷文学会不会形成、助长狭窄的小巷文化观念？一个家可以出一部

《红楼梦》，可以出《家》《春》《秋》，一条小巷也可出巨制鸿篇，也正由于立足小巷才有了小巷文学的特色，才能成为百花中的一花群芳中的一芳。但是，不能回避，小巷文学也会形成或通向小巷文化观念，在苏州那种足不出巷眼不出城自我封闭的小巷文化观念是客观存在的，这种观念是苏州改革开放走向世界的城门，要搬开的绊脚石，是近一二十年来苏州思想解放的一大内容。小巷文化观念反映在文坛，成为作家的精气神，作家作品就缺乏大气缺乏时代气息，井水里面栽花草，园林里面种庄稼，虽有文气，却是帘卷西风文比黄花瘦，缺乏生活缺乏创新自闭于社会大变革之外，能不说这是苏州一些作家包括画家在内的一个通病？关注社会探求人生这是陆文夫的文化精髓，自闭于小巷之内，只能说是对小巷文学的误读与误传。但是，也不能全然否定小巷文学的局限和对苏州文坛的影响。

对苏州传统文化有没有照单全收或者过于偏爱的现象？任何一种文化都有精华与糟粕，都有肯定与否定的方面和内容，宣扬传统文化应是宣扬其精华和有益无害的内容，陆文夫是遵循这一原则的，《苏州杂志》可以作证。对苏州传统文化陆文夫也是有评判的，有文章谈苏州传统文化的局限与不足，精失之于小，细失之于微，糯失之于软，小里小气缺乏大气，陆文夫也有类似的看法。不过，或许爱之过深，也会失之于偏，总体上，陆文夫对苏州传统文化，缺乏一种站在历史的高度站在传统与现代相结合的高度以评判者出现的姿态，更多的像海滩拾贝者，迎着曙光背着夕阳一贝一壳往筐里拣，而筐就是《苏州杂志》。缺少评判照单全收，或多或少不正是现在苏州研究传统文化的现状？

有没有掩饰现实回避存在问题的现象？《苏园六纪》与《苏州水》是陆文夫晚年文化思想的集中体现，既是成功之作，也有败笔之处。成功之处在于运用现代声屏手段把园林艺术和苏州水文化的表述达到了前所未有的境界和高度；败笔之处，回避掩饰了水的污染和人类对水的加害和破坏，《苏州水》给人以美感给人以文化，但难免在五光十色波光粼粼之中给人以虚假。《苏园六纪》与《苏州水》拍的对象完全不同，前者是拍一个固定的艺术品，后者是拍蕴含了苏州乃至中国几千年政治经济文化思想在内的流淌着的血脉，如何把握天差地别，陆文夫不愧是大家，在拍《苏州水》动手之前就把不同向刘郎提出。在中国，水不只是个文化符号，水能载舟还能覆舟，还是政治符号、社会发展的符号，人类与自然关系是否和谐的符号，如果避开了农业文明工业文明对水的侵害，避开了人类在城市化现代化过程中与大自然的关系，那就避开了水的主航道，丢失了水的灵魂，显然《苏州水》把苏州水拍狭拍窄拍小了。我们不能要求一部作品包罗万象，作家可以按照自己的理解有取有舍，但离开了人类与大自然的关系离开了载舟与覆舟，井水再深文化味再浓园林之水再美也是一潭死水。对陆文夫说这样的话，无异关公面前舞大刀。据说，20世纪七八十年代上海一位作家想来写苏州水，问道于陆文夫，被陆文夫婉言劝掉了，原委不说自明，水脏了，说脏难说，说不得，说水清水美不符合事实。今日苏州水没有清，陆文夫为何自己操作起《苏州水》来了呢？是不是陆文夫睿智起来了呢，污染可以放在一边，治水可以不说，载舟覆舟可以只写一半？是不是陆文夫年轻气盛中途执著让位于老年成熟了呢？还是苦于夕阳西下来日无多，赶紧抓牢机会避开麻烦以求一成？先生自知，秋末只能猜猜了。

文章最后想说，小巷是昨天的，苏州的小巷越来越少，小巷文学正在消失：

先生已乘黄鹤去，留下美食在人间。先生对苏州文化的贡献，苏州人民会世代铭记下去，几百年了苏州人不是天天在念叨唐伯虎。凭先生的性格，想来先生在九天之上，还在注视苏州文化，还在看范小青怎样编《苏州杂志》，看荆歌车前子朱文颖陶文瑜戴来叶弥在写些什么，还在小巷里朝前走么。秋末托白云捎上一言，老陆啊，你还是背上洋河大曲去云游吧，文化的车轮让它自己去滚吧，不会永远行走在小巷里。

杨守松与昆山之路

秋末与杨守松，认识很早。20 世纪 80 年代初就握上手了。不是一个秘书与一个作家，是一个秘书与另一个秘书。那时，秋末在苏州市委办公室做秘书，杨守松在昆山县委办公室做秘书。握手在田头上。1984 或 1985 年的春天，苏州开三级干部会，会议简报上有条信息，说昆山陆杨乡出现土地转包，向种地能手集中，出现了家庭农场，进行土地规模经营。这是件大事。市委秘书长责成市委办公室、市委农工部、昆山县委派员组成调查组进行调查，由秋末负责。昆山派杨守松参加。杨守松成了我们的向导与联络员。杨守松给我的印象，斯文、瘦小、寡言。相处一周，我们回苏州写调查报告，他没有参与。隔了一段时间，他写了一篇家庭农场的长篇通讯，发在一家刊物上，很有报告文学味，不同于一般秘书写的程式化文章，秋末看后咕噜了一句：毕竟是南大中文系毕业的。后来去昆山，又接触过几次。再后来，杨守松去昆山文联任职，秋末去《苏州日报》社工作，彼此见得很少。记得，秋末专程去拜访过两次，一次陪省委研究室的领导，一次专门去看他，喝酒去的，还为他的《糊涂集》涂了一句糊涂话。他退职后在阳澄湖边上的巴城搞了个昆曲研究室，想去看他，约了两次，都因“事出有因”，未去成。三十年交往就此而已。不称君子之交，淡如水是真的。

近现代，苏州作家有名的，有此定论，前是周瘦鹃，后是陆文夫。陆文夫之后呢？秋末不能瞎说了，没有资格。要说在中国文坛说得上的，或者有名气的，苏州有一批，杨守松可称之一。从某种角度看，杨守松和作品的影响，不在陆文夫之下。比如报告文学，陆文夫是空白，作品对现实的影响，对改革开放的影响，苏州作家没有一个可与杨守松相比。秋末在《苏州的骨头与苏州的肉》序中说：陆文夫与杨守松，是当今苏州文坛二“极”，陆文夫代表了苏州文学创作的水平和成就，是宣扬苏州传统文化的一面旗帜；杨守松是文学为改革开放为经济发展服务，新时期文学务实别开生面的一面旗帜，于苏州文化，陆文夫更多继往，杨守松更多开来。还得加一句，杨守松不是陆文夫小巷文学的传人。

杨守松之所以成文学的、文化的杨守松，秋末之见，文坛内外看重的，尤其是文坛之外，还在他的报告文学，是报告文学成就成名了杨守松。而报告文学，一举成名的是《昆山之路》。产生很大影响的篇章，还有《救救海南》《苏州老乡》《小康之路》。除《救救海南》之外，《苏州老乡》与《小康之路》是《昆山之路》的前奏与延伸，是一个系列。这些报告文学，说的是昆山，昆山的发展，背景是苏州、苏南，是整个改革开放。《昆山之路》以昆山的胆识与实践拨响了改革开放和加快发展这根弦。费孝通一点成金，提出了苏南模式；杨守松一语成金，总结了昆山之路。相通的共同的，农民掌握自己的命运，登上经济舞台，走上小康之路。不同的，“昆山之路”还不只是金，金不换。历史已出证，苏南模式是一时，昆山之路是一世，昆山之路超越了苏南模式。昆山之路在继续前行，越走越宽。模式盛行之时，《昆山之路》用路不用模式，能不说杨守松别具慧眼？

性格成就了《昆山之路》，也成就了杨守松，杨守松是这样说的。《杨守松文集》十九集《自说自画，人说人评》中说：“我是个九不全十不美的人，但至少有一条是全的或美的，我不做假”；“我讨厌虚假和虚伪”；“我是一个非常普通的而且没有什么才学的人，我的成功（还有失败）主要在于我的性格我的做人”；“江南的文化底蕴江南的改革开放的风潮浸润了我”；“我是南北结合”；“无意中，我成就了昆山之路；同样，无意中昆山之路成就了我”；“我的报告文学，我的小说和散文，都是一个独立的存在”；“独行江南四十年，白发如霜不改悔”……秋末曾想，杨守松做得了作家，做不了秘书，可以是一个有成就的作家，不会是一个称职的好秘书。

秋末说杨守松的文，仅一篇，读了《小康之路》的序言有感而发，作了《杨守松的“六不”及其他》。说了“六不”，主要说的还是《昆山之路》和他的为人。文先发在2006年5月25日《苏州日报》副刊“门外文谈”专栏里。杨守松收进了他的文集和苏州文联出的一本集子，《小康之路》得奖感言中提到秋末先生写了“六不”。可能是杨守松有名，也可能文中说了一种文坛现象，《中国文学选刊》和《雨花》都刊载了。

当今在苏州能享受到“一个作家与一个城市”做文章标题的，能与一个城市连在一起的，秋末所见只有两个，就是陆文夫与杨守松。陆文夫连的是苏州，杨守松连的是昆山，陆文夫在一部电视片中，杨守松在《文学报》的一篇长篇报告文学中。得此礼遇，高矣。

自不待言，陆文夫能称陆苏州在于他的小说散文，杨守松能称杨昆山在于他的报告文学，陆文夫有《美食家》，杨守松有《昆山之路》，文学价值各有千秋各有不同，都是产生很大影响的成名之作。要是从对昆山、苏州乃至中国改革开放经济发展所直接起的作用言，《昆山之路》则遥遥在先。不能把《昆山之路》与昆山之路划等号，但相因相成是不能分割的，昆山之路与杨守松是不能分开的。是昆山之路成就了杨守松，还是杨守松成就了昆山之路？没有昆山之路的实践不可能有昆山之路的文学，没有杨守松文学化了的归纳、总结与提高，没有舆论的宣传，文化了的观念形态的昆山之路极可能胎死腹中。

陆文夫与杨守松给文学界提出了一种作家价值观，一个作家用他的笔为他生活的城市发展作贡献，这是作家的首位价值，存在的首位理由，文学创作的成就也在其中。我们不能要求所有的作家都这样做，或许有些作家对此不屑一顾，但相信时代有理由提出和宣扬这种价值观。

杨守松身上有一种难能可贵的作家气质，就文学界和政界而言或许还是一种稀有气质。他站在改革开放的前沿，用他的笔全身心关注现实关注发展，热情推进社会进步，敏锐捕捉对全局发展有重要意义带有规律的东西，适时早时展示给冲动又无时无刻不在寻求发展途径的社会，又毫不掩饰现实回避发展中面临和存在的问题，一刀一刀解剖给世人看给人以清醒。《海南大气候》《昆山之路》《小康之路》《一个城市的另一面》可以作证作注。杨守松是一个有强烈责任感的作家，同时具有强烈的主体意识，我就是我，我就是杨守松，我只守松不随柳。《小康之路》有篇序言，其中有个“六不”（两个“三不”），展示了杨守松的品格，序言不长掐头去尾抄录如下：

2005 年 3 月 25 日，笔者在北京开了个“《小康之路》作品批评会”，事先明确“三不”：不要主办单位，不请官家领导，不听一句好话。

正是这个“批评会”，促动我要出修订本。

便有识者语我——

作家要立言

政府要宣传

读者要审美

书商要赚钱

杨守松看你怎么办？

曰：非敢“立言”但求“三不”：不惟上，不为友，不求全。

杨守松的前“三不”是个宣言，开作品讨论会是我杨守松开的，是来听批评听意见的，是个人行为，一方面表明杨守松的自信与自尊，不想借任何人的光，也不想跌进讨论会这个染缸里，免得我杨守松和《小康之路》清不清白不白的；另一方面，不管有无主观意图，是对当今文坛作品讨论会不良风气的批评乃至抨击。现在不少作品讨论会已与作品讨论相距甚远，也跌进了名利场，主办单位不会无缘无故来主办，赞助单位不会无缘无故掏腰包，要吃要喝要送还要领导专家出场费，其实，这都还正常，神仙也要吃饭王母娘娘天上不也种桃子，要命的是，现在作品讨论会专拣好听的说，阿谀不多奉承却不少，领导捧场专家吹吹打打，封闭式闷罐子里进行还好自家人说自家人听，传媒一宣传拿了出场费的记者再美言几句，牛吹大了，一而再再而三，作品讨论会的名声就不大好听了。杨守松这个“三不”是剂良药，又是一记闷棍，作家阵营里飞出了一根金箍棒。

杨守松的后“三不”同样是个宣言，前“三不”是对作品讨论会言，后“三不”是对作品对《小康之路》言，我杨守松写《昆山之路》《小康之路》不是仅为某位领导某些领导写的，只是为昆山为改革为发展而鼓而呼，我姓杨不姓御；我杨守松出的是作品，要进市场要卖钱，但绝不与书商勾搭起来赚大钱；我杨守松对各种批评意见都听，作品怎么改我自有主张，宣的言的还是杨守松的自尊自重的主体意识。

作家要不要主体个体意识？作家不能没有主体意识，也不能过于强烈至于目空一切。作家生产作品是个人的思想产品精神产品，是对客体世界的个体的反映，作品的特色就是作家个性的体现，没有主体个体意识的作家是不可能成为作家的。这是一面。另一面，作家的个体意识在各种意识中可以以我为主，但任何意识都受制于客观世界受制于客观世界的各种关系，任何人包括作家在内都得遵从听从这个无法改变的大法则大关系，作家的智慧是如何把个体主体意识与大法则大关系处理得更协调更和谐更有创见更有出彩。惟上不要，为上不要，但并不排斥尊上听上选上，上级、领导是社会的枢纽，是社会各种关系的总开关总调度，尊上并不等于媚上，听上并不等于惟上，听上可以选上，上可以为我所用。杨守松在《昆山之路》和《小康之路》都写了领导，上至中央领导下至乡官村官，重彩浓墨写了几任昆山的“县太爷”，写了他们的眼光，写了他们的智慧和决断，杨守松的自尊自重并没有排斥领导无视社会的大法则大关系。

《小康之路》是昆山之路的发展和深化，是昆山之路的一个里程碑。一个破败的弹丸小镇，一个曾是魔鬼舞蹁跹的地方，成为中国经济发展第一县全面小康第一县，《小康之路》》作了解答。还令人琢磨的是，《小康之路》有两篇附录，一篇叫《乡关何处》，说的是中国最大的问题农民问题，附录于后是否在说中国全面小康的实质是解决农民问题，昆山虽然全面小康了，还不能说已经解决了农民问题。一篇叫《一个城市的另一面》，说的是昆山在全面小康的同时所面临的突出问题，城市管理向题、环境污染尤其水的污染问题、城市功能问题、经济发展与文化建设问题、收入差距问题、亲商与亲民的关系问题、打工者的权益问题、反腐防腐问题、社会风气问题等等，尽管这些问题是饭后散步所见所思，蜻蜓点水而已，但足以说明，杨守松对全面小康有着清醒的认识，是用两只眼睛看昆山看全面小康的。

历史检验了《昆山之路》，我们期待历史检验《小康之路》。

2012 年，杨守松托报社记者送我《杨守松文集》的续集，八大本，煌煌 280 万言。文集已有 19 本（另有一本未正式出版）。可称著作等身了。我对杨守松说，真眼热。作家无退休，文化无退职。退下之后的杨守松，还是作家的杨守松，还是文化的杨守松；所不同的，杨守松走了前辈作家的老路，也研究起了地方传统文化。这也是一种回归。成绩出来了，送来了《昆曲之路》。

叶弥与苏州男人

苏州作家，老中青三代，谁能代表？有此一说，陆文夫代表老，范小青代表中，叶弥代表青。陆文夫、范小青，不会有异议，起码以小说言。叶弥能否代表，置于一旁，叶弥是颗文坛新星不会有人反对。

百度上这样介绍叶弥：江苏苏州人。1964 年 6 月生。1994 年开始发表小说。出版中短篇小说集《成长如蜕》《天鹅绒》《钱币的正反两面》，著有长篇小说《美哉少年》。成名作《成长如蜕》。

还有这样评说：《成长如蜕》几乎可以看作“新活力”开启的标志，第一篇小说就使她站在了青年文学的至高点上。灵感有如天赐，妙笔宛若天成，出落于江南，惹眼于全国文坛。在“新活力”领军人物中，叶弥的艺术创新能力最为醒目，长、中、短篇均达到很高的艺术境界。她是当今最难以用“风格”“性别”“题材”等固化尺度论之的中国作家。

对叶弥的评介是很高的，用了“至高点上”“最为醒目”“不能用固化尺度论之”等字眼。“灵感有如天赐，妙笔宛若天成，出落于江南，惹眼于全国文坛”，使人眼花缭乱。何谓“新活力”？秋末非作家中人，偶然看点小说、文学评论，不懂课堂《文学概论》外的新词儿，猜想是指年轻作家有别于以前写作程式的创作。找到了一个说法，指：今日中国文坛，处在经济文化大转型的时代，驳杂的价值观念，繁复的人间景象，纷沓的成长印迹，斑斓的想象天地，在已有的文学经验所能触及的层面之外，构成了新的写作。这是否就是“新活力”？抄在这儿，供参考。与叶弥有关吗？有关的。是的，新人要有新活力，中国年轻作家总不能老跟在曹雪芹的后面抄写《红楼梦》，苏州年轻作家也不能老跟在陆文夫后面复制《美食家》。叶弥站在了陆文夫的肩膀之上。

秋末与叶弥不熟悉，从未谋面。所谓关系，读过她几篇小说，写过一篇读后感，她送秋末一本《天鹅绒》，扉页上写了一句俏皮的话，什么话记不得了，就此而已。十五六年前，秋末还在职，《苏州日报》周末部归秋末管，周末部与副刊部曾在一个办公室。有一天，秋末在副刊编辑高琪桌上看到了叶弥的《成长如蜕》。高琪说写得不错，徐总看看吧。一口气翻了一遍。《成长如蜕》是中篇小说，的确写得不错，使人刮目相看，年轻轻有此眼光有此笔调，不简单，于是记上了叶弥的名字。

后来，在《收获》的目录上看到有叶弥的《小男人》，特意去买了一本，写了篇读后感《苏州“特产”小男人》。2006年，秋末正在《苏州日报》副刊开“门外文谈”专栏，就将“特产”放在了专栏里。说实话，秋末不是在作文学评论，是以叶弥的小说议议苏州文化、苏州人文。叶弥的《小女人》和《小男人》是不是以苏州城里人为“模特”的，秋末以为是的，那里有苏州特有的小街小巷、特有的昆曲、特有的情调，如阿Q闰土头上的毡帽，此帽只有绍兴有。秋末说“苏州特产”是有依据的。秋末读出了叶弥在刮苏州男人的脸皮，苏州男人要改改软绵绵的脾性。苏州男人不够孔武，不怎么直爽，不够大气，有点娘娘腔，有点小文化，能哼几句昆曲，能唱几句评弹，爱打小算盘，胸无大志，做不成大事，还有的吃女人饭，这样的小男人，不很多也不算少。这样的人文有历史传统，苏州曾是个金粉之地，悠闲的市民文化养出了这种脾性。“小男人”还活着。叶弥猛抽了一鞭子，“小男人”该换个活法了。秋末发现，《小男人》通向阿Q通向闰土，区别一个在乡一个在城。叶弥在说：苏州长大了威武了，骨子里还有许多小的不合时宜的东西，“小苏州”还活着。文如下：

> 苏州大女子作家叶弥新近写了部中篇小说，叫《小男人》，特意到超市买了本《收获》，找来一读。前几年读过叶弥的另一部中篇《成长如蜕》，流畅的文字，颇有深度的立意，尤其紧贴变革中的现实，留下了惊喜的印象。这也是想读《小男人》的一个因头。
>
> 大女子作家是秋末送给她的。仅就这两部中篇而言，还是小巷文学，舞台还是小巷深处，人物还是芸芸众生，没有大事件，没有大故事，清清的淡淡的松松的散散的，汩汩淌着的一条溪一条河；而这只是形，神在韵在里弄伸到了大街伸到了高速公路，微波下面有大变革，小气之中有大气，小巷文学在延伸。相信陆文夫看了会颔首点头。
>
> 《成长如蜕》与《小男人》是一面镜子的两面，相互联系着的两面。《成长如蜕》直接反映社会变革中思想观念的碰撞，“父亲”要经商发家致富传宗接代，而“弟弟”并不想走这条既是千百年的传统又是现实变革中社会广泛认可的老路新道，“弟弟”反叛父亲另有符合自己意愿的追求，传统的人生价值观并非都是先进的价值观，改革发展并不能天然给世人一个

符合社会发展趋向的人生坐标。

《小男人》则从另一面反映变革中的不变，变革中的沉淀，社会生活社会生态顽而不化的一面。尽管社会起了天翻地覆的变化，汽车进了小街小巷，没有多大才学的女人做了局长，但是，小街小巷臭豆腐干还在氽，混堂式的吴门浴室还开着，还是吴侬软语，闲适的无所事事东荡西晃在女人堆里转悠的“小男人”还有的是，“小男人”在说“你变你的我活我的”，变革极有可能是对传统的改良，衣服变了内囊依然如故，不是全部也是一面两面。

“小男人”是一个很值得玩味的苏式现象。他眉清目秀，生就一副讨女人喜欢的脸蛋；爱清洁有文化，文化不高却有情调，花间一壶酒月下舞清影；像贾宝玉早就与弄堂里的女人混在一起，同时与他有关系的有四个女人；没有正当收入失业了并不着急，命里受女人管教注定靠女人吃饭；有点小脾气最多吼两声，吼过以后一切如常，想坚强坚强不起来；有点小聪明却无大才，算计女人没有手腕却想攀高，对一心想与他结婚会过日子氽臭豆腐干的女人命她点烟，对从小长大有财有地位当了副局长的女人翘着屁股给她点烟，对有情调有钱财很想与他结交的老女人拿钱不做鸭；身无一技，一事无成，可见的以后的日子，混下去。

“小男人”不是从天上掉下来的，也不是天南海北移来的新苏州人，他是苏州这方水土苏州传统的嫡系正宗弟子。他的老子是唱昆曲儿的，唱《游园惊梦》演柳梦梅，也不是名角儿；一世受女人管教，在家里一辈子没抬过头，最大愿望手里握一把钢刀，刀刃杀敌人，刀背打老婆，始终没有握过刀，切菜刀掉在地上也要吓一跳；一生最扬眉吐气的时候，得了绝症关起门来给儿子写遗书，遗书云：有一个好女人在身边，吃糠咽菜受苦受难心里也是幸福的，关乎灵魂切记切记；街坊都说儿子像老子，他多么希望儿子不像老子，特意编了个顺口溜，“大名袁庭玉，住在小柳巷，生来命运强，长大当宰相”，子肖其父，儿子的命运没有改变。“小男人”的老子也是小男人，龙生龙凤生凤？是也不是，“老子”就是苏州的一个传统，“小男人”就是这个传统新结的果。“老子”唱戏手里有个道具轻轻的滑滑的柳条儿，“小男人”与女人拌嘴一气之下出走又自己回来，站在家门口的柳树下，手里捏了根柳条儿，这就是小说的结尾，柳条儿是什么？老子传给儿子的文化，昨天留给今天的文化。

每个地方都有大丈夫都有小男人，苏州的传统苏州文化是很适宜生长小男人的。小街小巷，小港小河，临河的窗，细石子的路，嗲里嗲气的评弹，咿咿呀呀的昆曲，幽幽曲曲的园林，唐伯虎点秋香的故事，沈三白与芸娘的卿卿我我，手托鸟笼晃晃荡荡的闲人，皮包水水包皮的嗜好，黄天源叶受和的甜食，男人嘴里天生娘娘腔的苏白，既有娘肚皮里孕育“小男人”的胎教，又有成就“小男人”生长的环境，苏州特产袁庭玉那样的“小男人”顺理成章。袁庭玉代表了一个苏州，昨天的小苏州，今天大苏州中的小苏州。人们不好意思说，苏州特产卤汁豆腐干采芝斋糕点虾子鲞鱼太湖三白后面加一个“小男人”，叶弥点了出来，她似乎在说有什么不好意思的，事情本来就是这样么。

“小男人”是个家族是个阵营，千姿百态，未必怕老婆的才是都是“小男人”，他们典型环境里的典型性格，就是共性，在一个字：小。小市民小商人小老板小职员小公务员小编辑小记者，也未必都是“小男人”，这里的“小”说的是地位职务，小字辈里有大丈夫，鲁迅笔下那个拖黄包车的就是大丈夫。小男人在气，在小气，眼光短，就那么一截小街小巷，气量小，冷不得热不得重不得轻不得，经商小本经营，投资十年还是小户，做文人写点花絮挖挖趣闻写点小文章弄点小稿费，坐机关一撇一捺一板一眼老百姓面前颐指气使领导面前唯唯诺诺，百分之九十九与做领导无缘百分之一晋升处级也是一事无成。

有说法，苏州人聪明懂得生活，有情趣，温州人懂什么，只会赚钱不会生活，一个亿是个活一百块也是活，干吗没死没活地满世界颠来颠去。有道理，所以苏州人守着老婆热被窝很少有人跨大洋走西口。人生在世各有各的活法，自己认为好就是好，旁人指指点点，尽做太监事，“小男人”想怎么活也是内政不容干涉，三个字：由他去。不过，该说的还得说，要是一个城市“小男人”太多了充斥了，尤其做领导的，这个城市就没了生气没了活力，今天新苏州人给老苏州人端盘子，明天老苏州人给新州人洗碗筷。

看了《小男人》，有苏州男人想告叶弥的状，说叶弥贬损苏州男人，也是性侵犯。秋末说别别别，打是喜欢骂是爱，鲁迅不也鞭打过阿 Q，还不是想让阿 Q 站起来，一告状反倒更显苏州男人小家子气。叶弥的心与鲁迅李清照的心是相通的，她多么希望苏州男人手里捏的不是柳条而是握着钢刀，生当作人杰死亦为鬼雄，大刀向鬼子们的头上砍去。

一个疑问，为什么这样的文字出自该称小女子的作家，大男子作家与袁庭玉一起到园林里喝茶去了？

有一位叫叶青的作家说，叶弥在一篇创作谈中说她是通过小说，一点一点理解这个世界的。“我现在开始好像找到了，不过还要慢慢找。”叶弥说的是小说的感觉，那种真正的从生活中或者是从想象中打开的东西，那种源源而出、不断生长的东西，那种比技艺更精湛也更飘忽的可以叫做灵感的东西。说这话的时候叶弥脸上的表情是干干净净的。我想只有心地纯洁的人才会有这样的表情。叶弥的确是一点也不急功近利的，所以她的脸色才会像天使一样干净。

作为比叶弥大几岁的人，秋末说：认识世界是无止境的，反映这个世界也是无止境的，文学表现世界更是如此。希望叶弥不要接受“功成名就”。期待叶弥。

刘郎与苏州园林

早就认识的刘郎，那是“玄都观里桃千树”的刘郎，对秋泊江南（刘郎书名）、齐鲁人氏、影视圈内文化片编导高手的刘郎，在秋末看了《苏园六纪》写《苏州没有刘郎》的时候，一无所知。后来秋末与刘郎有些往来，不算多，但很真诚的。

后来方知，刘郎非等闲之辈，文化类影视编导翘楚也，由陆文夫推荐他主纲拍《苏园六纪》，可想而知。秋末信笔写《苏州没有刘郎》，实在有点冒失，幸好都是说好话。

不知何年的介绍：刘郎，河北省清苑县人，毕业于北京广播学院电视编导专业。曾先后供职青海电视台与浙江电视台，任电视片编导，从事电视艺术创作二十余年。在长期的电视创作实践中，集编导、撰稿于一身，先是拍摄了一批取材于中国西部的专题片，后又创作了多部发掘江南底蕴的新作品，并由此逐渐形成了气势恢宏、张扬写意、注重情采的创作风格和艺术个性，被众多的电视理论著述所称道。一批作品在全国获奖。

《苏园六纪》横空出世，毫不夸张，这在苏州文化界是一个大事件，可讲震动文坛。一在“六纪”本身，所达到的艺术高度，苏州园林从来没有这样艺术地展示过；二在用现代手段现代理念弘扬苏州传统文化，打破了以往照相式的和专业研究程式化的传统方式，别开生面。无疑，刘郎与《苏园六纪》带了个头，开创了一个新面貌。相信，苏州文化史、苏州影视史会写上一笔的。接着，刘郎又创作了姐妹篇《苏州水》，在更广阔的历史空间，更深入地书写、表现了苏州的水文化、苏州文化的灵魂。有句话可称名言：要是苏州的水干了，苏州的文化也就干了。《苏园六纪》和《苏州水》在全国都得了大奖。有网友说：一部《苏园六纪》让我看了许多年，尚觉不过瘾，又录成磁带散步时随身来听，以至于分不清刘郎文字和方明、林茹的声音有什么差别。随后又有《苏州水》问世。仅此两部片子足可以让这位才子流芳百世了，无怪乎陆文夫先生著文称“在同类题材中很难超越”。

苏州电视台有人向刘郎说起，《苏州日报》副刊发了一篇文章，说《苏园六纪》的，又找了送给他看。刘郎看了《苏州没有刘郎》很是感动，想不到苏州有人对《苏园六纪》评价如此之高。他打听秋末何人，想当面说声谢谢，秋末介绍了《苏园六纪》。后得知秋末乃报系中人，就打电话到报社，对秋末说，本想从张家港开完会来报社，要急回杭州，以后定来拜望，请苏州电视台编辑送上《秋泊江南》。

后来，《苏州水》获奖开研讨会刘郎来苏州，果真面晤秋末。秋末年长他几岁，他口称秋末老师，无一毫大家气概。秋末请他吃饭，合了影。秋末送他两本杂文集，他从杭州寄赠秋末有他题字的折扇。题字云：

> 2002年8月识秋末先生，并获先生《秋毫之末》《苦丁一瓣》大著二卷，阅之得益良多，因撰联语十字以记所感也：书卷浮生意，文章苦丁茶。书此扇时，犹忆那夜与先生对饮，真有三言两拍中欲诉心中事同上酒家楼的快乐。恐此联语未能道出先生文章风骨之万一，又录晚近以来名家印文于扇背，用以铺排文趣也，唯“东吴写水”一语乃刘郎自撰，可见刘郎之吴门情结何其绵长也。刘郎者实有幸之人，不仅有幸在文化名城盘桓三载，更有幸在秋末先生苦丁茶馆多番做客耳。

记得，有两年春节，他从杭州来电问候。近年，《苏州日报》副刊做文化专题采访于他，他在文中还题及秋末曾作文于他。可见，刘郎是很讲情义的，秋末小文一篇，多年于心未忘，更无所谓文化名人派头。秋末作文奉多说事少语人，因作文对秋末念念不忘的有二位，杨守松和刘郎。这也是秋末之幸也，说了《昆山之路》，说了《苏园六纪》。

《苏州没有刘郎》（发于2000年11月22日《苏州日报》）说了些什么呢？文如下：

> 有这样一个感觉，不知有没有道理。苏州堪称文人荟萃，作家、文化人一抓就是一大把，知名的也着实不少。可是《苏园六纪》一出，一片叫好声中苏州文坛似乎暗了不少。
>
> 《苏园六纪》主要出自刘郎之手，刘郎何许人也？反正不是苏州人。生于斯长于斯的苏州文人写不出拍不出如此精美绝伦的《苏园六纪》，却让不怎么了解苏州园林的刘郎中了彩。再加上传进耳朵里的两句话，苏州文坛暗下来的感觉又钉了两根钉子，根牢固实。一句好像是，《苏园六纪》非刘郎莫属；另一句好像是，此后要想超出《苏园六纪》，短时期内不大可能。

前一句话有事实为证，后一句话，大致也不会错。《红楼梦》《水浒》一出，不是几百年没有人超越？《苏园六纪》虽不能与《红楼梦》《水浒》相提并论，但高水平的作品一出，同题材的要想超出就相当困难，古今中外概莫能外。能不能超暂且放在一边，还是由后人评说，今天的苏州有没有刘郎倒可以议一议。从中得到点什么。

苏州文坛有没有刘郎，怕很难下有还是没有的断语。文坛不是拳击台，可以几拳分高下决胜负。“非刘郎莫属”，有点排他的意思，但难保杀出一个张郎李郎来，把刘郎打翻在地，苏州没有刘郎毕竟是一种感觉。感觉不完全可靠，《苏园六纪》却是实的，有没有刘郎还是看作品。

《苏园六纪》有三个独到之处。以园林艺术为主体，与文学、绘画、雕塑、宗教、民俗和建筑艺术熔于一炉，人物、吴地文化、历史、经济、社会发展经纬其间，有《清明上河图》《姑苏繁华图》之风范，论气势、纵深、立体感又超出“二图”，此非大手笔不可为，此其一。其二，说明词堪称精到，如诗如赋，既精美又老到，洗练洒脱，颇具功力，一篇优美的散文，加上字正腔圆、抑扬顿挫的旁白，更添韵味。其三，画面的选取、剪裁，既源于实景，又超出实景，比实际园林更加优美，更具动感，文字与画面相互补充，相得益彰，这种电视编导的专门技术，非一般文人所能企及。眼力、底蕴、技术构成了《苏园六纪》的成功之处，三个独到缺一不可，灵魂还在第一个独到之处。

文人写苏州园林，明清以降，留下的文字汗牛充栋，精美之作也不在一篇两篇。是否可以这样说，写苏州园林的可分两大类：一大类，以陈从周为代表，主要是研究型的，既有学术著作，对苏州园林作总体研究的，又有小品随笔点缀其间，但写景还是限于一楼一阁一石一水，以研究为主；另一大类，则以写景和抒发情感为主，或眼前山水，或徜徉其间，抒发的是个人情感，或官场失意，或朋友唱酬，或男情女意，或民情民风，总还是一见一得一感一情。袁中郎的《虎丘》，说“凡月之夜，花之晨，雪之夕，游人往来，纷错如织”，说“剑池深不可测，飞岩如削”，写游人，写夜游，写剑池，堪称形象精当，但还是写的眼前之景。沈复在《浮生六记》中，既对沧浪亭大加赞美，又数落了一通苏州园林，说虎丘之胜“半藉人工，且为脂粉所污，已失山林本相”，狮子林“虽曰云林手笔，且石质玲珑，中多古木；然以大势观之，竟同乱堆煤渣”，写的还是沈复眼中的园林。多年来，苏州文人笔下的苏州园林大都走的还是袁中郎写虎丘的路，写的是所谓性灵文学。《苏园六纪》则跳出了前人的臼巢，走了一条新路。说苏州没有刘郎，是说苏州文人在写园林这个问题上，没有敢于跳出前人老路开辟新路的勇气，缺乏指点江山、激扬文字的大气和才气，大概还是有一点道理的。身居园林而不知园林，“不识庐山真面目，只缘身在此山中”，不知是否又应了这句老话。园林虽美，浸润过久，也会淹没才气和视野。

说苏州没有刘郎，是不是还有苏州的园林干吗要请外来和尚拍的“隐思”在内？如果有，则大可不必。现在，文坛、戏台、舞台、银屏也搞人才流动资源优势组合，苏州的剧本非要苏州人演，已不合时宜。得大奖的《干将与莫邪》的主要演员，据说是从北京请来的，苏州电台得奖的广播剧的演员也不是苏州电台的。《苏园六纪》请刘郎来担纲，完全符合时代潮流。这既是一种潮流，也是一条经验，一台戏要有将有帅有官有僚有兵有弁，像鲁迅写小说那样，帅可以东北来，兵可以四川来，幕僚可以绍兴来，戏才能有声有色。从这个意义上说，不管《苏园六纪》是谁编导的，刘郎来自何方，《苏园六纪》还是苏州的，《苏园六纪》的艺术顾问陆文夫是苏州的，苏州文坛尽可以亮起来。当然，我们还是期待苏州的刘郎。

刘郎在《苏园六纪》誉满苏城之后，乘势而上，又担纲拍《苏州水》，同样赞声一片。应该说，《苏州水》也拍得很好，是力作，题材不同，论广度深度思想内涵，“六纪”不可相比，一是方寸之地，一是太湖江河，一是艺术品，一是大自然，相同的都姓苏，都充溢着苏味，此园此水只有苏州有。秋末在一篇文章中说，《苏州水》可以作为苏州读本，上任的官员和中学生都可以作为一门课读一读，以此读懂苏州，文化上也可熏陶一下。

秋末对《苏州水》并没有一味赞扬，作了探讨式的批评。刘郎特意送了《苏州水》，秋末连看两遍，思索了好两天，写了一文《水不都是软的》，想说《苏州水》与水的本质和灵魂，有距离。秋末在文中说：苏州是筑在水上的，水是苏州的灵魂。苏州水的灵魂是什么？水之于人类有两面，一面是载舟，一面是覆舟，一面是滋润，一面是泛滥；人类之于水，也有两面，一面是用水，一面是治水。这个两面的两面就是水的本质，水与人类的关系。载舟覆舟就是水的灵魂。百姓是天是地，百姓也是水。历史上，水之害是泛滥；今天，水被害是污染，治水贯穿了古今，还通向明天。《苏州水》主要说的是水的滋润与用水，水与农业与城市与市民生活的关系，苏州水文化的特色，却有意回避了水的政治含义、水的污染与治理。平心而论，《苏州水》多少触及了这些内容，只是不够明确和强烈罢了，秋末自说自话要求过高了，或许还是“另起一行”，要求偏了，这不是《苏州水》所要表现的。刘郎很想听到秋末对《苏州水》的看法，来苏州开《苏园六纪》（还是《苏州水》）的研讨会，有记者告诉刘郎，秋末有文说《苏州水》发在《苏州日报》上。会址在苏州图书馆对面，刘郎在会隙之间从图书馆查到了秋末那篇文章。想来，刘郎看了会有所失望的。晚上，秋末请刘郎吃饭，对秋末的批评，他一点也不介意，只说了一句话，我是写苏州水文化，所以没写治水。秋末后来在他的一句名言后，加说了一句话，刘郎说：要是苏州水干了，苏州文化也就干了；秋末说：要是苏州水污染了，苏州文化也就污染了。

秋末在另一文《苏州没有荆轲》中又说了《苏州水》：

> 看了两遍，若有所失，若有不明，隐隐约约感到，眼前的《苏州水》是三四十年前的苏州水，那流动在画面上的水不是今天苏州的水。沧浪之水清兮，沧浪之水浊兮，今天得加一句：沧浪之水脏兮，缨也不能洗，足也不能洗了。猜想陆文夫和刘郎是喝着农夫山泉拍《苏州水》的。今天的苏州水或许是几十年来的败笔，所以一字未提。这也是我的猜想。其实，几十年来苏州治水也是轰轰烈烈的，只是欠账太多，放进水里的钱太少，对护水的认识有一个过程。其实，苏州治水远比苏州治园重要千百倍，苏州人不会天天进园林，可天天要喝水。

刘郎看到了秋末文章，他在电话中说，看了“苏州治水远比苏州治园重要千百倍，苏州人不会天天进园林，可天天要喝水”，若被猛击了一下，这句话一直在脑子翻腾，挥之不去。对秋末挖苦喝着农夫山泉拍黑臭的沧浪水毫不在意。刘郎在思索，为什么《苏园六纪》有一纪写了对园林的破坏与治园，为什么《苏州水》不写水的污染与治水呢？秋末在说陆文夫的一文中，还把“账”记到了陆文夫身上。秋末后来醒悟了，刘郎毕竟是从杭州请来的，哪有客人在大庭广众刮主人脸皮的。

美哉刘郎，你在干什么？何时来苏州，重上酒家楼，以诉心中事。秋末又出了七八本杂文集准备送你。

鸳鸯仍戏水　蝴蝶仍在飞

苏州要说继承传统文化，近现代是绕不开鸳鸯蝴蝶派的。鸳鸯蝴蝶派的主阵地在上海，一些主将却在苏州。周瘦鹃前半生在上海后半生在苏州。秋末与鸳鸯蝴蝶派发生关系，有三：读过一些作品；“文革”结束时到周瘦鹃的园子里去看过一次；编书看过有关写周瘦鹃受迫害、投井自尽的两篇文章，这都是三十年前的事了。周家园子在苏州大学附属第一医院的西侧，有一条小弄相通，可进医院。秋末每次经过，总要看看周宅，总会冒出：周瘦鹃曾住在这儿。

记得一篇文章中的两段情节，一段写毛主席曾接见过周瘦鹃，1962 年 4 月 15 日在怀仁堂，有这样的对话：“主席前年曾说要和我谈，现在请主席教诲吧”；“你的文章是写得很好的”；“主席，我学习很不够，那里写得出好文章”；“群众喜爱你的文章，就是好文章”；“记得主席曾问我有什么新东西，我体会主席的话，不是对我一个人讲的，而是对我们全国人民讲的，是希望我们大家拿出新东西来”；“这也包括你在内啊”。周瘦鹃呈上了随身带去的《和毛主席诗词二十一首》，毛主席当即一首一首读了。另一段，在几番抄家、批斗之后，1966 年 8 月 18 日深夜，周瘦鹃投入了他自命的“清泉”井。

今非昔比，今日文学界对鸳鸯蝴蝶派的看法发生了根本改变，有批判，肯定居多。不同看法依然存在。去年，苏州文化部门开了一次有关“苏州作家与中国当代文学”的研讨会，研讨中就说到对鸳鸯蝴蝶派的看法。南京大学文学院教授吴俊说：“近代的苏州文学留在文学史上的就是鸳鸯蝴蝶派。对于现代和近代的苏州文学，无论传统的士大夫还是五四以后的知识分子，他们的作品没有家国天下的情怀，远离社会，不是严肃的、主流的文学作品。当我们回过头去看，他们所描写的所谓的市民文化，其实孕育着真正的文学性。如果苏州作家对中国当代文学的贡献成立，那么苏州文学要继续走‘不正经’的路子……”苏州大学文学院教授范培松无法认同吴俊的说法，“再怎么加引号，苏州文学也不能用‘不正经’形容”。

据 2013 年 5 月 26 日《苏州日报》报道，研究通俗文学数十年的著名学者、苏大中文系教授范伯群在专访中说：鸳鸯蝴蝶派是20世纪初叶出现在上海“十里洋场”的一个文学流派，最初作家们热衷的题材是言情小说，写才子和佳人“相悦相恋，分拆不开，柳荫花下，像一对蝴蝶，一双鸳鸯”，并因此得名为鸳鸯蝴蝶派。这一流派中，徐枕亚、包天笑、周瘦鹃等作家都是苏州人或长期定居在苏州，早期代表作又是徐枕亚的《玉梨魂》，苏州也因此被认为是鸳鸯蝴蝶派的源头。鸳鸯蝴蝶派虽曾广受大众读者欢迎，但也受到新文学界的批判。20世纪70年代末至80年代初，范伯群受中国社科院文学研究所之邀，开始搜集、整理鸳鸯蝴蝶派资料，将研究重心转移到通俗文学研究领域，这也让他对鸳鸯蝴蝶派的历史地位更有发言权。他认为，所谓的鸳鸯蝴蝶派作品有三大优点：一，不乏很有水准的精品，同时具有娱乐性；二，在“乡民市民化”这一现代化工程中，它们起到了启蒙教科书的作用，对进入大城市“安身立命”的破产和赤贫乡民给予人文关怀；三，鸳鸯蝴蝶派作家中有不少报人，发表的政论杂感数量近万篇，这些作品通俗易懂，为社会中下层市民和粗通文字的农民提供了精神食粮。根据以上的三点，范伯群认为，鸳鸯蝴蝶派应该摘去带有贬义的鸳鸯蝴蝶派的帽子，戴上“市民大众文学”的桂冠。

2002年初吧，秋末逛旧书店，看见一套8本鸳鸯蝴蝶派的散文、杂文、随笔集，买了回来翻了一遍，可谓大开眼界、刮目相看，联系今日文坛，于是写下了《今日蝴蝶仍在飞》的文字，发在2002年3月2日《苏州日报》“吴文化杂谈”的专栏里：

“鸳鸯蝴蝶”与苏州是脱不了干系的。

苏州是适宜“鸳鸯蝴蝶”过日子的地方，更不用说鸳鸯蝴蝶派的几员大将就生活、舞文弄墨在苏州，许多作品写的就是苏州的人，苏州的山，苏州的水，还有吴侬软语、玄妙观的杂耍。

半个多世纪过去了，打开今天的报章杂志，有苏州的，还有许多东西南北的，又翻翻昔日的“鸳鸯蝴蝶”，一个似曾相识的感觉，昨天的“鸳鸯蝴蝶”没有死，它们还活着，“鸳鸯”还在戏水，“蝴蝶”还在飞舞。

我们曾经将“鸳鸯蝴蝶”驱逐过好多次，在现代文学史中不是空白，就是一笔带过，“带”也是批判性的。几十年来，一茬又一茬的大学文科毕业生，对“鸳鸯蝴蝶”大都不知情，知道几个有代表性的人物而已，他们的作品则很少读过。近日买了8本1909～1949鸳鸯蝴蝶派的散文、杂文、随笔集，从头到尾翻了一遍，方知“鸳鸯蝴蝶”有它可亲可近之处，一个文学流派有它存在的依据，方知为什么今天“蝴蝶”还在飞，“鸳鸯”还在戏水的缘由。

尽管城市出现已经很久，形成现代意义上的市民，或许还是近百年的事。不管是以前的市民，还是现在的市民，都需要市民文学，尤其是现在，几乎人人都有读书读报的条件。市民文学的一大特点，可能就是贴近他们的生活，反映他们的喜怒哀乐，满足他们精神上的需要。表现形式，轻松，直率，随意，短小，活泼，与市民生活环境、节奏相合拍。尽管昨天的市民与今天的市民有很大的不同，但对市民文学需求的基调还是相同相通的。鸳鸯蝴蝶派的作品正是从一个方面适应了市民文学的需求，成为一个在市民中有广泛影响的流派。植根于此，也就有了存在乃至发展、流传的理由。今天不少报纸的副刊强调贴近市民，文章轻松随意，就与半个世纪前的“鸳鸯蝴蝶”相通了。

说说几篇“鸳鸯蝴蝶”有关苏州的作品。

范烟桥1934年在《茶烟歇》上发表的《苏州头》，堪称一篇微型散文，仅百余字。“苏州头，扬州脚，为以前女子所艳称。光复后，尚大脚，扬州之脚，便成落伍，苏州之头，依然不减其声誉，虽曾有数度之变更，而光滑可鉴可致，未识其向具之美点。有贫家妇专执此业者，称梳头娘姨，日莅理髻，月取一二金不等，苏州女子之爱其头，亦云至矣。自截发风行，起大变化，虽小家碧玉，亦鲜有蟠帘至矣。”短短百语，写了辛亥革命后，头脚的变化，苏州女子尚头风气盛行，今日苏州女子尚头不亦如此。

而观钦1922年在《红杂志》上发表的《苏州识小录》，说“苏州里巷桥梁之名，往往辗转误读，致与原名不合。如‘邵磨针巷’之误为‘撞木针巷’，‘游马坡巷’之误为‘油抹布巷’。阊门外有‘鸭蛋桥’，其名本俗，今有写作‘阿黛桥’者，则化俗为雅。城内有‘钓玉弄’，其名本雅，今人辄呼为‘狗肉弄’，则化雅为俗。”还说“苏人吃板茶之风颇盛（按日必往茶寮，谓之板茶），亦有每日须至茶寮三五次者。一次泡茶以后，茶罢出门。茶博士不收壶去，仅将茶倚戤一边，以待其再至三至，名曰‘戤茶’。取得‘吃戤茶’之资格者，非老茶客。仅出一壶茶之费，而可作竟日消遣。”写苏州文史小品、风土人情，可谓绵绵不绝，人们看不厌，文章写不完。

徐国桢1940年在《玫瑰》上发表的《吊苏州》，则是另一种“鸳鸯蝴蝶”，反映日寇蹂躏下的苏州，虽未点明，一看年代，愤慨之情溢于言表，仍可触可及。文章说，“苏州是一个少女：静媚柔和，不脱旧家‘千金小姐’气息，而也懂得一些‘摩登打扮’”，可是，“如此聪明软弱使人不敢吹以一口大气”的苏州，现在却是“月黯花谢”，风物犹在，已使人“痛彻心骨”。作者问苏州，“汝知吃吃零食、说说笑笑外之失落乎？汝知形体可损精神不灭乎？然则汝虽然脂粉狼藉、玉容憔悴，芳魂一缕，当犹是不绝，苏州乎，魂兮归来”！作者还说，“吊苏州岂仅吊苏州而已哉！”可见“鸳鸯蝴蝶”并非只是吟风弄月、种花栽草，民族大义、人民生死还是相连的。

秋翁1948年在《秋斋笔谭》发表的《官累》，对官吏盘剥百姓则作了辛辣的抨击。说“官累”不是说做了“官”为“官职”所累，乃指不做“官”受“官”之累。所谓“官”，就是“凡有权力管我的，都得管”。“走一步路，你向东走触犯忌讳，向西走也要触犯忌讳。”“官硬派一份报纸给你看，你看不看随便，钱总该要花的；官硬卖一面旗子给你，你用不用随便，钱也总该要花的。”很长一段时候，有个“深入人心”的说法，说鸳鸯蝴蝶派逃避现实，对社会黑暗不抗争，看来也并非尽然。方式不同而已。

“文革”结束不久，笔者曾去过周瘦鹃家，但见井（周自尽于井）在人去，园子荒芜，花草不见，几棵老树垂首而立，不胜感慨系之。

时间又过了一二十年，现在可以说，昔日纷争可以明晰了。时代需要鲁迅，社会需要周瘦鹃，要有大浪搏击，也要有鱼翔浅底。让鸳鸯戏水，让蝴蝶纷飞，因为，这是生活。

要鲁迅，还是要周瘦鹃？要杂文，还是要生活类言情类的散文？放到了今日报纸副刊的面前。秋末曾对《苏州日报》《姑苏晚报》副刊编辑说，要有鸳鸯蝴蝶，要有匕首投枪，生活类的散文可以多一些，但不能没有杂文言论，思想仍是副刊的灵魂。

吴王墓与孙武隐居地“认定”之争

苏州历史上有不少疑案。吴王墓在哪里？孙武子隐居地在哪里？曾经传出了两个“好消息”，吴王墓和孙武隐居地找到了。事实是，都属推测，并无确凿证据，谈不上科学考证，所谓“认定”，均属“我看”“我认为”之列，可认不能定。由此，苏州文史界出现了长达十余年的激烈争论。现在明的不争了，不同观点依然存在。

秋末写点论说，说的是“新闻评论”和“现代评论”，读点历史只是读，几乎不触及研究历史，写了几篇“吴文化研究”，也是借古讽今，拿古人旧事做今日文章。秋末有个自知之明，对浩如烟海的历史知之甚少，却去指东道西，几句话一说就会露出马脚，闭嘴不说为佳，也是给自己面子。苏州话叫“着乖点”。秋末说过吴王墓与孙武隐居地的争论，不是研究吴文化，属“劝架”，劝双方不要动火，只说一句话，是真是假要凭证据。

据史载，寿梦南迁至吴，经诸樊、余祭、余昧、僚，最后到夫差亡国，先后共有7位吴王，而春秋晚期只有阖闾、夫差两位。阖闾、夫差葬于何处，至今未有定论。

出苏州城，向西北，与太湖之间多山。在阳山白泥矿东，浒墅关南，312国道侧，有座山叫真山，不高，数十米，丘陵而已。山上有多个小山包，似大墓。不知怎么发现，山包下有墓葬。20世纪90年代初，苏州考古部门开始发掘。一个震动苏州的消息传出，真山一号墓是吴王墓。

苏州新闻界自然作为一件大事来对待，有记者密切关注真山一号墓的发掘。在就要“见底”的一天，日报、晚报派出了文字和摄影记者，秋末也去先睹为快。大墓由上而下开山而成，有十多米深，壁为花岗岩石。我们立在山顶，看着发掘人员把最后的土一点一点取掉，从上午盯到下午。可惜，奇迹并未出现，仅发现少量文物，记得最有价值的仅一玉器，好像是块玉珮，没有见到能证明墓主身份和墓葬年代的实物。就是说，仍然是个谜团。

消息怎么写？从墓葬形制来看，可以断定，非一般官员墓葬，诸侯、王室可能性极大，是否是吴王墓、哪一个吴王的墓则无从断定。晚报记者写了真山一号墓发掘消息，倾向是吴王墓。日报记者写了一篇长篇通讯，从标题看也倾向真山一号墓是吴王墓。通讯送到秋末手里，秋末在标题后加了一个大问号，表示不可定论。经多年研究和继续挖掘，真山一号墓是否是吴王墓至今未有定论。据说，真山其他墓葬发现了汉代遗物，更是扑朔迷离。

但真山是吴王陵的说法已经传出，当地为了旅游，在真山做了吴王陵巨幅广告，一时成了热点。不久就冷了下来，广告也消失了，几成一场闹剧。但不可思议的是，对考古一言九鼎的苏州博物馆却采信了。新苏州博物馆落成，秋末去参观，在展示考古成果一馆的解说词中，赫然写着真山一号墓系吴王墓的断语。秋末打电话给馆长问怎么回事，是否有了证据？他说，没有证据肯定真山一号墓是吴王墓，把关不严，应该去掉，或改写成未有定论。究竟怎么处理，秋末没有再去多问。今年，也就是十五六年后，网上有文，文章作者去了真山，实地看了“吴王墓”，但仅见几个大坑，未见有任何有关吴王墓标志性的东西。文中有言：“真山是楚贵族的墓葬地，其中的一号大墓被认为是吴王寿梦的墓葬，二号大墓是春申君黄歇的墓葬。”作者用了“被认为”三字，可见“吴王墓”并未正式冠名，也可见“吴王墓”的传言还在流传。真是一言既出，驷马难追啊。

据史记载，“孙武孙子武者，齐人也，以兵法见于吴王阖庐。”“孙子者，名武，吴人也。善为兵法，辟隐深居，世人莫知其能。”史书记载不详，孙武由齐入吴，先是齐人后是吴人，可定，作兵书十三法献吴王也可定。孙子兵法究竟作于吴还是作于齐，是在齐作了再献吴王，还是来吴之后作了献吴王，凭现有史料很难断定。“辟隐深居”，隐在何处，可以断定在苏州西部山区，但是哪座山哪一地，同样，凭现有史料很难断定。

应该是十年前了，苏州孙武子研究会提出看法，认定孙武“辟隐深居”之地在穹窿山茅蓬坞。此后，研究会与当地政府在穹窿山辟地筑孙武纪念馆，旅游部门打出孙武隐居地的宣传口号，有的媒体也参与期间，还包括北京孙子兵法研究会的专家，影响波及国内外。对这个明显带有主观色彩的“认定”，遭到了苏州文史界一批学者和吴文化研究人员的反对，数年间，与苏州孙武子研究会展开了激烈的论争。

俗话说，不辩不明。对一个“认定”的不同看法，乃至论争，是正常的，也是有益的。秋末看了两方的一些文章，不是客套话，确是得益匪浅。一在挖掘了一批史料，二在坚持了实事求是的学风，尤其是孙武与苏州的关系从少为人知到广为人知，是一个贡献。孙武子研究会的探索和学以致用的精神可敬，他们做了大量工作，丰富、充实了吴文化，是有成绩的。而苏州的一批老学者“揭竿而起”，据理说话，坚持实事求是、有一说一、刚正不阿的学风和治学精神可尊。本来可以求同存异，心平气和地研究，研究、探讨不下去就鸣金收兵，搁置一边；可是，不知出于什么原因，论争走到别的路上去了。论争先在“认定”的依据和联系上，后来渐渐超出了，上“火”了，带有攻击之味了。有一方有人竟写匿名信相污辱，实在有扫苏州斯文。在争论不可开交的情况下，2006 年 9 月秋末作了《真山与穹窿山上的两个问号》，目的出于劝架，回到学术探讨的路子上来。有没有倾向？有的。不赞成“认定”一说，不赞成学术探讨火气太旺。《苏州日报》不发，内刊《苏州政协》发了，据说影响相当大。文如下：

做了一二十年的编辑，几乎对每篇文章都会改动标点符号，什么文章改的什么标点什么符号，早已是生死两茫茫。惟有一篇文章的一个问号，只要一提起那件事，那个问号就会活过来，尽管时光已整整过了十年。新近触动这个问号又起死回生的是有关孙子是否隐居穹窿山的一篇文章。

许多苏州人大概还记得十年前发掘真山一号墓的事，那时那情那景真可以用轰动二字，一个消息传遍了苏州，那古墓是吴王墓，苏州人、文史界千万双眼睛盯着真山。消息并非空穴来风，那古墓的规格绝不是平头百姓和一般官员所能享受，王室人员的可能性极大。记得秋末和记者在现场睁大眼睛看着古墓最后的一点一点地发掘，得到了一些宝贝，令人失望的是没有得到可以证实古墓是吴王墓的直接证据。

消息怎么写文章怎么做？一个最要命的“口径”，古墓是不是吴王墓。发布“口径”的权威无疑是苏州的文博界，否定古墓与吴国王室无关，肯定古墓就是吴王墓，都缺乏足以证实的依据，他们的“口径”实在有点模棱两可。记者写了一篇长篇报道，虽无直接认定古墓是吴王墓，但带感情的字眼笔触还是倾向是吴王墓。是吴王墓不是吴王墓，还得听文博专家的意见，秋末在长篇报道带肯定意味的标题上加了一个大问号，传递一个信息，古墓是不是吴王墓不能断定。

十年过去了，真山古墓再发掘再考证都证明，当时苏州文博界的意见是审慎的态度是科学的，起码是在有足以证明古墓是吴王墓的证据出现之前。事后思之，有两点格外值得注意：其一，千万不能被情感牵着鼻子走。吴是苏州的老祖宗，吴王也曾彪炳于世，吴王墓在何处千古之谜，今日得解可以告白天下，岂非大快人心事。但情感是情感，考证是考证，科学是科学，情感不能代替科学不能代替证据。推测有百分之九十九的可能，还是推测，没有足够的证据，就不能认定，能认定的只能是证据和证据间的科学联系。其二，不能为一时的功利所诱惑。真山一号墓确是吴王墓，肯定有旅游价值，但这个价值必须建筑在历史古迹真实的基础上，否则就有欺世盗名之嫌。现在这股风很厉害，孔明老先生家住南阳还是襄阳争得不可开交，远远超出了学术研究。传媒在考古发掘研究历史遗迹遗存上是没有发言权的，绝对不能掺乎其间说东道西，更不能对不同意见不同看法扬此压彼，能做的只能是忠实的记录和纯客观的反映，这应该是传媒的金科玉律。

真是无独有偶，真山古墓是不是吴王墓的问号还悬在那里，穹窿山茅蓬坞是不是孙武在吴隐居作兵法地的争论又起了，一个更大的问号又竖在苏州西部山区。说这个问号更大，是说这个争论已是多年，对阵的两军人多势众，争论走出了苏州。孙武兵圣也，《孙子兵法》世界最早最系统的军事理论著作，两千多年来影响超出了中国超出了军界，传媒报道日本一大企业的成功得益于孙子兵法。《吴越春秋》说孙武吴人也，“善为兵法，辟隐深居，世人莫知其能”。孙武与吴国有不解之缘，孙武曾佐吴伐楚，很有可能《孙子兵法》在吴隐居时作出的。以此为据，找出孙武在吴的隐居地就很有价值很有意义了。于是，有关孙子研究的学术机构经几年辛劳实地考察，最后认定苏州西部群山之中的穹窿山茅蓬坞是孙武在吴的辟隐作兵法之地。秋末曾身临其境，山间一阙，茂林修竹，浓荫蔽日，了无尘世，隐居好去处也。如果这个“认定”作为一家之言乃至一项学术成果，圈于推测之内，百家争鸣也无不可。依据这个推测，在茅蓬坞建一孙子在吴的纪念馆（苑）同样也无不可。问题是这个推测不能作为史实认定，缺乏有说服力的证据。学术界公认，要确认孙武辟隐之地已是很困难了，除非有新的出土发现。真理与谬误常是一步之遥，多跨一步真理就成了谬误，有鉴于此，多年来苏州文史界一些学者激烈反对这个缺乏史实作为依据的认定。

将推测作为史实将主观认定作为客观证实，是不足取的，应该舍弃。但也应该看到，孙武隐居地的主观认定与伪造史实有意造假是有区别的，是阳谋非阴谋，穹窿山之争茅蓬坞之争总的还是学术观点学术方法之争，还是学术范围内的争论。应当说，起始之争，问题本身并不大，多跨了一步退回一步就天下无事，问题是茅蓬坞做大了做出去了，史志之类的官方半官方文书、党政领导人著书作文采信了。

但不退不缩是不行的，早退早缩比晚退迟缩好，不是谁与谁过不去，而是应该坚持实事求是的思想原则。我们这代人不改，我们的子孙会改，会在茅蓬坞大书四字：此乃妄也。我们又何必留笑柄于后人。其实，要退要缩并不难，在茅蓬坞再立一碑或重立一碑，上书茅蓬坞发现经过、与“辟隐深居”的联系，明确此乃推测，筑孙武苑以纪念之。谁来立碑？解铃还须系铃人。解错纠误是学术界常有的事，学术常常在纠正错误汲取不同见解中得以发展，这也是学术界学风清明端正的一种表现。

作此短文想造一座桥，你从那头来我从这头去，求同存异，罢息战火。一个基础，双方大都认为把茅蓬坞作为孙武隐居地缺乏可以直接认定的史实，以此作为大同携手可待。至于怎样看待《吴越春秋》说孙武是“吴人”、这个“吴人”若为“新苏州人”与“吴王客”是否矛盾是否可以同时存在、“辟隐深居”是否可以断定与穹窿山与苏州西部山区无关等等，尽可探讨尽可争论下去。

有学者指出，一两千年来史学界从来没有把孙武在吴的隐居地这一细节看成什么大事而上下求索，事实上史料有限求索也难，硬做文章徒费时日徒劳心力。真山吴王墓，孙武隐居地，千古已成谜，留给后来人。

争论还在继续吗？偃旗息鼓了。不久前，秋末见到写多篇驳“认定说”文章的原苏州博物馆馆长。他八十多岁了，曾参加过抗日赴缅远征军，老笔杆、老学者，长期研究吴文化。秋末与他短期共过事，对他文字之老练、精当五体投地。老先生很有个性，写了驳文，吴文化研究会以不参与争论为名内刊不发，老先生拂袖而去，声明退出研究会。问他还在写驳文吗？他摇头，说了声没意思。秋末知道，他曾上书市领导，不能采信“认定”之说，否则，会留下笑柄，但未见动作上书形同石沉大海。

作此文时，秋末读了网上苏州孙武子研究会谈世茂先生的一篇文章，文作于2012年，题为《孙武隐居著兵法地认定的依据》。秋末读了两遍。看来，这是他“认定”说的集成，对他的认真执着表示钦佩。一个感觉，孙子在吴完成孙子兵法依据较足，但仍不能绝对排斥先作于齐后成于吴，更可信的是准备、积累包括初写于齐而后成于吴；茅蓬坞隐居地，仍然是在推测，没有可信和足以认定的依据，用他人著作中的“吴都郊外”“姑苏附近”“太湖之滨”来印证认定，属于做文章，更难采信。全文心平气和、依据而言，全无论争姿态和刺人之语。情有独钟者尽可研究下去。期待有新发现新见解。

《牡丹亭》一字一曲不能动吗？

苏州两大文化品牌，也可称两大名片，一为园林，二为昆曲。都是国际级文化遗产，名声等量，文化内涵，不能比，各有所长，各有所重所贵，若硬要比，昆曲在先，非物质文化遗产，昆曲中国第一。但今日两相境遇不一样，可用二词，门庭若市与门可罗雀。

并非苏州厚此薄彼，苏州对昆曲的继承、挽救做了大量工作，可谓是继承传统的重中之重。也可以讲，无论继承和创新都有成绩可数，青春版《牡丹亭》，一大成绩。园林热，大众旅游产品；昆曲冷，小众文学极品。冷与热，既在外，更在内，曲高必和寡。就是今日音乐之中，也有这样的现象，《胡笳十八拍》有几人在欣赏？

昆曲面临着两大问题，怎样继承，怎样创新。一种意见，昆曲不存在创新，就是要原封不动，就是要原汁原味，《牡丹亭》一字一曲不能动，现在的问题，是继承不是创新。有没有道理？有道理。昆曲传到今天已经定调定形，《牡丹亭》已是千锤百炼，若改了，若任意改了，就说不上继承，以创新之名行毁坏之实了。据说，对白先勇的青春版《牡丹亭》，文化界颇有微词，乃至反对，或誉毁参半。

要称苏州文人、文化人，必爱昆曲，必懂昆曲，以爱以懂昆曲为骄，更以能哼唱“赏心乐事谁家院”为荣。反之，你就不是不像苏州文人。秋末对昆曲说不上喜欢，包括评弹，确也听听片子中的昆曲，更谈不上懂，一点儿也不懂，《西厢记》《牡丹亭》《长生殿》，一字一句读过，却与音律、曲调无关，都是作为文学作品来读的，如读诗读词读赋。对苏州文化界有关昆曲能不能改、怎样改的争议，只是隔岸观戏，写过两篇短文，曲外说曲，戏外说戏，关公战秦琼，隔靴搔痒而已。针对“一字一曲不能动”，说了一句话，不能这样绝对，包括《牡丹亭》在内，几乎所有名著闻世后都有修改过的，昆曲作为一种曲种，总要向前走。越剧为什么有这样的兴旺，有徐调有王调有戚调，未臻于定于完于一调一家，是一大原因。2006 年 11 月 2 日秋末在《苏州日报》作《为青春版

〈牡丹亭〉作注》：

昆剧能不能改，《牡丹亭》能不能改，早就有两种声音。白先勇的青春版《牡丹亭》一出，能改与改不得的声音又响起来了。昆剧能不能改一改白发三千丈，“青春版”是不是受欢迎，暂且放在一边；说实话，秋末不懂戏曲，更不懂昆曲，要想插嘴的是，历史上流传下来的任何一种戏曲都有过变革，任何一部剧本都有过变动，剧本改编是常有的事，区别只是改得好不好，《牡丹亭》出青春版不用大惊小怪。当然，得加一句：不能胡编乱改。

没有研究过《牡丹亭》，没有去查资料，打开书拒一找就找出了六种《牡丹亭》的版本，有20世纪60年代人民文学出版社出的汤显祖全本《牡丹亭》，有收进《兰苑集萃——五十年中国昆剧演出剧本选》的四家昆曲院的演出本，还有装进片子里的载歌载舞的近几年上海昆剧院的演出本，秋末这个门外汉藏有六种，昆剧资料馆里几十种肯定有的，历史上口头上尘封湮没消失的不知又有多少。强制固定一种版本，只有我没有你不能再有他，不符合《牡丹亭》的流传发展的历史。

1598年《牡丹亭还魂记》问世，轰动了整个文坛，家传户诵，几令《西厢》减价。很可能出于多种原因，或对剧本的理解不同，或剧团演出条件限制，或唱词文学味太浓，不长的时间就有多种版本流传，现在能见到的版本哪个是最原始的出于汤显祖手下一字未改的，已无法检验出来了，或许就根本不存在了。20世纪60年代人民文学出版社出的最权威的本子，也明确这是最接近原作的版本，这个本子的后面还附录了一长串的对其他六七个版本择善而从的考证。完全可以这样说，就是这个最接近原作的《牡丹亭》也不全都是汤显祖的了。

翻翻看看听听近五十年来《牡丹亭》的几种版本，可能少见多怪，真有点大吃一惊，今天流传的《牡丹亭》几乎都不是原作《牡丹亭》了，可以讲都是改编本，还可以讲是《牡丹亭》的创作本，无论长篇中篇短篇都大大缩减了。《牡丹亭》原来有五十五出，改编本大都改在十场以内。上海昆剧院有两个改编本，都还叫《牡丹亭》，短的只有六场，场名也都改了，容量最多原来的一半；长的分成上中下三本三十四出，是最接近原作的改编本，删改还是相当大。第一出为“标目”，表明传奇的缘起梗概所谓“引子”，所有改编本都砍了。上本从“言怀”始至“闹殇”十九出，删掉七出；即使保留的删改也不少。第二出“言怀”柳梦梅有一段开场白：“河东旧族，柳氏名门最。论星宿，连张带鬼，几叶到寒儒，受雨打风吹。漫说书中能富贵，颜如玉，和黄金那里？贫薄把人灰，且养就浩然之气”，则删成：“河东旧族，柳氏名门最。漫说书中能富贵，颜如玉和黄金哪里。贫薄把人灰，且养就这浩然之气。”而场次前后之间也有变动，“道觋”原在“写真”之后，改编本改在“写真”之前。而江苏昆剧院的《还魂记》干脆将“拾画”作为第一场，包括序幕在内总共只有五场，人物也只有柳梦梅和杜丽娘两个主角，再加石道姑、梅花王、花王几个跑龙套的。

改得好不好？删得对不对？改编有没有出彩？有一点是肯定的，秋末所见这五种版本都是戏曲界昆曲界所首肯的，都是范本，四种版本作为五十年昆剧推陈出新的一大成果收进《兰苑集萃》里。秋末以为，改编本虽然内容改得有多有少，原作的精神、故事主体、人物主角、主要唱词没有变，从这方面看，《牡丹亭》还是《牡丹亭》；但改编本毕竟改了，不少内容重编了，带有一定乃至相当大的创作成分，说改编后的《牡丹亭》不是汤显祖的原作《牡丹亭》，也有道理。

汤显祖高兴不高兴？秋末猜测，汤先生一则以喜一则以谅，喜在三四百年了人间还在传唱“良辰美景奈何天，赏心乐事谁家院”，他国的莎翁也不过如此，美哉《牡丹亭》，得谢谢梨园界的朋友；身上掉下来的肉东挨一刀西被砍一刀，能不心疼？版权所有，不打招呼就动刀动枪还讲不讲保护知识产权？不过，几百年了情况大变了，改也有改的道理，标新立异本来就是我汤显祖所推崇的，删繁就简也确实需要，要现在的人一整天浸在戏园子里看一本《牡丹亭》也不是个事情，演了七八场还在铺垫确实节奏也忒慢了，四百年前可没有快节奏的词儿，用“游园惊梦”做戏名我特喜欢，比我那个《牡丹亭还魂记》简练传神得多。秋末附言，今人对《牡丹亭》确有贡献，多种多样的《牡丹亭》使一棵牡丹成了一个牡丹园子。文学名著怎样改编，《牡丹亭》有值得借鉴的成功之处。

由《牡丹亭》不由想到了《梁山伯与祝英台》。《梁祝》也是个大家族，也是个大花园，不只是有越剧京戏黄梅戏，还有电影音乐协奏曲，一百个剧团一百个梁山伯一百个祝英台一百个楼台会，真可谓异彩纷呈，要是只有一个越剧《梁山伯与祝英台》，那就太单调了，而那个小提琴协奏曲更是使《梁祝》走出了国界，说是每一分钟地球上总有地方响着《梁祝》，奏响世界的片子已累计售出一千万张。《牡丹亭》》到了美国。但《牡丹亭》的境况与《梁祝》相比天差地别，《牡丹亭》与《梁祝》可是亲姐妹呀，钢琴小提琴舞蹈就不能协奏协伴《牡丹亭》？不中不洋不伦不类？三四十年前音乐界就有不少人以此指责创作小提琴协奏曲《梁山伯与祝英台》的两个二十岁左右的年轻人，可现在的结论却是：开创了西洋乐器中国民族化的先河。

2008年10月青春版《牡丹亭》进京在国家大剧院演出，发生了一件事，原本在大剧院同时展出的苏州青年画家杜璞的油画《牡丹亭》被撤除，引起了争议。撤除的理由，油画的外露与昆曲的典雅不协调。此说也不无道理，两种艺术、两种格调，硬要放在一起，拉郎配，配不起来。但，同时展出、演出也无不可呀，可以相得益彰呀，其中也不无中西两种艺术、一家独放与百花齐放的冲突。2008年4月5日秋末在《苏州日报》作《两个〈牡丹亭〉相撞意味着什么》：

> 2004年，苏州青年油画家杜璞看了青春版《牡丹亭》的演出，心中受到了极大的触动，萌发了用油画形式表现《牡丹亭》的念头。这组画，他构思创作了三年之久，画了素描草稿一百多张，成画六十多幅。准备在国家大剧院展出的28幅油画，是挑选出来的精品。
>
> 可是，原定于10月8日至10月10日在国家大剧院展览三天的杜璞油画展，只展览了一天就撤展了。原因是，油画的人体与鬼魂引起了昆曲《牡丹亭》部分演员的不满，他们认为，杜璞油画笔下杜丽娘的裸体形象与其在舞台上创造的青春版人物形象有出入。而一些戏迷也认为，油画表现太直观、太西方化，不够含蓄，感情上接受不了，有损于他们心中的杜丽娘形象。《牡丹亭》组画中《幽媾》《冥誓》《回生》《如杭》等表现人体美的画面统统被取了下来，甚至凡有露胳膊露腿的画面也被取下。杜璞觉得人体是组画中精华所在，缺了这些，画展的完整性显得支离破碎，索性在昆曲《牡丹亭》正式开演前十几分钟全部撤展。
>
> 大剧院里一面演昆曲《牡丹亭》，一面展出油画《牡丹亭》，看看这，看看那，比比这，比比那，看看东方，看看西方，享受这，享受那，好事呀，赏心乐事呀，干吗只有你没有他？大剧院国家级的，怎么听了一方之言，就将“有出入”的画撤下了呢？
>
> 《牡丹亭》里的《牡丹亭》外的杜丽娘，人们心目中的杜丽娘，只有一个？只有你演的一个？那也有点不近情理了吧，与你塑造的“有出入”，就

得靠边站，那也有点霸道了吧。经典之语，一千个读者就有一千个哈姆雷特，一百个演员就有一百个哈姆雷特；有了王文娟的林妹妹，就不许有陈晓旭的林妹妹，是不是艺术观封闭得划一得叫人有点吃惊？不要忘掉不久前对“青春版”的争论与指责，一个主要批评，就是批评白先勇改动了天长日久积淀下来的传统《牡丹亭》，背景手法有现代元素，怎么没过几天青春版里的杜丽娘就传统得只此一个了？不能动了？不能多几个形象了？

“有出入”“接受不了”，无非一个是裸，一个是鬼神，一个叫身体写作，一个叫鬼神帮忙。以前叫禁区，现在叫低级、下作、迷信。杜璞的画，一是油画，油画有自己的表现手法；二是对原著人物思想剧情充分理解基础之上的个人感悟，源于原著出于原著，是一种再创造。杜璞没有乱来胡来，去看看原著就知道，《幽媾》《冥誓》《回生》都是《牡丹亭》里的一出戏，本来就有的。《牡丹亭》里的情与色是人性，是光华，是对压制人性摧残人性的反抗与叛逆，现实中得不到实现不了，就到另一个世界鬼神的世界中去实现。在折射现实世界的艺术世界里，人鬼就在一个世界里，人即是鬼，鬼即是人，鬼神不过是一张外衣，《聊斋》里有《牡丹亭》，《牡丹亭》里说《聊斋》，汤显祖与蒲松龄心是相通的。我们的画家我们的演员心为什么不相通呢？

杜璞是很想心通的。面对这种争议，杜璞认为，《牡丹亭》的戏曲里本身就是有神有鬼，有性爱、有情爱，戏曲欣赏是有声音和舞台效果，而美术是鉴于形状，艺术欣赏的不同类型所产生的差异。杜璞没有说艺术观也需要推陈出新，也需要变革，需要和而不同。

在《现代苏州》上看到了部分被撤展的油画，给人一种新奇感，新的另一种语言的《牡丹亭》，另一种精神面貌的杜丽娘，杜丽娘的青春杜丽娘的本性应该这样，汤显祖的本意应该这样。昆曲不宜叛逆，油画更适宜叛逆，《牡丹亭》遇到了知音，汤显祖遇到了知音，谁知高山流水？杜璞是也。别再用几十年前的老眼光看今天的观众，他们的艺术观开天窗了往前走了现代了，秋末和他们一样看到《幽媾》没有脸红没有加快心跳，说不出油画的专门语言，可以感到一种人性在跳跃在升腾，给人以一种美的冲动与冲击。昆剧有昆剧的美，油画有油画的美，舞蹈与线条各有千秋，含蓄是一种美，张扬也是一种美。接受昆曲，接受油画，二者可以得兼。

苏州书画界文艺界出现油画《牡丹亭》，有意思。苏州是一个传统与现代相融的城市，文化而言，传统占的分量重，或许还以传统为主。书画美术戏曲，尤其如此。姑苏城里出现油画《牡丹亭》，奇事新鲜事，若不赞成若反对这样另类《牡丹亭》，那很自然。这毕竟是现代与传统的碰撞，碰出的火花可以灼眼，花之灼灼也挺美丽。油画《牡丹亭》是个挑战。国画会这样画《牡丹亭》？不会，或许想也没想过。国画就是画山山水水花鸟虫鱼楼台亭阁，画人物衣服都要穿得严严实实，不能有半点春光外泄，有外泄的都得藏在箱底里，一代一代传下来，少有变化，看来看去就是湖光山色。油画《牡丹亭》源于传统出于传统，出者创新也。苏州书画多了一分难得的创新，当惊当喜。杜璞何许人也？苏州书画界的小字辈小年轻，在继承传统的基础上创新，看来希望在年轻人身上。

一个问题得问问：革新了的昆曲青春版《牡丹亭》缘何会反对同样革新了的油画《牡丹亭》？

杨守松送秋末《昆曲之路》，近年昆剧研究的集成之作，昆曲之幸。孙家正在《昆山之路》作序后为杨守松再序。序还是大视野大思路，看似不在说昆曲，又句句在说昆曲。秋末感受，现代化不可抗拒，也抗拒不得，有失落有惆怅，文化人在寻找失落而又不该失落的昨天。杨守松想让昆曲走上新路和繁荣。秋末瞎想，人间有两个天，天无绝人之路，天下没有不散的筵席，昆曲可以走出一条新路，或许它本来就是昨天的。

《浮生六记》中的钓鱼岛与琉球

苏州清时散文大家沈复，也就是沈三白先生，他写了本《浮生六记》，生前无闻，死后显达，有点像曹雪芹和《红楼梦》的境遇。而《浮生六记》也有与《红楼梦》类似的后四十回相续的趣事。故《浮生六记》有小《红楼梦》之称。

现存的《浮生六记》有两个版本，一个是四记，一个是六记。“四记”也叫《浮生六记》，后二记只有目录，一叫“中山记历”，二叫“养生记道”，文已遗失。“六记”是六记，文史界一致公认，后二记是伪作，是有人代笔而成的。这个《浮生六记》，与《红楼梦》一样，应该署两个作者名，沈复与某某或某某某。可是，此位高鹗先生没有出现，文史界横考证竖考证，也没有考出来，只能付之阙如。

苏州文史、版本专家王稼句先生对此有过研究。他说，后二记是伪作，无可辩驳的证据，《中山记历》所述的时间，沈复先生却在苏州，并没外出。嘉庆五年，沈复 38 岁，《浪游记快》记道：“余与程墨安设一画铺于家门之侧，聊佐汤药之需。中秋后二日，有吴云客偕毛忆香、王星澜邀余游西山小静室。”如果此时沈复在琉球，岂不有分身之术。再说，是年岁杪，沈复夫妇遭受摒弃，遣子嫁女，背井离乡，如果沈复刚自琉球壮游归来，尚有荣耀，绝不会发生如此变故。沈复确实随册封使节去过琉球，但不是嘉庆五年的那次，而是在嘉庆十三年，清廷册封琉球国中山王尚灏，沈复经石韫玉推荐，随正使齐鲲、副使费锡章出使琉球。另有一证：《裁物象斋诗钞》中发现《长洲沈处士三白以浮生六记见示，分赋六绝句》，一记一绝，其五曰：“瀛海曾乘汉使槎，中山风土记皇华。春云偶住留痕室，夜半涛声听煮茶。”中山即琉球。

文史界也一致公认，《中山记历》虽是伪作，托名之作，所述却是有依据的，并非凭空想象、胡编乱造。文字水准有距离，但也说得过去，并非一落千丈、不忍卒读。有考证曰：《浮生六记》中的《中山记历》与《册封琉球国纪略》的基本内容是一致的。《纪略》是“史记”，是真实记录。郑逸梅晚年所刊《文苑花絮》有一篇《〈浮生六记〉佚稿之谜》，说到 20 世纪 30 年代中华书局编辑王均卿曾要郑逸梅补写后二记，郑逸梅未答应，有这样的对话：“我当时婉谢着说：我是后辈，本应遵命，奈我文笔拙陋，碱砆难以混玉，且情节不知，更属无从下笔。他老人家就说：请你不要谦逊，你的行文，清丽条达，颇有几分类三白处。至于《养生记道》，那是空空洞洞，可以随意发挥。《中山记历》，所记琉球事，有赵介山的《奉使日记》，便可作为依据参考。”后二记究竟谁写的，是否系王均卿自己所写，郑逸梅说不得而知。可以确定的是，《中山记历》的内容并非杜撰。有学者出书一一作了对应考证。

清嘉庆年间有墨迹本《记事珠》，中有《海国记》（有说系《册封琉球国纪略》初稿，也有说收在钱泳《记事珠》杂稿中的《册封琉球国记略》，其实就是《海国记》的佚文，是钱泳从沈复的《浮生六记》中抄录过来的），上面明确记载：嘉庆十三年（1808 年），大清王朝颁旨册封琉球国王。此年二月十八日，正使齐鲲（太史）、副使费锡章（侍御官）、学者沈复等出京，同年闰五月二日，他们从福建出发，在左营副将吴安邦率兵弁二百二十名护卫下，分乘二船一同前往琉球国。五月十一日，“始出五虎门。向东一望，沧茫无际，海水作葱绿色，渐远渐蓝。”五月十二日，过淡水。五月十三日辰刻，“见钓鱼台，形如笔架。遥祭黑水沟，遂叩祷于天后。忽见白燕大如鸥，绕樯而飞，是日即转风。十四日早，隐隐见姑米山，入琉球界矣。十五日午刻，遥见远山一带，如虬形，古名琉虬，以形似也……”。

秋末手头有一本《浮生六记》，连同《秋灯琐忆》，1995 年作家出版社出的，目录中后二记置于附录中。钓鱼岛纷争起，秋末又翻了《六记》中的《中山记历》，看看文中钓鱼岛与琉球是怎么写的。《中山记历》是这样写钓鱼岛和赤尾屿的。

初九日卯刻，见彭家山。列三峰，东高而西下。申刻，见钓鱼台三峰离立，如笔架，皆石骨。惟时水天一色，舟平而驶，有白鸟无数，绕船而送，不知所自来。入夜，星影横斜，月光破碎，海面尽作火焰，浮沉出没，木华《海赋》所谓阴火潜然者也。

初十日辰正，见赤尾屿。屿方而赤，东西凸而中凹。凹中又有小峰二。船从山北过，有大鱼二，夹舟行，不见首尾。脊黑而微绿，如十围枯木，附于舟侧。舟人以为风暴将起，鱼先来护。午刻，大雷雨以震，风转东北。舵无主，舟转侧甚危，幸而大鱼附舟，尚未去。忽闻霹雳一声，风雨顿止。申刻，风转西南且大，合舟之人，举手加额，咸以为神助。得二诗以志之，诗云：

平生浪迹遍齐州，又附星槎作远游。鱼解扶危风转顺，海云红处是琉球。

白浪滔滔撼大荒，海天东望正茫茫。此行足壮书生胆，手扶风雷意激昂。

有两处值得注意：一处，钓鱼岛的外形描述亦一致，都说“如笔架”，“白燕大如鸥，绕樯而飞”与“白鸟无数，绕船而送”相似；另一处，“隐隐见姑米山，入琉球界矣”，是说到姑米山才入琉球，“海云红处是琉球”，是说钓鱼岛、赤尾屿不是琉球，太阳升起海天一际的地方才是琉球。

琉球所见所闻，文中多处记述了大量中国文化元素：为什么叫琉球，《中山世鉴》有记载，说此名是一位中国去琉球的使节朱宽起的，“于万涛间，见地形虬龙浮水”，始曰“流虬”。《隋书》作“流求”，《元史》作“璃求”，明复作“流求”。可见，中国与琉球关系密切，源远流长。也可以称作大使馆，文中称“天使馆”，馆中留下了中国历朝使节的遗迹。天使馆向西有中华署，有旗杆二根，上悬册封黄旗。仪门叫“天泽门”，明万历中使臣夏子阳题，年久已失，后中使徐葆光补题。署中“敷命堂”“皇纶三锡”“声教东渐”“长风阁”“停云楼”，为历朝中使所提。楼的砖瓦，楼中桌椅，皆仿中式。有诗云：“相看楼阁云中出，即是蓬莱岛上居。”

岛上久米村有孔子庙，文有具体描述：“堂三楹，中为神座，如王者垂旒搢圭，而署其主曰‘至圣先师孔子神位’。左右两龛，龛二人立侍，各手一经，标曰：《易》《书》《诗》《春秋》……士之秀者，皆肆业其中，择文理精通者为之师。岁有禀给，丁祭一如中国仪。”“久米官之子弟，能言，教以汉语，能书，教以汉文。十岁称‘若秀才’，王给米一石。十五剃发，先谒孔圣，次谒国王。王籍其名，谓之‘秀才’，给米三石。长则选为通事，为国中文物声名最”。有诗云：“洋溢声名四海驰，岛邦也解拜先师。庙堂肃穆垂旒贵，圣教如今洽九夷。”琉球人嗜兰，屋前堂上置兰，把兰花叫孔子兰。

文中说，与一位称之寄公的谈玄理，颇有入悟处，遂与唱和成诗。法司蔡温、紫金大夫程顺则、蔡文溥，三人能诗，有诗人气质。程顺则著有《航海指南》，讲渡海事很是详尽。蔡温用力于古文，著有《蓑翁语录》《至言》等著作，根植中国经学，有道学气。细细考究，他们学的是朱子，功力还较浅，未得精妙。

文中说，国王有墨长五寸，宽二寸。有老坑端砚，长一尺，宽六寸，上有“永乐四年”字；砚背有“七年四月东坡居士留赠潘邠”字，乃是前明受赐之物。国中有东波诗集，所以，国王特别珍贵苏东坡题字的砚台。

文中详尽记述了琉球的风貌、物产、风俗。琉球人喜跳狮子舞，说：那狮子舞，“布为身，皮为头，丝为尾，剪彩如毛饰其外，头尾口眼皆活，镀睛贴齿，两人居其中，俯仰跳跃，相驯狎欢腾状。”《旧唐书》记载，后周武帝时，选太平乐，亦谓之五方狮子舞。白乐天《西凉伎》云：“假面夷人弄郃狮子，刻木为头丝作尾；金镀眼睛银站齿，奋迅毛衣罢双耳。”琉球人跳的舞就是狮子舞。

文中说到，琉球人有中国人的血统。明洪武初，赐三十六姓善操舟者，往来朝贡。久米村有梁、蔡、毛、陈、郑、陈、曾、阮、金等姓，是三十六姓的后裔。琉球人对他们很是尊重。岛上有蔡清派家祠，祠内供蔡氏祖宗像，蔡氏系三十六姓之一，能汉语。《隋书》有记载，“琉球风俗，男女相阅，便相匹偶”，无需其他礼节。三十六姓来琉球时还未改，“后渐知婚礼，此俗渐改”。“三十六姓教化之力也”。

从上海坐飞机，不到2个小时就可抵达首府那霸。因与中国的关系开始得最早，历史也最为悠久，所以，时至今日，冲绳的中国遗风，依旧随手可拾。

在冲绳首府那霸市西北部，有一座著名的“福州园”，园内模仿福州名胜，修建了楼台阁榭等建筑物。这座园林虽是20世纪末才修建，但其原址，就是曾由中国派去冲绳的汉人居住的地方：久米村。冲绳是古代琉球王国的所在地。1392年，朱元璋派遣了福建省善于造船航海的“闽人三十六姓”到达琉球，这些人来到琉球后，自成一聚落，这个最初被称为“唐营”的村落，就是现在的久米村。因为来自中国，久米村人很受琉球王室的重视，后来还出过琉球工国最有名的两位政治家：郑炯和蔡温。两人先后都曾担任过琉球王国的高级行政长官。如今的冲绳县知事仲井真弘多，就是当时从福建过来的蔡姓人的第十九代后裔。久米村现在还有孔庙，每年还会举行祭孔大典。

另一处跟中国有关的遗迹，在那霸市的首里古城。它曾是古琉球的都城，宫殿壮观威仪，可惜却在二战中毁灭殆尽。后来重修了首理城，如今是冲绳必看的旅游景点。首里，得名于明万历皇帝赐给琉球国的诏书中的一个词：守礼之邦。这四个字被刻上匾额，高悬在首里古城最显眼的一座中国风格的牌楼上。这座牌楼被称为“守礼门”，在今天复修后的首里古城依旧可以看到。有意思的是，首里城正殿不是坐北朝南，而是坐东朝西，面向中国方向。这并非是建筑师的失误，而是因为西方是琉球当时的宗主国——中国所在地，为显示“归慕之心”，琉球所有皇家建筑都偏向西方。首里城正殿内原悬挂着中国皇帝赐给琉球国王的9块匾额，但全在二战末期随着首里城一起灰飞烟灭。如今，这里只复原了3块，分别是康熙皇帝的“中山世土”、雍正皇帝的“辑瑞球阳”和乾隆皇帝的“永祚瀛壖”。现在，首里城每年元旦，还要由演员扮演国王和宫女，向中国方向遥拜。

除了古代的遗迹，现代冲绳也仍旧保留了很多中国“元素”。行走在冲绳，处处可以看到各种狮子的身影。在许多民居的入口处都会有一对石狮子。摆放狮子的风俗是14世纪时从中国传入的。同中国一样，冲绳人也认为狮子有驱魔辟邪镇宅的作用。在冲绳旅游，无论是政府、议会、大型百货公司门前，还是各家各户门前，以及路口、桥头，总会看到一对或几对狮子。此外，屋顶站着狮子、墙上镶嵌着狮子、旅游商店中摆着狮子的纪念品，狮子几乎已成为冲绳的一种象征。

而更令人恍如置身中国的，还有“石敢当”。冲绳的街头，每到丁字路口，时常能看到形状不同、刻有“石敢当”三字的石碑。“泰山石敢当”是中国古代的习俗之一，始自唐代，一般会在丁字路口立碑：上刻“石敢当”或“泰山石敢当”，寓意镇魔辟邪。如今，中国的“石敢当”已不再随处可见，但在冲绳，这一风俗却保留了下来。冲绳的“石敢当”不仅立于街头巷尾，在旅游商店还有各种工艺品售卖，成为冲绳一大特色。

中国文化还深深嵌入冲绳饮食中。冲绳人过端午节，会划龙舟，也会在四月过清明节。据说，祖先是中国人的冲绳人，清明节供奉的食物也与中国一样。

冲绳曾有学者渡名喜明，沿着广州、福州、上海……一路“寻根”至北京。当走进紫禁城的午门，他说：“我们的祖先与中国间的文化不是相互交流，而是一边倒地从中国引进，之后仔细消化，才创造了‘琉球文化’。”

07

巴城、石库门、修棕棚

巴城之恋

石库门里人家

一条消失的巷叫东吏库

半导体、童车、沙发与修棕棚

穿越时空的电风扇

巴城之恋

“文革”之中，苏州有三分之二的家庭与两件事有关，一是下放苏北，二是子女上山下乡。秋末大学毕业进城，没上山下乡，却与农还是相连，与1964年就下乡的一位知青组成“两地书”，小家的另一半在昆山巴城。巴城，少有人知的昆曲发源地、盛产大闸蟹而名扬四海、称不得城的袖珍小城，与秋末结下了不解之缘。

家里喊她秋儿，城里乡下老老少少都喊她秋炜。(有人说，秋末的出处原来在这儿，跟在秋炜的后面。我赶忙申明，秋末生在“秋毫之末”）1963年，她高中毕业，未考上大学，街道请她帮做知青工作。1964年，苏州首批知青下乡，非一律，只是部分。她是独生女，本可在城里安排工作，她把有限的名额给了他人，自己去农村改天换地了。那天，区里相送，穿红戴花，敲锣打鼓，她告别眷恋的城市和父母下乡了。

她下乡是真下乡，真的去农村干革命了。先是种田，各种农活都干，养过猪，与农技员样板田里搞科验，办耕读小学、做妇女工作、宣传落实计划生育，参加农村社教，知青、农民加最基层的农村干部。她真像农民了，一担粪百十斤，脚不软肩不晃，能从船上挑上岸。巴城地多人少，一个劳力要种五六亩地，除少有的几天农闲，常常是鸡叫做到鬼叫。天天早上煮一锅饭，从早吃到晚，开水泡饭，加萝卜干。一年下来，扣除口粮柴草实物，还能分到一两百块钱，这在苏州农村应是高收入了。

昆北属水网地区，苏州农村血吸虫病的重灾区，赤脚下地，她也未能幸免，大便带脓带血，肝脏受损。1969年4月，我陪她在昆山专治血吸虫病的医院治疗，幸好治疗及时，未留大的后遗症。她成了昆山小有名气的知青先进。1965年末，被选为半脱产公社妇女主任。“文革”中，又下放回村种田。1971年10月，她回城进了苏州发电厂。离别那天，生产队派专人摇船相送，乡亲们和公社干部依依难舍，再三叮嘱巴城也是你的家，要常回家看看。七年，岁月的一瞬，对一个人，却是很长很长，她把人生最美好的青春奉献给了阳澄湖。人回城了，常诉说巴城，依恋那湖那岸那村那镇和那里的父老乡亲。

今日巴城名气很大，不只是产大闸蟹，还是航天英雄费俊龙的家乡，旅游的好去处，知名度不亚于周庄。秋末第一次从她口里得知的巴城，一点影儿也没有。隔年亲临，从镇头至镇尾，一刻钟也不要。一条小河，一条铺青石板的小街，两三米宽，几家商店，大一点是供销社，小的是杂货店，桥边有卖鱼虾蔬菜的集市。不能与同里、周庄相比，如果江南小城镇分三级，巴城至多三级，三级还偏下。镇中有点气派的房子是乡政府所在地，那时叫公社革委会，楼上楼下，虽无雕梁画柱，建造相当考究。秋末在楼上住过几个晚上。

现在，苏州去巴城有直通公路，开车用不到一个小时。那时，得先乘火车或汽车到昆山，再乘船到巴城。小轮船像机帆船，噗噗噗噗，二三十里水路，两个小时。还有一条小路，穿村过河，从正仪向北沿阳澄湖到巴城，比从昆山县城转近得多。走过两次，一次步行，一次骑自行车。沿湖景致不错，时而村舍小河，时而碧波万顷，至今仍历历在目。骑自行车，要有点技术，小路坑坑洼洼，一不小心，会滚进田里河里。那时的交通可真难啊，有时还苦不堪言，有一年把女儿的口粮运回苏州，一百四五十斤米，从轮船码头挑到昆山汽车站，再从苏州汽车站挑回家，衬衫湿透，腰也直不起来。

她落户在宋家大队周家庄，离镇不远，一两里路，村子散散落落。村里给她们四个女知青盖了三间草房，东西两间是卧室，中间共用，烧饭、堆放农具。房前有池塘，房后一条河，直通阳澄湖。1969 年，秋末去时，另两个知青已离开，一个顶替回城，一个随夫去了新疆。1971 年知青返城，另一位知青进了一家国营窑厂，留在了昆山。她们都做了一番事业，有的是省先进。2013 年 5 月，分开近 50 年，头发花白的四姐妹，在工业园区金鸡湖畔相聚了。说巴城，忆草房，诉别离，没有唏嘘，没有叹息，没有诉说岁月的不公，还是嘻嘻哈哈。

记忆还是抹不掉的。结婚之后，没几天，她就回巴城了。她很少回城，倒是我常下乡。1969 年农忙，她已怀孕，我让她休息，我下田。她闲不住，立在田埂边上边抛秧边看我插秧。农民见我像个“老手”，说想不到大学生也会插秧。我说：我也是农民，小学毕业后种过两年田，六七岁就下田了。快到预产期了，她还在巴城。乘去上海参观、回苏州途中，我去了巴城，追她回城。她说不急，我说你不回苏州我也不回，才提着为自己准备的两只母鸡回苏州，记得那天飘了雪花。满月后，她又急着回乡。我坚持不让，女儿还没断奶呢。她与队里联系，有船到苏州带她回巴城。没几天，果真来了一条那种常见的农用水泥船，家里都不答应，她抱了女儿乘船回乡了。我气得送也没有送。后来，常被她牵头皮，说我心狠女儿也不送。她埋着一个心思，不在城里靠丈夫，自己养活自己。隔了没多少天，我就急着去巴城了。没进草房，就听到女儿的哭声。只见女儿一人在床上，小手小脚似抓似舞，满脸是泪，我急忙抱起来，也禁不住两行泪水。我责问怎么可以把女儿单独放在床上？她说，让一个老太看的，她一时走开了。九个月不到，提前断奶，女儿放到苏州一位邻居家寄养。

按那时政策，娘是农村户口，子女随母。户口，两个字，户是家，口是吃，身家性命，有户口才有粮油，才有布和副食品，才能活。有关女儿户口的事，还真可称作城乡一体化中的趣事，那时捍卫不让农民进城多么坚定。我的户口在观前派出所，大女出生之后，我拿了户口簿、出生证去试试，看能不能报进。哪知，天遂人愿，真的报进了，值班民警，看了看户口簿，没问一句，就上了户口。我立即去范庄前粮店领取粮油证还有产妇才有的红糖票、小孩的布票，欢天喜地，着实高兴了好多天。一个月后，还是东窗事发，户籍民警上门了，说是搞错了，要把我女儿户口注销。原来，那个民警刚从部队转业，对户口政策不熟悉，出生证不能留下，报了户口要还给主人。有位民警值班发现有张出生证，查是谁家的，准备发还，发现户口根本不该报进。民警做我工作，主动去注销户口，还到我在市革会的工作单位，要领导帮做工作。进了城，才知城乡两重天，不能让女儿做农民，我死活不答应，大呼错了就错了，又不是我的错，就是不交户口簿。没用，胳膊拧不过大腿，一天晚上，派出所以查户口为名，把户口簿收去了，注销了我女儿的户口。为了口粮，我女儿的户口又回到了巴城，做了一年多的小农民。我们常对女儿说：你出身农民，是巴城人。

怎么不说大闸蟹？不牵记吗？牵记。今日，巴城大闸蟹名闻遐迩，20 世纪六七十年代，吃蟹并不当回事。巴城桥边上的集市，几处卖蟹，有一筐一筐的，有一串一串的，六七毛一斤。秋末儿时常去田头河塘捉蟹，吃蟹像吃青菜萝卜，吃了阳澄湖的蟹才知，南橘北枳，产地不同味儿不同，江阴的沙蟹与阳澄湖大闸蟹天差地别。我第一次去巴域，公社食堂单独烧了一条白鱼，有一两斤重，一点不比太湖白鱼差。还记得，我爱人熬了一大碗蟹油，吃面挖一匙拌了吃，那真叫鲜得掉眼睫毛。还记得，在田头买了一只华东 26 号大西瓜，有十多斤重，放在井里冷了半天，晚上肚子吃鼓了也没有吃掉，那鲜洁甜脆，成了抹不去的印记。大自然的鲜美，阳澄湖的鲜美，今日难得的鲜美。

七年的巴城人，就是艰苦，就是鱼虾蟹鲜？不。她从农民、农村基层干部那里得到了许多，最大的收获，懂得了农村，养成了简朴、踏实和认真，为回城工作打了底。可以告诉巴城父老乡亲的，你们的秋炜，进工厂、入机关，数十年，践行了一句话：认认真真做事、清清白白做人。这里有你们的养育和滋润。

2004年，与小女三人驾车去了一次巴城。一派城市气息，巴城成了现代化的城镇。那条小街依在，附属而已，只是在诉说她悠长的历史。去宋家大队周家庄的那条小路改成了水泥路，汽车可进村。路旁，以前都是水稻田，现在不少用来养蟹了。进村，静悄悄的，少有人影，偶有举目，相互不识。没有平房了，都是有院子的楼房。那三间草房早就拆了，地基上长满了萋萋青草，池塘依在。一进村，她急着去队长家，当年队长很是关照知青，说几天前梦见他。梦中，队长说，怎么不来巴城看看我呀。队长刚去世不久，按习俗，那天正在做“五七”。我们进去，向队长遗像三鞠躬。她说：阿生队长，秋炜来看你了。

杨守松在巴城办了个昆曲研究室，多次约我前去，都未成行。今年，2014年10月，满满50周年，四姐妹已约定，持蟹赏菊时，相聚在巴城。我会跟去的。

石库门里人家

苏州古城区，在那幽深的小巷，总可以寻觅到几户石库门人家。花岗岩的台阶，一横两竖的石框，给人一种古朴、庄严感。也在告诉你，这里曾是大户人家。新中国成立之后，少有独门独户的了，大多是大杂院——门是独的，户却是几户多户。一个石库门，一个小社会。

秋末要说的石库门已不存在了。十多年前就消失了。这个石库门在苏州的市中心，最热闹的地方，察院场的西北侧。现在这个地方是景德路与察院场的交接处，有邮电大楼和一家商场。这个石库门，就在商场的那个地方。前门是景德路 56 号，后门是雍熙寺弄 17 号，与杀猪弄相通。表明，这里既有寺，也杀过猪。石库门在景德路的后门。

这个石库门确是个大户人家。前后两进，二层三楼三底，两侧厢，一进是店面，开珠宝店，中有小院，三间大厅，楼上住房，一进后门上框装有雕砖，图案古朴精细，屋内有自用深井。新中国成立之前，这李姓人家已是衰败，珠宝店不开了，把店面和部分住房租了出去，靠租金生活。此后，开过叶受和糖果店分店及周万春胡琴店，还开过一家铜匠店。秋末岳父与叶受和老板有亲戚关系，从杭州迁来苏州，在叶受和工作，租了后楼靠东的一间一侧厢。

1969 年 1 月的一天傍晚，秋末首进石库门。但见，三间厅堂只存了中间一间，落地长窗、红漆板壁，还是显出往昔的气派。那时，叶受和分店成了一家水果店，铜匠店、胡琴店早就改造掉了，房子也“公私合营”了。租户增加到七户，住了八户（十多个小户）三十多口人。有工人，有教师，有机关干部，有技术员，有原来的小业主和资本家，有从乡下来的地主，共处在这个二三百平方米的石库门里。

什么叫十八家房客？二三十年前，苏州居民住房状况怎么样？这个石库可以代表，四个字：拥挤不堪。以 1970 年为准：石库门前后两进，第一进，楼上楼下三分之二由水果店占用；楼上一间加楼下一侧厢朱家住，三代八口人，还带缝纫加工；楼下两间，曹家三代九口人住。第二进，楼上三间两侧厢，西一间一侧厢房主李家住，两代三口人；中间一间彭家住，二代三口人；东一间一侧厢，我岳父与其妹住，二代三口人，有两年侧厢秋末住。楼下大厅一分为三，中间一间走道兼两家厨房带吃饭间；西一间张老师家住，两代三口人；东一间，先单身老朱一人住，后结婚二人住；楼下西侧厢，一杨姓地主住。

秋末未进石库门之前，有三件事值得说说：一是扫盲。20 世纪 50 年代初吧，农村扫盲，城里也扫盲，除李家姆妈和我岳父妹子上过学，我岳母和几个家庭主妇，都是斗字不识一个。发课本，进课堂，老师教，回家写，两三年下来，二人识字有初小程度，能读书看报，曹家姆妈学得最好，俨然像个知识妇女，唯独我岳母还是只识自己的姓名，前教后忘记，常背一句“小白菜真可爱”，我岳父就喊她“小白菜”；但各有所长，她做事一学就会，编结工艺品，数她又快又好。二是就业。房主李先生未再就业，做家庭主男。朱家姆妈在家做裁缝辅工。1958 年“大跃进”，解放妇女生产力，李家姆妈进苏州日用化工厂，我岳母进街道工艺编结社（后成苏州第二羊毛衫厂），都成了工人，直到退休。三是“除四害”。老房子有臭虫、老鼠，四处横行。臭虫小而狡猾，繁殖力强，躲在板壁、地扳、衣柜缝里，看不见捉不到，夜里上床咬人，经两三年，持之以恒，用开水烫、缝里涂药粉，才消灭掉。老鼠可难对付，虽养猫捉鼠，铁笼逮鼠，仍除不尽杀不绝。

二三百平方米、三十来口人，有序、和睦生活，大不易。各家都在划定的“边界”内生活，边界有划的、有自然而成的。除李家明确的自住房外，各家租的明确的是卧室和部分附房，灶间、吃饭间大多是自然形成的。客厅中间一间，李家和我岳父家各一半；朱家和彭家各有一小间，兼烧兼吃；张老师家房前不足一平方米走道放一煤炉，吃饭在卧室；杨姓地主也是房门外放一煤炉，吃饭在卧室；单身老朱连放煤炉之地也没有，烧与吃都在卧室。进后门有块公用地，沿墙六只马桶，分列两旁，各占其位，李家在过道上放一八仙桌，供大家刷衣刷被单，桌前一小天井，在那里洗衣。我岳父卧室后有一走廊，可置一小床，我爱人小时曾睡那里。走廊后有一阳台，楼上三家用来晒衣和夏天乘凉，彭、李两家很少前去，常是我岳父放张躺椅独用，我也常去，有时整夜在阳台上。那房是木结构，楼上板壁相隔，隔音极差，少有动静，都可听到，鼾声、用马桶声，声声入耳，可能惯了，早上相见，相互寒暄，若无其事。

石库门里有家风，相互尊重、尊老喜幼、相互帮衬、尊师重教，是石库门的门风户风。对三位女祖辈，都称好婆，对父辈，男带姓称伯伯，有时称先生，女带姓称姆妈。我岳父妹子石库门内外男女老少都称其嬢嬢，同辈称哥称弟称姐称妹，很少连名带姓，对做老师的，大家都带姓称老师，直到今天，当年的妹成了婆，见面还叫八妹九妹。彭家外孙出世，是石库门第一个第三代，大家捧若明星。李家姆妈是继母，对丈夫前妻所生子女一视同仁，情同己出，一人三十多块钱工资撑起五六口人一大家，得到了所有子女的尊敬与尊重。我爱人说，小时父母外出，托李家照管，李家姆妈买了羊肉，只给我吃，自己儿女看着，说秋儿（我爱人小名）生病，你们别馋。彭家阿弟插队昆山，有年冬天到巴城挖河开渠，我爱人给他送去了炒米粉，几十年过了，他至今未忘。朱家大妹在食品厂工作，能买到出口割下的鸡头鸡脚鸡壳，常买回来分给各家。那时鸡肋也是宝。我岳父最先买 9 吋黑白电视机，石库门内外都来看，老老少少，一二十号人，先在楼上房内看后搬到客厅看，成了个小电影院。记得，还买了一个可放大屏幕的放大器，可以看得清楚些。长辈们都尊纪守法，做样子，教子女，我岳父在食品厂工作，一粒芝麻都不拿回家，至今几十年，石库门人家从无出现出格之事。

石库门内各种“成分”都有，但没有阶级斗争。对杨姓地主，从无歧视，更无恶语相加。他少有言语，早出晚归，经过厅堂，面带微笑，给众人点头，很是知趣，进房再不出来。“文革”中他被批斗，李家、彭家姆妈和我岳母常叨念他有没有回来，我岳母要等他回来看到楼下西侧厢灯亮了，才入睡。彭家阿弟不理会地主成分，吃馄饨送给他吃。“文革”后，他儿子曾上门致谢。弹丸之地，螺丝壳里，这么多人家，矛盾也是有的，公用处多占少占，言语间有高有低，有意见，放在肚里，几无争吵。

在 20 世纪 60 代，对石库门多数人家，最大的事，莫过于支边、支内、下放、下乡了。有一家下放苏北，有五家子女昆山插队、进苏北农场、支边新疆、支内四川，加上参军，石库门出去了一二十号人。他们把青春奉献给了那个年代。那时，有两道门，一道城乡之门，一道城与城之门，关得紧紧的。游子也想家呀，他们盼星星盼月亮，想回苏州老家。石库门的人，劳动局人事局不知去了多少次，门槛也踏破了。终于，知青回城了，下放苏北的曹家回来了，支边支内的也回来了，唯有李家庆官从农场去宜兴留在了一个镇上。好在不远，每年春节夫妻二人拖儿带女常回苏州。石库门里人家吃过他带回的“栗子山芋”。

应得上合久必分、分久必合，石库门也有花开花落。石库门与徐姓有缘，进门的女婿、媳妇，四个姓徐一个姓许，可称徐落石库门。1971 年春节吃年饭前的仪式，是石库门十五的月亮十六圆，男男女女、老老少少，胸别像章，手举红宝书，参军的李家阿六领呼，二三十号人共呼毛主席万寿无疆，向毛主席像三鞠躬。两年后，秋末分到了房子搬出去了，张老师一家与朱家调房搬出去了，单身老朱结婚了与彭家调房也搬出去了，朱家嫁女了，人口有进有出，石库门还是原来人家。彻底分开，是石库门拆掉建了商场。留下的，商场后面通向杀猪弄的那条小弄。

四五十年，物非人也非，多喜也有忧。石库门里的人家，散落在苏州古城内外，人口翻了一番，住房再无逼仄，已是五世登堂。祖辈都已不在；父辈仅剩我 96 岁的岳母；子辈都已退休，参军的阿六和去新疆的小毛患癌症去世了；孙辈大都已成家立业，有出国定居，有留洋读书，有经商办企业，有做公务员，都有出息。石库门没有了，走出古城，合成了金鸡湖畔的东方之门。

2010 年 1 月的一个中午，在伍子胥塑像不远的一家饭店，石库门的子字辈，团聚在一起。席间，复旦大学毕业的石库门媳妇徐梅芬朗读了她写的一首诗：

> 你们是我曾经的左邻右舍，你们是我心中的兄弟姐妹……
> 不管是朱家彭家还是张家沈家，进了石库门就是一家……
> 有人病了这家问寒那家送暖，一家有事家家关心你支我撑……
> 让友情亲情永远萦绕我们，让健康快乐永远陪伴我们！

一条消失的巷叫东吏厍

有些事，身在其中，不知其中味，多年之后回头一看，味儿出来了。

每次到苏州会议中心开会，进大门总要向东张望，那里有我住过的房子，虽然踪影无存。那条巷，可能是苏州最短的一条巷，之一肯定是的，至多百米，数得清的四五个院子一二十户人家。那条巷叫东吏厍，库上少一点，读舍，词典上说村庄也，常用作地名，也是姓。这儿的厍，衙吏住的地方，吏们的集体宿舍。此字冷僻，常被读成库，东吏厍就读成东史库。秋末做了一世小吏，该住这个吏住的地方。不到二十平方米，连头带尾住了十年。

1972 年吧，房管所通知分给我一间房子，不能称套，就一间房，隔出三四平方当起居，厨房卫生间都没有。去一看，环境倒不错，闹中取静，出脚也便当，地板房，就是太小，不要就拉倒，只能要。那房子不像是衙役们住的，可能是后来重造的。东吏厍有三个大院子，我住的那个院子，是个石库门，进去是个门厅，门厅上有阁楼，里面有三个小院落，每个院落有三间正房加侧厢，还有一处是伙房，我住一个院落中的一间。若是衙役们的集体宿舍，不会一个一个院落，有可能是师爷们像今天的秘书长住的。

东吏厍西隔壁，原来是苏州府署所在地，1971 年已是吴县第一招待所和吴县人民大会堂了。原来苏州府署是什么模样，里面是什么样子的，一概不知。东吏厍连着西美巷，那儿有两块宝地，一是况钟祠，可称昆剧《十五贯》的“发祥地”，一是严欣淇的裕社。严欣淇，苏纶纺纱厂董事长，20 世纪 40 年代的荣毅仁，裕社可能是他办公、接待客人的地方。进大门是一绿廊，连着一大片草坪，草坪东面和北面横卧两座西式楼房。有记载，苏州防痨协会曾设在这儿。那时，肺病还是难治的大病。防痨协会发起者是严欣淇任理事长的“苏州扶轮社”，苏州防痨协会筹备会成立后，以裕社部分房屋为防痨协会临时办公处和临时防痨诊所。严欣淇还以苏纶纱厂的名义资助黄金三十两，在大公园北首建立正式会址和防痨诊所。这表明，严欣淇不仅是个大实业家，还热心苏州的公益事业。

确实，东吏库及其周围非等闲之地。在明清时，这儿是苏州官衙集中之地，曾设苏州府署、苏州卫治所、苏州兵巡道衙门，道前街由道前街、府前街、卫前街合并而来，道前即按察使司署前，卫前即苏州卫治前，府前即苏州府署前。按察使衙门，民国时的江苏省高等法院，著名的“七君子”，就在这里受审的。有文曰：“七君子”被捕后，沈钧儒等被移解苏州江苏高等法院。6位“男君子”关押在苏州卫前街（靠近养育巷）看守所。史良被押在司前街女子看守所。新中国成立后，很长一段时间，直至20世纪80年代末，按察所衙门是苏州市政府经济管理部门办公地点。20世纪七八十年代，道前街与养育巷的相交处，是个闹市口，百货、粮油、饮食、药店、菜场分布于十字口四周，车来人往，熙熙攘攘。网上有照有文，有道前街、养育巷口的旧模样，有那时的生活情趣：

那时的临道前街的养育巷南口一带，也是蛮闹猛的。东西吏库弄堂口，有邮政局、糕团店、煤球店等，而熙来攘往的小菜场，在西吏库里边。穿过小菜场东去，是吴县招待所，门口总有许多摆地摊的。那时的南门远不及胥门热闹，故国庆时，游行的方队，也总是从察院场出发，先阊门再胥门，走道前街到人民路回到察院场的。

养育巷口东侧不远处，是一家粮油店，叫“五七粮店”的，两开间门面，坐北朝南。店的东边一间里是一个L形的柜台。柜台内地上有大小笆斗与几囤子大米。柜台上一台墨绿色的小磅秤。早时买米，是在小笆斗内称好分量后倒入顾客的米袋里的。后来改革了，屋顶下建有储米的仓与带控制闸的管道，也是墨绿色，拉上面的闸放米称准分量后，下面的闸一拉，米就流入你套在漏斗口的米袋中了。打油也是这样。最早是在一大桶油的边上放个盘子，上置一斤、半斤、三两、二两、一两与半两的勺子各一个，按需用勺。后来也有了虹吸的装置，构件的立柱上分不同分量有可旋转的小铁销，打油时要多少分量，就将那设置好的小铁销转过来，活塞把子拉上到位，压到底就行了。

俺住在富郎中巷，尝过老三珍的熟食，在隔壁理发店理发，在隔壁的隔壁的浴室洗澡，用“供应证”在五十七粮店买米，大约是1970年，俺还和五十七粮店的一个称米的营业员吵过架，后来知道这个有脚疾的人是个“先进工作者”，还是个“标兵”，据说是当时在苏州休养的林彪和叶群“竖”起来的呢！

那时粮食是计划供应的，非但如此，有时因运输的问题，会断货的。

于是到货时得排长队。我住在太平桥口，虽也有一家粮店，每当就近的粮店断货时，也会到道前街去。记得曾在热工仪表厂（仪表元件厂）购过四只“清仓物资”的轴轮，用一只破方凳的面，做了辆车，拉米回家就省力多了。

粮店过去是一家温泉浴室。好像也是民国建筑的外貌。那时城里几乎极少有人家有卫浴设施的，到冬天洗澡，都得上澡堂。特别挨年夜脚边了，风俗都要洗个澡迎新岁。于是浴室的生意陡然兴隆起来，经常会在门口出现排着的长队来。就如买蹄膀一样，队伍长时，也搞接力，家中派个代表来，先排着；或者先洗过澡的人出来，趁着一身热气，排着，不一会，家中的人就到了。

东吏库十年蜗居，秋末留下些什么？

一只痰盂：相当于一只马桶，痰盂是兼的。就十三四平方一间房，无马桶栖身之地。不是男做女工，是一事两便当，西美巷口有公厕，上厕所倒痰盂。倒马桶男人不能干，那是女人的事，倒痰盂不剥面子。一百几十米，两手平举，十年也炼出点功夫，省得跑步打太极拳。倒痰盂，毕竟不是好差使，后来市委书记杨晓堂提出苏州要消灭马桶，真是说到了心坎里，尽管那时秋末已翻身得解放，已用上抽水马桶，可苏州还有十万只马桶呐。

一只篮：天刚亮，冬天还黑黑的，拎只杭州竹篮，上菜场买菜。常常一蔬一小荤，一张肉票的肉，四五毛钱吧，加茭白之类的炒炒，肉票吃光了，买点豆制品。鱼不凭票，得起早排队，不少人隔夜用破篮、砖头先排队，有时一哄也没用，我个子高，篮子伸得远，容易买得到，杂鱼为主，也有海鲜，偶有鲥鱼、刀鱼，不过三四年光景，再也没见到。过年，也是一只篮，篮里多点菜罢了。有一年，已是大年夜，下午四点回家，爱人见我什么也没买，有点生气，怎么过年？两人拎只篮，一个小时，过年的菜都买了回来。

一口井：自来水进巷没进家，院子大门口有水龙头，有专人负责卖水，好像一角钱两三桶。家里有口水缸，院里有口井，水旺而清，四家人合用，喝自来水，洗刷用井水，倒也冬暖夏凉，夏天井里冰冻西瓜，挺爽口。夜晚，家门口放个小桌乘凉吃晚饭，有时还来瓶啤酒，那时我爱人患关节炎，井边还有一大盆衣服等着我。

一间房：不知怎么发现的，大门口有扇关着的侧门，侧厅后有间四五平方的隔弄和一口天井，空着。没征得谁的同意，就破门而入，占为己用。吴县一招发现，可也拿不出证据是他们的，就堂而皇之做了我的厨房。从此，秋末府邸没厅堂没卫生间，却有了独用厨房，快话了好两天。不过，容不下一张桌子，烧好了饭，要搬回去吃，下雨还得打伞。那里，原来是耗子们的天下，它们发觉有了主人，白天躲进吴县招待所，夜里进我的厨房，剩菜剩饭，大快朵颐。一场人鼠大战发生了，几十只耗子被毙了，乖巧的躲进了吴县招待所，受官衙保护，拿它们没办法。在天井里还养了两只鸡，一只似公似母，既会生蛋又会报晓喔喔啼，既做爹又做娘。一日，我跳进去捡蛋，乐极生悲，一脚踏进两石凹处，脚面翻了过来，痛得哇哇直叫，至今阴雨天脚背还生痛。

一副煤气灶：1978 年吧，机关里有罐装煤气灶票发了，我们那个机构也发到了，就一张，秋末先看到，一阵心跳，脸也红了，两眼生光，从此再也不用买煤球了，可不能拿，也拿不到，得先给领导。改善生活的号令声响了，希望会有的。不多久，希望真的兑现了，我爱人那个机关发的，她那里先科员后科长。灶具买回来了，架子一装，火一点，蓬荜生辉，左邻右舍，满脸生羡。

还记着：大女儿仓米巷小学上学，放学做完作业，就到同学家去玩，大门洞开，爱人做好晚饭，在弄口大声喊，才回家。晚上，没有电视，爱人做针线，而我捧着一本书，看困了，常常先睡，一觉醒来，夫人还在踩缝纫机。她给我做了件的咔（化纤布）中山装，还做了中装丝棉棉袄。两个女儿的衣服也都是自己做的，直到上中学。有一件用金丝绣上菱形的踏花夹袄，广受称赞，用今天的话来说，引来无数眼球。更受羡慕的，我爱人织的彩色配有图案的毛线衣，有学生回家说给家长听某某同学的毛线衣好是好看得来，家长上门来问哪个商店买的。那年那月的生活是辛苦，苦中也有趣也有味。邻居孩子结婚，一家去一个代表喝喜酒，岳母带去了大女儿，二女儿噘起了小嘴，爱人哄她给你烫头发，不是到店里，在家里用火钳烫，烫了个卷发，美得二女儿喜笑颜开，又蹦又跳，还留了个影。

东吏库，这条衙门气十足的百米小巷，生死攸关的，在 20 世纪 80 年代和 90 年代相连的十年间，相继发生了两大变化，一是道前街拓宽，二是建苏州会议中心。苏州向西开发新区，道前街成了古城新区的咽喉，拓宽是唯一选择。这一拓，咽喉为之一松，也创造了一个先例，改变了苏州千年“家家尽枕河”的风貌和格局，两面临河成了一面，“尽枕河”成了“半枕河”。先例之后，临顿路、干将路拓宽，也成了“半枕河”“无枕河”，河成了沟，古城风貌大半失去。得失怎么说？生活第一，多数今日苏州人还是赞成拓宽的。

从城图上抹去东吏库的，是建会议中心，东西吏库、包括严欣淇的裕社、五七粮店、菜场被“中心”吃进去了。吃掉的东吏厍，不过是一条衙役小弄，称不得什么文物、文化，苏州府署也早成招待所了，与改变“尽枕河”相类似的，又发生争议的，西式的会议中心改变了古城的粉墙黛瓦，风貌变了。对此，北京的专家也有微词。后来，为了弥补这个“缺憾”，有关部门公布了加大屋顶的方案，可能木已成舟何必多此一举，又费钱又费物，方案束之高阁。也有一说，早有先例，巴黎铁塔、贝聿铭的玻璃房子，都是不协调而协调的。

秋末搬走了。东吏厍安睡了。而与之相关的争议还会继续下去。一点成了共识，现代无法抗拒，生活不可能都泡在传统里，而又要尽可能多保留一些旧模样。于苏州，那毕竟是两千五百年的文化。

半导体、童车、沙发与修棕棚

在那既单调又匮乏的年代，人们追求精神和物质略为丰富一点的努力始终没有停步。社会为什么能进步，这就是动因。对执政者言，尽可说，顺之者昌逆之者亡。秋末大学刚毕业，文弱书生一个，装半导体虽不是文科生的擅长，可以沾个边，有点电子知识含量，做童车、做沙发、修棕棚那完全是手工活儿，没有人逼，自己想做。秋末动笔又动手了。

可这样说，20世纪50年代装矿石收音机，60年代装半导体收音机，两个年代间的一个飞跃，电子管成了晶体管。不是收音机没有卖，是兜里没有钱。秋末在苏州仪表元件厂劳动，与一位人称“老宁波”的师傅住一宿舍，他是位高级技工，四十开外，家属小孩都在宁波。他爱好装半导体，七管最高级，可收短波，有时收到“美国之音”，他很快就隔掉了，叮嘱我大学生不要惹是非。一下班，进宿舍，第一件事，就是打开收音机，京戏听得最多，尤其是样板戏，一个宿舍楼上楼下都是李玉和与李铁梅。他常给别人装，我很是羡慕，他说你自己装，我拜他为师。他把铬铁、焊锡、电表给我用，缺零件，从他八宝箱里找给我。其实，装收音机并不难，按部就班“装”而已。有种无线电商店专卖半导体收音机零件，从机壳、线路板、晶体管、电阻、电容、线圈，到天线、喇叭、装配图纸，一应俱全。线路板上刻有位置，图纸上标明电容、电阻参数，按图装上。先装五管的，成功了，又装七管。那时的元器件，大多质量不合格，有的是淘汰下来的，音质差，还有丝拉丝拉的杂音，师傅就给我检查换管子。装成了，质量虽不高，可收十多个电台，挺自得其乐的。那时，刚与我爱人相识，一是显摆，二是送个礼品，表示关心她，在乡下更要收音机相伴。确实，她很高兴，到农民那里显摆去了。开始还正常运转，没多少天就罢工了，敲敲听话响了，又“断路”哑巴了，再敲不听话了。进城修好了，下乡响了又不响了，她泄气了扔在一旁，不理它了。师傅总结了两条：一是元器件质量差，二是焊接本领没过关，有的是虚焊。后来，我爱人回城，它也回城了。放在写字台最底抽屉里，没再理它，好多年舍不得扔掉，毕竟伴了唱了一段时候。

昆山“好孩子”童车名扬四海，秋末给两个外孙女各买了一部，那是“洋车”。女儿的童车，是自造的，土制童车。外观、质量、水平天差地别，味儿也不一样。做的时间，与“好孩子”首创差不多，“秋末造”可能还早一点。1974年，二女儿降生，进苏州发电厂托儿所。从家里到厂子，步行三刻钟，有四五里路，又没有公交车，很要辆童车。买，要上百块钱，何不自己做？到商场看了童车实物，并不难，当场量了一下尺寸。钢材好弄，四个轮子难找，那时，有各种旧货商店，淘宝似的淘到了四个轮子，有一个只有钢圈无橡胶，也没有轴承，轴承可省，橡胶不可无，就用橡皮管代替，阻力大一些，可以用。那时，我在苏州火柴厂工作，去材料仓库买了些元钢和扁铁之类的钢材，请车间老师傅帮忙，依照我设计的尺寸，锯断、打眼，又到我劳动过的苏州仪表元件厂请焊工师傅焊接。架子做好了，铺上坐板，还用铁丝做了个雨篷，可张可合。余下的，用布围起来、做雨篷，我爱人的活儿。就这样，一部童车造了出来了，造价十多块钱，当然人工、布料没有算。车子进厂，连工人师傅也说做得不错。每天早上，我爱人推着童车上班，省力多了。一两年几无故障，就是轮子橡皮管磨破，很简单，破了再换。女儿大了，不用童车，送给我江阴侄子用，童车上山下乡了。隔了很多年，到昆山“好孩子”参观，我对厂领导说做过童车，他说真的吗，早知请你来做顾问了。我说，依样画葫芦，葫芦可能就是你们的，得谢谢，仿制没有付图纸费。

就是苏州城里，20世纪六七十年代，家里有对沙发，那也不是寻常百姓家。家里有沙发，是与住房改善同步的。大约1984年，秋末住房多了一小套，到乡镇企业买了一套圈式沙发，一两百块钱，挺简单，泡沫塑料做出来的；1995年，住房又改善，有了客厅，有了单用的书房，做家具时做了一套硬木沙发架子，配上了弹簧、泡沫垫子、套子，很像样的一组沙发，至今仍在用，柳桉木的扶手，光滑锃亮。在此之前，秋末自制了一对单人沙发，已是四十年前的事了。连吃带住总共二十平方米，还放一张小床、写字台，再放沙发，螺丝壳里做道场。这对硬木扶手、灯心绒面子的沙发，还真有点不同寻常。秋末老兄，高级技工，在二机部汉中搞核能的工厂工作，厂在山里，有木料，钳工转木工，挺便当，来苏州时对我说，给你做顶书柜与五斗柜的组合柜，上放书下放被，我说再做副沙发架子，一起托运来。真是千里迢迢，组合柜和沙发架子运来了，在苏州拼装、打磨、上漆，房间更挤了，再无立足之地。木架外，沙发的主要部件是专用弹簧，四处打听，何处有得卖，店里没有买到，到一家家具厂买到了。把弹簧固定在架子上，又不使弹簧扭动，着实动了点脑筋，不怎么晃了扭了，坐下去还是有弹簧相挤发出的声音，只能将就点了。特意去布店买了紫色灯芯绒布，我爱人做了沙发套，用圆头铜钉敲在木档上。这对土制沙发和书柜、五斗柜组合柜，跟随我几十年。我老兄在汉中发心脏病去世了，睹物思人，组合柜、沙发里有兄长对弟弟的一片情分，今日再好的书柜、沙发也抵不了。

前两年，夏天的一个下午，秋末在树阴下看太湖东山的一位修藤椅的老农修棕棚，棕棚是我岳母用的，棕绳松了，用尼龙绳托个底儿。他很熟练，说：现在做这个活儿的越来越少了，一个东山也就一两个人做了，我做了几十年了，也不想做了。我对他说，我也修过棕棚。他说，是的，以前城里有些人自己修，现在也很少了。不过，你不像，你是捏笔管的。我告诉他有两种做法，怎么做，他信了。也该是三十年前了，我睡的大棕棚往下陷，看到人家动手修，在一旁看了工序，就动手自己修了。一种办法，先将铁丝截成七八公分长，做数十枚钩子，钩子这样做：将铁丝弯成 U 形，铁丝两头弯成钩子，再将钩子在 U 中用铁钉固定在棕棚木框的孔洞中，这是第一道工序；第二道工序，将从杂货店买回的尼龙绳量好尺寸打个死结，用装有钩子的工具将尼龙绳尽力拉紧套上，套了纵的再套横的，数十根绳子都套上，就成了。这种办法，做钩子麻烦，很快就淘汰了。另一种办法，不用钩子，结网似的，用尼龙绳托底。有两个不可少的工具，一个类似北方做面条的圆木棍，用来卷绳子，一个一指粗十公分长的硬木圆锥体，用来固定尼龙绳。做法是，先将固定棕绳的木桩退出，或先纵或先横，将尼龙绳从孔洞中穿上，再用木棍卷尼龙绳，使其拉紧，用力卷木棍，到卷不动为止，再用硬木圆锥敲上暂时固定，再卷尼龙绳，退出硬木圆锥再固定另一个孔中的绳子，直至将尼龙绳全部拉紧，横的做好了再做纵的。这种办法，简便易行，延续至今。这两种办法，秋末都做过，后一种做过两次。有时，走街串巷，每看到修棚的，秋末或报以微笑，或停足看上几眼，还搭讪几句。这也是情有独钟，情人眼里出西施。

穿越时空的电风扇

沈秋炜

1951 年夏天，我随父母从杭州来到苏州。

那时，我们租住在景德路一家前店后院的大宅门里。宅门里共有六家，最富裕的要数我的小伙伴周家，她家是开胡琴店的，不仅有收音机，而且还有一台让人羡慕的上海华生牌电风扇。据说，是她爷爷在民国时买的。电风扇呈暗黑色，锈迹斑斑，裂开的网罩边沿用细铅丝扎着，电源一开，既不会摇头，也不能调档，风直往前吹，电机嗡嗡作响，扇页啪嗒啪嗒的。尽管这样，宅门里的男女老少都视它为珍宝。在那个年代，电风扇可是一般人家连做梦也不敢想的奢侈品。每当夏天来临，小伙伴常会邀我去她家，在电扇吹起的凉风下，一起做功课、唱歌、跳舞、做游戏。特别在那暑气蒸人、闷热难当的日子里，我会贴近那台电风扇让它给我吹个够，甚至用贪婪的眼光盯着它，心想何年何月我家也能拥有它，哪怕再小上点、旧一点。1956 年胡琴店公私合营了，随之小伙伴一家也搬走了，当然，也带走了那台电风扇。从此，留下的只是我对她的思念和对那台电风扇的眷恋。那一年我十二岁。

冬去春来，年复一年，我在经历了 20 世纪 60 年代三年自然灾害和下乡插队的蹉跎岁月后，我对电风扇渴望已深深埋在心底。当梦想成真的时候，时空已穿越到 70 年代，那时我已为人妻、为人母了。

20 世纪 70 年代中期，随着国民经济的复苏和调整，轻工类产品多了起来。就在手表、自行车、缝纫机等三大件最盛行的时候，家电行业也悄然崛起。我大女儿五岁那年的一个夏日，我父亲决定用多年的积蓄买一台电风扇。他一说，全家沸腾了。最激动的是我母亲。她随我父亲三十多年，家里除了必要的旧家具和一台 20 世纪 60 年代末从旧货店买来的收音机外，没有一样像样的东西，有了电风扇，再也不靠手摇扇子度夏了。最开心的是我大女儿。她一得知，就像小喜鹊传捷报一样，串东家进西家，巴不得左邻右舍乃至整条小巷都知道我家要买电风扇了。我清楚地记得，那天，当父亲拎着刚买的电风扇踏进大宅院的时候，邻居们蜂拥而上，争先恐后地边看边问什么牌子、什么尺寸、多少价格，我更是迫不及待地要父亲赶快到公用客厅卸下它的包装，尽快让大家见识见识。那是一台广州生产的12寸钻石牌金属电风扇，价值130元，拎在手里沉沉的，淡蓝色的扇页配着一副水银色的网罩，在阳光下一闪一闪，插入电源，底座上的指示灯，像一颗发光的红宝石，亮亮的。电风扇可以上下左右转换角度，可以定时，也可以按自己的需求调速。当电扇的凉风掠过每一个人的脸庞时，立刻响起了一阵欢笑声。顿时，它让简陋的客厅蓬荜生辉。我透过网罩，看到了父亲一张春风得意的脸，那一刻我发自内心的喜悦再一次油然而生。

党的十一届三中全会以后，苏州的工业突飞猛进，轻工产品更加耀眼。电风扇、电视机、电冰箱、吸尘器饮誉全国，都有了响当当的品牌，特别是“长城电扇、电扇长城”一句广告词家喻户晓，人人皆知。1981年6月30日，是我终身难忘的日子。那一天，我家祖孙三代不再拥挤一室，告别了居住整整三十年的大宅院，搬至我爱人单位分配的二室一厅、煤卫齐全的公寓房。不久，我用自己的积蓄陆续让“四大名旦”一一请进家。其中，电风扇买得最早，有台扇、壁扇、鸿运扇，还有我最喜欢的大小不一的吊扇，那床上撑起的微吊，既经济又实惠，我常常在轻轻的微风中恬静地进入梦乡；夏阳酷暑，秋老虎肆虐时，我们一家六口往往会聚在客厅，把高高挂起的大吊扇调速到最快，一起看电视，谈天说地，尽情享受天伦之乐。

进入20世纪90年代，合着时代的脚步，我们的生活直奔小康。1995年底我家又迎来了第二次乔迁之喜，100多平方米带阁楼的居室明亮宽敞，全新的家具简练质朴，时尚的家电充满了现代的韵味。尤其那挂壁式和立式空调让我们已经四世同堂的一家子，安稳地度过了一个又一个酷暑和严冬。但电风扇仍伴随着我，气温35℃左右，它独领风骚，37℃以上，空调依托电扇的风力，像中央空调似的把整个居室吹得凉凉的。记得搬家的那天，我把父亲当年买的、已经修了不能再修的电风扇作废铁卖了，其余的电风扇全带入新家，两个女儿见了惊奇地问，都什么年代了，还带这些？我对她们说，我们这一代人，电风扇不仅是一种纳凉工具，还是几十年感情的一种维系。特别是长城电扇我是一往情深，情有独钟，因为它的辉煌永远在我心中。2002年一个冰天冻地的冬日，我又添置了一台长城牌制热电风扇，寒冷中，它那灼热的暖风温馨了我的心田。

近60年过去了，如今，我在商店或大卖场看到的电风扇已一改过去传统形象，在外观和功能上更追求个性化，塔式气流扇尊贵典雅，卡通台扇娇巧可爱，而电脑控制、自然风、睡眠风、负离子功能等这些本属于空调器的功能，也被众多的电风扇厂家拿来做文章，并在此基础上增加了照明、驱蚊等更多的实用功能。这些外观不拘一格并且功能多样的产品已经成为电风扇市场中的一大亮点，这是科学发展的产品，我把它们统称为科学发展牌。

几十年间，我家的电风扇从无到有，从一台到几台，从一种功能到多功能。这穿越时空的电风扇，让我感慨万分，它不仅见证60年来我们国家从一穷二白到国强民富，同时让我直接触摸到了社会前进的脉搏，尽管只是沧海一粟，小小的一个侧影。

结　语

别太在意苏州的位置

1993年的第一天，秋末在《苏州日报》发表一篇文章，题目叫《第几把交椅》，肯定了苏州的快速发展，工业产值紧跟沪京津之后，名列第4；话中有话，也提示苏州，第四是产值，综合实力则排在第15位，要从重产值到重提高素质上来。20年之后，苏州综合实力已大为增强，位置也大大提前了。文如下：

苏州在全国大中城市中坐第几把交椅？苏州的位置在哪里？

给我烙印般的印记是“第4”。工农业总产值是“第4”，工业总产值是“第4”，还有一种说法，外贸收购额也是“第4”，这么多的“第4”，所以印象特别深。还有一个更重要的原因是，觉得这个“老4”挺了不起的。以前，苏州工业、出口一向很薄弱，改革开放后，苏州人以全新的形象出现在世人面前，工业总量七年紧跟沪、京、津这些超级大城市的后面，而且还在向前挺进。这个“第4”，满含着苏州一任又一任领导人的心血，数百万干部群众的奋力拼搏。

正如“苏州园林甲江南”“甲天下”说的是园林一样，这个“第4”说的是产值，是工业总量，反映的是我们苏州的一个方面。一个城市的位次，一个城市的全貌，是有许多方面、多种因素决定的。有关苏州其他方面的位次，诸如国民生产总值、国民收入、投资硬环境、综合实力等等，有第5、第6、第7、第8的。见到这些位次，大多“心平气顺”，没有什么特别感觉，是那么回事儿。给我印象特别深的和带刺激味儿的是那个“15”，城市综合实力排在第“15”位！

为什么对苏州综合实力坐在第15把交椅上有“异样”的感觉和想法

呢？是不是一个时期以来，我们对“第4”的印象特别深了一点，过于偏爱了一点，对其他方面说得少了一点，想得少了一点。只知“第4”，不知、少知其他，实在有点桃花源中人的味儿，“只知有汉，无论魏晋”。

从现在开始，我们应该正视这个“15”了。重视“第4”，但不能唯4，立足点要从“第4”落到“第15”上来。潜心研究一下这个“15”，看看哪些指标不如“第4”，哪些指标比人家落后，哪些指标是我们的弱项，怎样来改变这些弱项的面貌，并虚心向排在我们前面和后面的城市学习。

从“第4”落到“第15”上来，可能有点不大习惯，可能不如从“第15”坐到“第4”那样舒服；但坐实的总比坐虚的那样踏实，那样心安理得，那样有利激励士气，那样更能少背一点包袱轻装前进。

文中“坐实的总比坐虚的踏实”，仅一句话，刺的是当时已漫延相当广泛的浮夸虚报数字之风。进入20世纪80年代中期，每个地方都十分看重自己在区域、行业、在全国所处的位置，实际之中，位置不只是一个数字一个排位，还产生宣传效应、政绩效应、升迁效应，各类评比在全国形成了一种强大推动力。重奖之下必有勇夫，重位之下必有虚假。虚报产值和其他绩效之风，在许多地方刮起，苏州也未幸免。一个乡镇一个县市，产值、财税不是统计出来的，而是“报”出来的，水分普遍存在。这种情况大家都心照不宣。中央有些报刊对苏州有的县市“一年翻一番”进行了批评。经过一番痛苦，苏州上下认识到了虚报、浮夸的危害，花了多年终于消化了、吸收了水分，走上了实打实的发展路子。

但是，太在意位置，前则扬、后则隐、求虚荣的现象并未彻底根除，争优创先有待进一步落实在科学发展上。